# MARI JUNGSTEDT

# I DENNA STILLA NATT

Albert Bonniers Förlag

WWW.ALBERTBONNIERSFORLAG.SE

ISBN 91-0-010827-8
© Mari Jungstedt
Formgivning John Eyre
Första utgåva 2004
Bonnierpocket 2005
Femte tryckningen
GGP Media GmbH
Pössneck, Tyskland 2006

*Till min man Cenneth Niklasson – älskade bäste vän*

Söndag den 11 november

För första gången på en vecka sprack himlen upp. De trötta novemberstrålarna letade sig fram mellan molnen och åskådarna på Visbys travbana vände längtansfullt sina ansikten mot solen. Det var sista tävlingsdagen för säsongen och i luften låg förväntan, blandad med ett stänk av vemod. En kylslagen men entusiastisk publik hade trängt ihop sig på läktarens bänkrader. De drack öl och hett kaffe i plastmuggar, åt varm korv med bröd och antecknade i travprogrammen.

Henry "Blixten" Dahlström plockade upp fickpluntan och tog en rejäl klunk av det hembrända. Han grinade illa, men det värmde gott. Runt honom på läktaren satt hela gänget: Bengan, Gunsan, Monica och Kjelle. Samtliga stadda i olika grad av berusning.

Defileringen hade just börjat. De frustande, svettblanka varmbloden dansade fram på rad medan musiken skrällde i högtalarna. Kuskarna satt bredbenta och fast förankrade i sina lätta sulkyer.

Oddsindikatorns siffror på den svarta skylten ute vid banan tickade på.

Henry bläddrade i programmet. Ginger Star i lopp nummer sju skulle han satsa på. Ingen annan verkade tro på

7

henne, hon var bara tre år. Han hade följt hästen under sommarens tävlingar och trots att hon hade en tendens att falla i galopp blev hon allt bättre.

– Hörru Blixten, ser du Pita Queen, visst är hon snygg? sluddrade Bengan och sträckte sig efter pluntan.

Henry bar smeknamnet Blixten därför att han arbetat som fotograf på Gotlands Tidningar i många år innan alkoholen tog över hans liv på heltid.

– Tro fan det. Med den tränaren, svarade han och reste sig för att lämna in V5-kupongen.

Totokassorna låg sida vid sida med uppfällda träluckor. Plånböcker halades villigt upp, sedlar bytte händer och kuponger slogs in. En trappa upp låg travrestaurangen där stammisarna åt biffstek och drack starköl. Ärrade storspelare puffade på cigarrer och diskuterade hästarnas dagsform och kuskarnas körmetoder.

Det började dra ihop sig. Den förste kusken hälsade reglementsenligt på måldomarna med en kort nick upp mot domartornet. Speakern ropade till start i högtalarna.

Efter fyra V5-lopp hade Henry lika många rätt på kupongen. Var turen med honom kunde han få full pott på sin rad. Eftersom han dessutom satsat på högoddsaren Ginger Star i sista loppet borde vinstsumman bli ansenlig. Bara hon höll måttet.

Starten gick och han följde ekipagen på banan så koncentrerat han kunde efter åtta starköl och ett okänt antal supar. När upploppsklockan ringde ökade pulsen. Ginger Star gick bra, alldeles förbannat bra. För varje steg hon knappade in på de två favoriterna i ledningen skärptes hennes konturer för honom. Den kraftiga halsen, de frustande näsborrarna och öronen som pekade rakt fram. Hon kunde klara det.

Inte galoppera nu, inte galoppera. Han mumlade bönen som ett mantra för sig själv. Ögonen fixerade vid det unga stoet som med rasande energi närmade sig täten. Nu hade hon passerat en av sina rivaler. Plötsligt blev han varse kamerans tyngd kring halsen och påmindes om att han tänkt fotografera. Han knäppte av flera bilder, någorlunda stadig på handen.

Travbanans röda sand skvätte kring hovarna som plöjde fram i ursinnig fart. Kuskarna piskade på hästarna och upphetsningen steg bland publiken. Många på läktaren reste sig upp, några klappade i händerna, andra skrek.

Ginger Star avancerade utvändigt och låg nu jämsides med hästen i ledningen. Då använde kusken piskan för första gången. Dahlström reste sig samtidigt som han följde hästen genom kamerans kalla öga.

När Ginger Star korsade målgången med nosen före storfavoriten gick ett besviket sus genom publiken. Han uppfattade spridda kommentarer: ”Vad fan?” ”Det är inte sant!” ”Otroligt!” ”För jävligt!”.

Själv sjönk han ner på bänken.

Han hade prickat in V5:an.

Allt som hördes var kvastens svepande mot stallgolvet och hästarnas malande käkar när de tuggade i sig kvällshavren. Lugnet hade lagt sig efter den hektiska tävlingsdagen. Fanny Jansson sopade med korta, rytmiska tag. Kroppen värkte efter allt slit och när hon var färdig sjönk hon ner på foderlådan utanför Reginas box. Hästen tittade upp från krubban. Hon stack in handen mellan gallren och smekte nosryggen.

Den spensliga, mörkhyade flickan var ensam kvar i stallet. Hon hade avböjt att följa med de andra som gått över till restaurangen på området för att fira avslutningen på säsongen. Hon kunde bara föreställa sig hur stökigt det skulle bli. Värre än vanligt. Hon hade varit där några gånger, men tyckte inte om det. Där fanns hästägare som drack för mycket och försökte skoja med henne. De kallade henne för prinsessan, tog henne om livet och gav henne tjuvnyp i rumpan.

Några blev fräckare ju mer de drack. De kommenterade hennes kropp, både med blickar och med ord. De var en samling snuskgubbar.

Hon gäspade och hade ingen lust att cykla hem heller. Inte riktigt än. Mamma var ledig från jobbet och risken var överhängande att hon var berusad. Om hon var ensam skulle hon sitta där i soffan med ett missbelåtet drag kring munnen och vinflaskan framför sig. Som vanligt skulle Fanny få skuldkänslor för att hon inte tillbringat dagen med henne istället för hos hästarna. Mamma hade ingen förståelse för att det var tävlingsdag och massor med arbete. Inte heller förstod hon att Fanny behövde komma bort. Stallet var hennes livlina. Hade hon inte hästarna skulle hon gå under.

Oron högg tag i henne när hon föreställde sig ett ännu värre scenario: att mamma kanske inte var ensam. Om hennes så kallade pojkvän Jack var där skulle de vara ännu fullare och Fanny få svårt att somna.

I morgon måste hon vara tidigt i skolan och hon behövde sova för att orka med. Åttan var en plåga som hon ville ta sig igenom så fort som möjligt. Fanny hade försökt göra sitt bästa i början av terminen, men det gick allt sämre. Hon hade svårt för att koncentrera sig och hade börjat skolka en del. Orkade helt enkelt inte.

Hon hade nog med sitt.

En bubbla av saliv lekte i ena mungipan. För varje utandning växte den sig större tills den sprack och rann nerför hakan ut på örngottet.

Det var ljust i rummet. Persiennerna var uppdragna och smutsränderna i fönsterglaset syntes tydligt. I fönstret stod en ensam kruka med en för länge sedan död saintpaulia.

Henry Dahlström kom långsamt till medvetande av enträgna telefonsignaler som skar sönder den tjocka tystnaden i lägenheten. De ekade mellan väggarna i den slitna tvårummaren, trängde sig på för att till sist segra över sömnen. Lösryckta tankar vaknade inom honom och förde honom obevekligt tillbaka till verkligheten. Han hade en abstrakt känsla av lycka men kunde inte erinra sig var den kom ifrån.

Huvudvärken slog till när han vek benen över sängkanten. Försiktigt satte han sig upp. Blicken suddig mot överkastets diffusa mönster. Törsten fick honom att resa sig och stappla ut i köket. Golvet gungade. Han lutade sig mot dörrposten och betraktade kaoset.

Köksskåpen stod vidöppna och diskbänken var belamrad med smutsiga glas, tallrikar med matrester och kaffebryggaren med inbränt kaffe i glaskannan. Någon hade tappat en tallrik på golvet. Han kunde urskilja rester av stekt strömming och potatismos bland porslinsskärvorna. På köksbordet trängdes ölburkar med tomma spritflaskor, en överfull askkopp och en bunt travkuponger.

Plötsligt gick det upp för honom vad det var han borde glädjas åt. Han hade kammat hem V5:an som ende vinnare. Summan var svindlande, åtminstone i hans ögon. Över åttiotusen hade betalats ut till honom kontant, rätt ner i fickan. Han hade aldrig hållit i så mycket pengar.

I nästa sekund insåg han att han inte visste var han gjort av dem. Rädslan för att de var borta brann till i magen. Han måste ha blivit bra på röken i går. Så jävla mycket pengar.

Blicken hastade oroligt upp och ner över de halvtomma hyllorna i köksskåpen. Han borde haft tillräckligt med vett att gömma pengarna. Bara inte någon av de andra... Nej, det kunde han inte tro. Fast när det gällde sprit eller pengar visste man aldrig.

Han sköt undan tanken och försökte erinra sig vad han gjort när de kom hem från travet föregående kväll. Var i helvete?

Visst ja, städskåpet. Med darrande fingrar fick han fram paketet med dammsugarpåsar. När han kände sedelbuntarna andades han ut. Han sjönk ner på golvet med förpackningen som en dyrbar porslinsvas i händerna samtidigt som tankar om vad han skulle göra med pengarna flimrade förbi. Resa till Gran Canaria och dricka paraplydrinkar. Kanske bjuda med Monica eller Bengan – varför inte båda två?

Bilden av dottern dök upp. Egentligen borde han väl skicka något till henne. Hon var vuxen nu och bodde i Malmö. Kontakten var bruten för länge sedan.

Henry stoppade tillbaka paketet i skåpet och reste sig. Tusen stjärnor dansade innanför ögonlocken.

Behovet av något drickbart trängde på. Ölburkarna var tomma och lika illa var det med spritflaskorna. Han tände en av de längre fimparna i askkoppen, svor till när han brände sig på fingret.

Så upptäckte han en flaska vodka under bordet som visade sig ha en rejäl skvätt kvar på botten. Den hällde han girigt i sig och karusellen i huvudet saktade ner. Han gick ut på altanen och andades in den råkalla novemberluften.

På gräsmattan låg mot all förmodan en oöppnad burk starköl. Han svepte den och kände sig definitivt bättre. I kylen hittade han en bit korv och en kastrull med intorkat potatismos.

Det var måndagskväll. Klockan var över sex och Systembolaget var stängt. Han måste ut och skaffa sprit.

Han tog bussen ner till stan. Föraren var hygglig nog att låta honom åka gratis, trots att han nu onekligen hade råd att betala biljetten. När han klev av vid Östercentrum var han den enda passageraren. Regnet hängde i luften och det var mörkt och ganska ödsligt ute. De flesta affärer var stängda så här dags.

På en av bänkarna intill Alis grillkiosk satt Bengan med den där nye Örjan från fastlandet. En obehaglig typ, blek med mörkt, bakåtkammat hår och ett vasst uttryck i ögonen, armmuskler som vittnade om hur han fördrivit tiden på kåken han nyligen släppts ut ifrån. Han hade visst suttit inne för grov misshandel. Tatueringar täckte armar och bröstkorg och mönstret stack upp under den solkiga skjortkragen. Henry kände sig allt annat än bekväm med honom och saken förbättrades inte av att han ständigt hade sin morrande kamphund i släptåg. Vit med röda ögon och fyrkantig nos. Ful som stryk. Han skröt om att den bitit ihjäl en dvärgpudel på Östermalm mitt i centrala Stockholm. Den fisförnäma överklasskärringen som var hundens ägare hade blivit som tokig och slagit Örjan med sitt paraply innan polisen kom och tog hand om henne. Han hade sluppit undan med en uppmaning om att skaffa kraftigare koppel.

Till och med TV hade rapporterat om händelsen.

När Henry närmade sig kom ett dovt muller från hundens strupe där den låg vid Örjans fötter. Bengan hälsade med en obalanserad vinkning. Vännen var bra dragen, det syntes lång väg.

– Tjena, hur är läget? Grattis igen, vetja, fan va kul.

Han såg på sin vän med grumlig blick.

– Tack.

Örjan drog fram en plastflaska med färglöst, oidentifierbart innehåll.

– Ska du ha?

– Visst.

Spriten hade en stickande lukt. Efter några djupa klunkar slutade händerna att skaka.

– Det satt bra det där va?

Örjan ställde frågan utan att le.

– Absolut, sa Henry och slog sig ner på bänken bredvid de två andra.

– Hur är det själva?

– Jo, det är huvet upp och fötterna ner.

Bengan lutade sig närmare mot Henry och flåsade honom i örat.

– Helvete, hörru det här med stålarna, väste han. Vilken grej. Vad ska du göra med dom?

– Vet inte.

Henry slängde ett snabbt ögonkast på Örjan som hade tänt en cigg. Han såg ut mot Östergravar och tycktes ha slutat lyssna.

– Vi snackar om det sen, viskade han. Jag vill att du håller tyst om pengarna, ingen annan får veta nåt. Okej?

– Visst, det är lugnt, lovade Bengan. Självklart, polarn.

Han klappade Henry på axeln och vände sig mot Örjan igen.

– Ro hit med en klunk.

Han ryckte till sig flaskan.

– Ta det piano, för fan. Piano.

Typiskt Örjan, tänkte Henry. Han skulle alltid låta så märkvärdig. Vadå piano. Hunden blottade tänderna.

Nu ville han bara ha sin sprit och komma därifrån.

– Har ni nåt att sälja?

Örjan grävde i en sliten bag av skinnimitation. Han fick fram en plastflaska med hembränt.

– Femtio spänn. Men du kanske har råd att pröjsa mer?

– Nä. Jag har bara en femtiolapp.

Henry räckte fram sedeln och tog tag i flaskan. Örjan höll kvar sitt grepp om den.

– Säker?

– Japp.

– Tänk om jag inte tror dig? Tänk om jag tror att du har mer, du har bara ingen lust att betala mer?

– Va fan, lägg av!

Han ryckte åt sig flaskan och reste sig samtidigt. Örjan hånflinade.

– Tål du inte lite skoj?

– Jag måste dra. Tjena, vi hörs.

Han gick iväg mot bussen utan att vända sig om. Örjans blickar kändes som nålstick i ryggen.

**Bekvämt** tillbakalutad satt han i vardagsrummets enda få-tölj. I den kvällsöppna kiosken på vägen hem hade han köpt Grape Tonic och blandat med spriten till en hyggligt välsmakande grogg. Glaset på bordet framför honom var fyllt, isen klirrade. Han iakttog cigarettglöden i rummets halvdunkel och njöt av att vara ensam.

Att lägenheten fortfarande var ostädad efter festandet kvällen före brydde han sig inte om.

Han satte på en gammal Johnny Cash-platta på stereon. Granntanten protesterade genom att banka i väggen, antagligen för att musiken störde mitt i den svenska dramaserie som visades på TV. Han lät sig inte bekomma eftersom han föraktade allt vad vanligt Svenssonliv hette.

Även under sin yrkesverksamma tid undvek han rutiner. Som främste fotograf på Gotlands Tidningar fanns stora möjligheter att själv styra över arbetstiderna. När han så småningom startade eget gjorde han förstås precis som han ville.

I stunder av självinsikt tänkte han att det var den friheten som blev början till slutet. Den skapade utrymme för drick-andet som sakta men säkert knaprade in på arbetet, familjelivet, fritiden och till slut gick före allt annat; äktenskapet kraschade, uppdragsgivarna försvann och kontakten med dottern blev alltmer sporadisk för att efter några år upphöra helt. Till slut saknade han både pengar och jobb. De enda vänner som återstod var dem han söp ihop med.

Han väcktes ur funderingarna av ett skrammel från uteplatsen. Fastnade med glaset halvvägs på väg till munnen.

Var det någon av de förbaskade ungarna i området som ägnade sig åt att stjäla cyklar för att sedan måla om och sälja? Hans egen stod olåst därute. De hade försökt sno den förr.

Nytt skrammel. Han såg på klockan. Kvart i elva. Någon var där, utan tvekan.

Kunde vara ett djur förstås, en katt kanske.

Han öppnade altandörren och spanade ut i mörkret. Den lilla gräsplätten som utgjorde hans hörntomt lystes upp av gatlyktans kalla sken. Cykeln stod lutad mot väggen som den brukade. Bort mot gångvägen försvann en skugga in bland träden. Antagligen bara någon som rastade hunden. Han drog igen dörren och låste för säkerhets skull.

Avbrottet irriterade honom. Han tände taklampan och såg sig om i lägenheten med avsmak. Orkade inte se eländet utan stack fötterna i sina tofflor och gick ner till mörkrummet i källaren för att kolla in bilderna från travkvällen. Han hade tagit en hel rulle på Ginger Star, ett par bilder just när hon passerade målgången. Huvudet framskjutet, manen flygande och nosen före alla andra. Vilken känsla.

Fastighetsskötaren hade varit hygglig nog att låta honom använda ett gammalt cykelförråd som han inrett med kopieringsapparat, baljor för vätskor och en ställning för att torka bilder. Källarfönstret var täckt med en svart pappskiva som höll dagsljuset borta.

Den enda ljuskällan var en röd lampa på väggen. I dess svaga sken gick arbetet utan svårighet. Han tyckte om att vara i mörkrummet. Att fokusera på en sak till hundra procent i tystnaden och dunklet. Samma känsla av ro hade han bara varit med om en gång tidigare, under bröllopsresan till Israel. En dag följde han och Ann-Sofie med på en snorkeltur. När de rörde sig under ytan i det stumma havet var det som att befinna sig i en annan dimension. Ostörda, oåtkomliga för omvärldens ständigt pågående larm. Det var enda gången han snorklat, men upplevelsen satt kvar som ett tydligt minne.

Han hade arbetat en god stund när han avbröts av en diskret knackning på dörren. Instinktivt stelnade han till och lyssnade skarpt. Vem kunde det vara? Klockan måste vara närmare midnatt.

Det knackade igen, långsammare och längre. Han lyfte fotografiet han arbetade med ur fixeringsvätskan och hängde upp det på tork medan tankarna for runt i skallen. Öppna eller inte.

Förnuftet sa honom att han gjorde bäst i att låta bli. Det kunde ha med vinsten att göra. Någon ville åt pengarna. Nyheten om att han vunnit hade förstås spritt sig. I ljudet på andra sidan dörren låg en fara. Han blev torr i munnen. Fast det kunde ju lika gärna vara Bengan.

– Vem är det? ropade han.

Frågan blev hängande i mörkret. Inget svar, bara kompakt tystnad. Han sjönk ner på pallen, famlade efter spritflaskan och tog flera snabba klunkar. Några minuter förflöt och inget hände. Han satt fullkomligt stilla och väntade, utan att veta på vad.

Plötsligt bankade det hårt från andra hållet, på fönsterrutan. Han hoppade till så kraftigt att han var nära att tappa flaskan i golvet. Det sista av alkoholberusningen försvann och han stirrade upp mot pappskivan för fönstret. Vågade knappt andas.

Så återkom de. Hårda, smällande. Som om personen därute inte använde knogarna utan ett föremål. Taket och väggarna krympte. Rädslan tog strupgrepp. Här satt han, fångad som en råtta, medan någon där ute lekte med honom. Svetten bröt fram i pannan och tarmarna vreds om. Han behövde gå på toaletten.

Slagen övergick till ett rytmiskt dunkande, ett monotont pangande mot källarfönstret. Ingen i huset skulle höra hans rop på hjälp. Mitt i natten en vanlig vardagskväll. Skulle den eller de som var där ute slå sönder rutan? Det var ändå omöjligt att ta sig in, fönstret var på tok för litet. Dörren hade han låst, det var han säker på.

Med ens blev det tyst. Varenda muskel i kroppen var på helspänn. Han lyssnade efter ljud som inte hördes.

I nästan en timme satt han i samma fastfrusna ställning innan han vågade resa sig. Den hastiga rörelsen gjorde att han greps av yrsel och vinglade till. Såg blixtrande, vita stjärnor i det svarta. Han måste på toaletten nu, kunde inte hålla emot längre. Benen bar honom knappt.

När han öppnade dörren insåg han omedelbart att han begått ett misstag.

Fanny granskade sig själv i spegeln medan hon drog kammen genom det blanka håret. Ögonen var mörkt bruna och hennes hy likaså. Svensk mamma och västindisk pappa. Mulatt, utan att ha ett spår av det typiska afroutseendet. Näsan var liten och rak och läpparna smala. Korpsvart hår som räckte ända ner till midjan. Vissa tog henne för en indier eller nordafrikan, gissade att hon kom från Marocko eller Algeriet.

Hon hade just klivit ur duschen, satt på sig underbyxor och en stor T-shirt. Nyskrubbad med hårda borstar som hon handlat på Åhléns. De rev mot kroppen och gjorde skinnet ömt. Mamma hade frågat vad hon skulle med dem.

– Tvätta mig med. Man blir mycket renare då. Det är bra för huden, hade hon svarat. Förklarat sig med att hästlukten satte sig så djupt. Duschen hade blivit hennes bästa vän.

Hon vände sig åt sidan och studerade sin tunna kropp i profil. Axlarna kutade, om hon rätade på ryggen stod brösten rakt ut och syntes ännu mer. Därför gick hon alltid lätt framåtböjd. Hon var tidigt utvecklad. Fick bröst redan i fyran. I början hade hon gjort allt för att dölja dem. Stora, bylsiga tröjor hjälpte.

Värst var det på gymnastiken. Trots sportbehåar som plattade till brösten så syntes de ändå när hon hoppade eller sprang. Kroppens förändring gjorde henne illamående. Varför blev man så äcklig när man blev vuxen? Håret under armarna rakade hon bort så fort det blev lite vasst av den millimeterkorta stubben. För att inte tala om underlivet. Blodet som kom varje månad och smutsade ner trosor och lakan när hon blödde igenom på nätterna. Hon avskydde sin kropp.

Att hon dessutom var mörkhyad gjorde inte saken bättre. Hon ville se ut som alla andra. I klassen var det hon och två till som var mörka. De var tvillingar, så de hade varandra. Två killar som var adopterade från Brasilien och som var skolans bästa fotbollsspelare. De ansågs häftiga för att de såg ut som Roberto Carlos. För dem var hudfärgen en tillgång. Inte för henne. Hon ville inte sticka ut.

Hon längtade efter att vara med kompisar, att ha en alldeles egen bästa vän. Någon att anförtro sig åt, dela alla bekymmer med. I skolan tog ingen någon notis om henne längre. Hon gick både dit och hem ensam. Samtidigt var hon väl medveten om att det var hennes eget fel. När hon började högstadiet, i sjuan, hade några frågat henne ibland om de kunde hitta på något efter plugget. Hon sa alltid nej. Inte för att hon inte ville utan för att det var bråttom hem till Pricken och allt som måste göras. Att bjuda hem en kompis själv var inte att tänka på. Risken var för stor att de skulle mötas av en ostädad, inrökt lägenhet med nerdragna persienner och frukosten fortfarande framme. En deprimerad mamma med ciggen i mungipan och vinglaset i hand. Nej tack, det ville hon varken utsätta sig själv eller någon kompis för. Vilket snack det skulle bli. Hur pinsamt som helst, och fler problem var det sista hon behövde.

Därför blev Fanny ensam. Kompisarna tröttnade på att fråga och till slut brydde sig ingen om att ens prata med henne. Det var som om hon inte fanns.

Haglet som studsade hårt mot plåttaket väckte kriminal-
kommissarie Anders Knutas hemma i villan ett stenkast ut-
anför Visbys ringmur.

Han klev ur sängen och huttrade till när fötterna mötte
det kalla golvet. Famlade trött efter morgonrocken och
drog upp persiennerna. Förvånat tittade han ut, hagel i no-
vember var ovanligt. Trädgården påminde om något ur en
svartvit gammal Bergmanfilm. Träden stod med kala gre-
nar, sorgset sträckta mot den stålgrå himlen. Molnen drog
förbi, det ena mer hotfullt än det andra. Villagatans asfalt
låg våt och kall. Långt borta stretade en kvinna i mörkblå
kappa med en barnvagn över vägen. Hon hukade sig för
vinden och de vassa snökulorna som pepprade mot mar-
ken. Två tufsiga sparvar satt tryckta tätt intill varandra un-
der vinbärsbuskarna, vars taniga grenar gav föga skydd.

Varför ska man över huvud taget stiga upp, tänkte han
och kröp återigen ner mellan de varma lakanen. Line hade
vänt ryggen mot honom och tycktes fortsätta sova. Han
lade sig intill henne och kysste henne i nacken.

Tanken på söndagsfrukost med varma scones och kaffe fick
dem till slut att ta sig ur sängen. Lokalradion spelade önske-

melodier och i fönstret satt katten och försökte fånga vattendroppar på andra sidan rutan. Det dröjde inte länge förrän barnen släntrade in i köket, fortfarande i pyjamas och nattlinne. Petra och Nils var tvillingar och nyss fyllda tolv år. De hade Lines fräknar och rödlockiga hår och sin fars långsmala gänglighet. Samma utseende men komplett olika till sättet. Petra hade ärvt sin pappas lugn och hon älskade fiske, friluftsliv och golf. Nils hade hett temperament, bullrande skratt, apade sig jämt och var tokig i film och musik, precis som Line.

Knutas kollade termometern utanför fönstret. Två plusgrader. Med viss dysterhet konstaterade han att borta var den solröda oktober som var hans favoritmånad: krispig luft, trädens löv i sprakande färger från ockra till purpur, doft av jord och äpple. Gnistrande klara rönnbär och skogen full av höstkantareller. Blå himmel. Inte för varmt och inte för kallt.

Nu hade oktober bytts ut mot grådaskiga november vilket knappast kunde glädja någon. Solen gick upp strax efter sju och ner före fyra. Dagarna skulle bli allt kortare och mörkare ända fram till jul.

Inte konstigt att många blev deprimerade den här årstiden. Alla som befann sig utomhus skyndade sig fram för att så fort som möjligt komma in igen. Folk hukade under blåst och regn och orkade inte ens titta upp på varandra. Vi borde gå i ide som björnarna, tänkte Knutas. Den här månaden är en transportsträcka och inget annat.

Sommaren kändes långt borta. Då hade ön en helt annan skepnad. Varje sommar invaderades Gotland av hundratusentals besökare som kom för att njuta av den säregna naturen, sandstränderna och det medeltida Visby. Visst behövde ön turisterna, men de innebar också tungt arbete för polisen. Horder av ungdomar tog sig till Visby för att festa runt på de många krogarna. Problemen med fylla och droger ökade dramatiskt.

Men den gångna sommaren hade allt det där hamnat i skymundan. En seriemördare härjade på ön och satte skräck i både turister och gotlänningar. Polisen hade arbetat under hård press, och att mediabevakningen varit enorm hade inte gjort arbetet lättare.

Efteråt hade Knutas känt sig misslyckad för att det gick som det gick. Han grubblade över varför polisen inte sett sambanden mellan offren tidigare, varför flera unga kvinnors liv hade behövt gå till spillo.

Familjen hade tagit semesterledigt i fem veckor men när han kom tillbaka till jobbet kände han sig allt annat än utvilad.

Hösten hade varit händelselös och det var precis vad han behövde.

**Han** hade stått utanför dörren och ringt på i säkert fem minuter vid det här laget. Så jävla hårt kunde väl Blixten inte sova? Nu tryckte han oavbrutet på den blanka knappen utan att någon reagerade inifrån lägenheten.

Han böjde sig ner med viss möda och ropade genom brevinkastet.

– Blixten! Blixten! Öppna, för fan!

Med en suck lutade han sig mot dörren och tände en cigg fast han visste att grannkärringen skulle gnälla om hon kom förbi.

Det var nästan en vecka sedan de hade träffats vid Östercentrum och efter det hade han inte synts till. Det var inte likt honom. De borde ha stött på varandra vid busstationen eller Domusgången om inte annat.

Han drog ett sista bloss på cigaretten och ringde på hos granntanten.

– Vem är det? pep en svag röst.

– Jag är polare till Blixt... Henry Dahlström här bredvid. Jag vill fråga en sak.

Dörren öppnades på glänt och tanten plirade fram bakom en tjock säkerhetskedja.

– Vad står på?

28

– Har du sett till Henry på sistone?

– Har det hänt något?

En nyfiken glimt i ögonen.

– Nä, nä, det tror jag inte. Jag undrar bara var han är.

– Jag har inte hört ett ljud efter det där skrålandet förra helgen. Det var ett förskräckligt oväsen. Ja, det var väl en fyllefest som vanligt, sa hon näbbigt och tittade anklagande på honom.

– Vet du om nån har nyckel till hans lägenhet?

– Fastighetsskötarna har nycklar till alla. En av dem bor i porten mitt emot. Du kan gå upp till honom och fråga. Han heter Andersson.

När han med fastighetsskötarens hjälp tog sig in i lägenheten möttes de av ett kaos av utdragna lådor, skåp som tömts på sitt innehåll och omkullvälta möbler. Papper, böcker, kläder och annat skräp hade kastats omkring. I köket låg matrester, fimpar, spritflaskor och andra sopor strödda på golvet. Det luktade gammal öl, cigarettrök och stekt fisk. Någon hade vräkt omkring soffkuddar och sängkläder.

De båda männen blev stående mitt i vardagsrummet och bara gapade. Orden kom stötvis ur fastighetsskötare Anderssons mun.

– Vad fan är det som har hänt?

Han öppnade altandörren och tittade ut.

– Inte där heller. Då finns det bara ett ställe till.

De tog trappan ner till källaren. Längs den tomma korridorens ena sida löpte dörrar på rad, märkta med olika skyltar: "Tvättstuga", "Barnvagnar", "Cyklar". Mittemot låg vanliga källarförråd med nätdörrar. Allra längst bort fanns en dörr som var omärkt.

Stanken höll på att fälla dem till golvet. Ur mörkrummet vällde en rutten odör som fick det att vända sig i magen.

Andersson tände lyset och synen var ohygglig. På golvet låg Henry Dahlström, dränkt i sitt eget blod. Han låg på mage med ansiktet nervänt. Bakhuvudet var mosat och hade ett öppet sår stort som en knytnäve. Blodet hade stänkt på väggarna och ända upp i taket. De utsträckta armarna täcktes av små, bruna blåsor. Jeansen var mörkfläckiga i baken som om han gjort på sig.

Andersson backade ut i korridoren.

– Måste ringa polisen, kved han. Har du en mobil? Jag lämnade min där uppe.

Han fick bara en huvudskakning till svar.

– Vänta här så länge. Släpp inte in någon.

Fastighetsskötaren vände ryggen till och skyndade uppför trapporna.

När han kom tillbaka var Blixtens bekant borta.

**Huskropparna** i grå betong gjorde ett dystert intryck i novembermörkret. Anders Knutas och hans närmaste kollega, kriminalinspektör Karin Jacobsson, klev ur bilen på Jungmansgatan i bostadsområdet Gråbo.

En isande vind från norr fick dem att skynda på stegen till Henry Dahlströms port. En klunga människor hade samlats utanför huset. Några var inbegripna i samtal med polisen. Dörrknackning pågick bland grannarna och fastighetsskötaren hade tagits in till förhör.

Huset verkade slitet; lampan på fasaden var trasig och i trappuppgången hade färgen på väggarna flagat.

De hälsade på en manlig kollega som visade vägen till mörkrummet. När han öppnade dörren till källaren slog en outhärdlig stank emot dem. Den fadda, kvalmiga liklukten vittnade om att kroppen var stadd i förruttnelse. Karin kände hur kväljningarna låg farligt nära. Spytt hade hon gjort tillräckligt många gånger på mordplatser och det ville hon helst undvika nu. Hon fiskade upp en näsduk och tryckte den mot munnen.

Kriminaltekniker Erik Sohlman visade sig i dörren till mörkrummet.

– Tjena. Offret heter Henry Dahlström. Ni känner väl till

honom, Blixten, den gamla alkisen som varit fotograf? Det här var hans mörkrum. Han använde det tydligen fortfarande.

Han nickade bakåt mot källarutrymmet.

– Han har fått skallen krossad och det handlar inte om ett fåtal slag. Det är blod överallt. Jag vill bara förvarna om att det inte ser trevligt ut.

De stannade i dörröppningen och stirrade ner på kroppen.

– När dog han? frågade Knutas.

– Han har nog legat närmare en vecka skulle jag tro. Kroppen har börjat ruttna, inte så farligt än så länge för det är så pass kallt här nere. Hade han fått ligga någon dag till hade det luktat i hela trappuppgången.

Sohlman strök håret ur pannan och suckade.

– Jag måste fortsätta jobba. Det dröjer ett tag innan ni kan gå in.

– Hur länge då?

– Det rör sig om timmar. Jag vore glad om ni kunde vänta tills i morgon. Vi har massor att göra här. Det är samma sak med lägenheten.

– Okej.

Knutas betraktade det trånga rummet. Utrymmet hade utnyttjats till fullo. Plastbaljor trängdes med dunkar med kemikalier, saxar, klädnypor, högar med fotografier, lådor och askar. I ett hörn stod själva kopieringsmaskinen.

En balja hade slagits omkull och kemikalierna blandats med blod.

När de kom ut från porten drog Knutas in den friska kvällsluften djupt i lungorna. Det var söndag kväll den artonde november, klockan var kvart över åtta och från den mörka himlen började regnet övergå i blötsnö.

**Nästa** morgon samlades spaningsledningen i polishuset på Norra Hansegatan. En påkostad renovering hade just avslutats och kriminalavdelningen hade tilldelats nya fräscha rum. Möteslokalen var ljus med högt i tak och den var dubbelt så stor som den gamla.

Det mesta av inredningen gick i enkel skandinavisk design i grått och vitt med möbler i björk. Mitt i rummet stod ett långt och brett bord med plats för tio personer på var sida. På ena kortväggen satt en stor skrivtavla och en projektorduk. Allt luktade nytt. Den ljusa färgen på väggarna hade knappt torkat.

Båda långsidorna täcktes av stora fönster. Den ena fönsterraden hade utsikt över gatan, parkeringen vid Obs och ringmurens östra sida. Bortom muren syntes havet. Den andra vette mot korridoren så att man kunde se vilka som passerade. Tunna bomullsgardiner kunde dras för om man ville vara mer privat – de gamla gula hade bytts ut mot vita med diskret mönster.

Knutas var för ovanlighetens skull några minuter sen till morgonmötet. Ett trivsamt mummel mötte honom när han klev in i rummet med kaffemuggen i ena handen och en mapp med papper i den andra. Klockan hade passerat åtta och alla var på plats. Han krängde av sig kavajen som han hängde över stolsryggen, placerade sig som alltid vid bordets kortsida och tog en klunk av det beska automatkaffet. Studerade kollegerna medan de småpratade med varandra.

Till höger satt hans närmaste medarbetare Karin Jacobsson: trettiosju år, liten till växten, mörkhårig och brunögd. Yrkesmässigt var hon envis och orädd och kunde vara ettrig som en terrier. Hon var öppen och pratig, men om hennes privatliv visste han inte mycket, trots att de arbetat ihop i femton år. Hon levde ensam utan barn. Knutas visste inte om hon hade någon pojkvän.

Hela hösten hade han varit utan henne och saknat henne ofantligt. I samband med sommarens mordfall hade Karin Jacobsson blivit föremål för en internutredning om tjänstefel. Utredningen lades ner, men det hela tog hårt på henne. Hon hade varit tjänstledig medan den pågick och tagit semester direkt efteråt. Vad hon gjort under tiden hon var borta visste han inte ett skvatt om.

Nu satt hon inbegripen i ett lågmält samtal med kriminalinspektör Thomas Wittberg. Han såg mer ut som en surfare än en polis med sitt blonda hårsvall och sin vältrimmade kropp. En tjugosjuårig festprisse med ständigt nya damer på gång, men jobbet skötte han oklanderligt. Hans talanger i mänsklig kontakt hade han stor nytta av – som förhörsledare var han svårslagen.

Lars Norrby på andra sidan bordet var Wittbergs raka motsats. Lång, mörk och noggrann, på gränsen till omständlig. Knutas kunde bli galen på hans sätt att krångla till saker och ting. På jobbet kände de till varandras vanor utan och innan. De började samtidigt vid polisen och hade patrullerat tillsammans en gång i tiden. Nu närmade de sig femtio och var lika bekanta med buset på Gotland som med varandra.

Kriminalinspektör Norrby var också polisens presstalesman och biträdande chef för kriminalpolisen, en lösning Knutas inte var helt nöjd med alla gånger.

Teknikern i gruppen, Erik Sohlman, var intensiv, temperamentsfull och ivrig som en spårhund, samtidigt oerhört systematisk.

Vid bordet satt också chefsåklagaren vid åklagarkammaren på Gotland, Birger Smittenberg. Han var stockholmare från början, sedan länge ingift gotlänning. Knutas uppskattade hans kunnighet och starka engagemang.

Knutas inledde mötet:

– Offret är Henry "Blixten" Dahlström, född 1943. Han hittades död i ett källarutrymme som användes som mörkrum strax efter klockan sex i går kväll. Om ni inte alla har hört det redan så är det alltså den där alkisen som varit fotograf. Han brukade hålla till nere på Öster och främsta kännetecknet var kameran som han alltid bar kring halsen.

Det var knäpptyst kring bordet och alla lyssnade koncentrerat.

– Dahlström hittades med omfattande krossår i bakhuvudet. Tveklöst är det fråga om mord. Kroppen transporteras till Rättsmedicinska avdelningen i Solna under dagen.

– Har ni funnit mordvapnet? frågade Lars Norrby.

– Inte än så länge. Vi har letat igenom både mörkrummet och lägenheten. Det är bara där vi har spärrat av. Allt annat är meningslöst eftersom kroppen har legat i en vecka och gud vet hur många människor som passerat i trappuppgången sedan dess. Dahlström bodde på bottenvåningen i en hörnlägenhet. Precis utanför ligger gångvägen bort mot Terra Nova. Hela området ska genomsökas. Mörkret har försvårat arbetet, men sökandet återupptogs så fort det började ljusna. Ja, det är ju bara en liten stund sedan.

Han såg på klockan.

– Vem slog larm? undrade åklagaren.

– Kroppen upptäcktes av en av fastighetsskötarna. Det finns tydligen fyra stycken. Den här bor i porten mittemot. Ove Andersson heter han. Han berättade att en man som uppgav att han var god vän till offret ringde på dörren vid sextiden i går kväll. Mannen sa att han inte hade sett Dahlström på flera dagar och undrade var han höll hus. De hittade honom i källaren, men när fastighetsskötaren gick upp till sig för att larma polisen passade vännen på att försvinna.

– Det var ju skumt att han stack. Det kanske är han som är mördaren, föreslog Wittberg.

– Varför skulle han i så fall kontakta fastighetsskötaren? invände Norrby.

– Han kanske ville in i lägenheten för att hämta något han glömt kvar och så vågade han inte bryta sig in, framkastade Karin.

– Nja, uteslutet är det väl inte, fast det låter ganska otroligt, kontrade Norrby. Varför skulle han vänta en hel vecka? Risken att kroppen skulle hittas fanns ju hela tiden.

Knutas rynkade pannan.

– Ett alternativ är att han försvann för att han var rädd för att bli misstänkt. Han kanske var med på festen, för en fest har det varit i lägenheten, det är helt klart. Hur som helst måste vi få tag i honom så fort som möjligt.

– Hur ser han ut? undrade Wittberg.

Knutas såg ner i sina papper.

– Medelålders, runt femtio trodde fastighetsskötaren. Lång och kraftig. Mörkhårig med mustasch och långt, bakåtkammat hår i en tofs på ryggen. Mörk tröja, mörka byxor. Skorna lade han inte märke till. Jag tycker det låter som Bengt Johnsson. Det är väl den ende av A-lagarna som stämmer in på beskrivningen.

– Det måste vara Bengan. De där två hängde ihop som ler och långhalm, sa Wittberg.

Knutas vände sig mot kriminalteknikern.

– Erik, du kan väl dra det tekniska.

Sohlman nickade.

– Vi har gått igenom lägenheten och mörkrummet, men vi är långt ifrån klara. Om vi börjar med offret och skadorna så ska vi se på bilder. Var beredda på att det ser ganska otrevligt ut.

Sohlman släckte ljuset och klickade fram de digitala bilderna via datorn på projektorduken längst fram i rummet.

– Henry Dahlström låg framstupa på golvet med omfattande krosskador i bakhuvudet. Förövaren har använt sig av ett trubbigt föremål. Jag skulle gissa på en hammare, men det kan rättsläkaren säga mer om så småningom. Han har slagits upprepade gånger i huvudet. Den stora mängden blodstänk beror på att gärningsmannen först har slagit hål på skallen och sedan fortsatt att slå på den blodiga ytan. Varje gång han lyfter vapnet för att måtta ett nytt slag så stänker blodet omkring.

Sohlman använde en pekpinne för att visa stänken som syntes både på golv, väggar och i taket.

– Troligen har gärningsmannen fällt Dahlström till golvet och sedan stått böjd över honom och fortsatt att slå medan han låg ner. När det gäller tidsbestämningen av dödsfallet skulle jag tippa på att mordet inträffade för fem, sex dagar sedan.

Offrets ansikte var flammigt gulgrått och skiftade i grönt. Ögonen hade en mörkt brunröd färg och läpparna var svarta och intorkade.

– Förruttnelseprocessen har inletts, fortsatte Sohlman oberört. Ni ser de små bruna blåsorna på kroppen med likvätska som har börjat rinna ut. Det är samma sak som kommer ur munnen och näsan.

Kollegerna runt bordet grinade illa. Karin undrade i sitt stilla sinne hur Sohlman alltid lyckades prata om blodiga offer, likstelhet och ruttnande kroppar som om det gällde väder och vind eller årets deklarationsblanketter.

– All inredning är omkullvält och skåp och lådor med bilder har gåtts igenom. Mördaren har uppenbarligen letat efter något. Offret har också avvärjningsskador på underarmarna. Här ser ni blånader och rivmärken. Han har alltså försökt göra motstånd. Blåmärket på nyckelbenet kan ha orsakats av ett slag som missat. Prover har förstås tagits, både av blod, en fimp som hittades i källarkorridoren och hårstrån som inte verkar komma från offret. Allt skickas till SKL, men som ni vet kan det dröja innan vi får svar.

Han tog en klunk kaffe och suckade. Svaren från Statens kriminaltekniska laboratorium, SKL, i Linköping brukade dröja minst en vecka, oftast runt tre.

Sohlman fortsatte:

– När det gäller spår har vi hittat avtryck av skor i rabatten utanför källarfönstret. Tyvärr har regnet gjort att de är omöjliga att identifiera. Däremot har vi tagit fram skospår i korridoren utanför mörkrummet som i bästa fall kan ge något. Samma skoavtryck finns i lägenheten som för övrigt var full av flaskor, askkoppar, ölburkar och en massa annat skräp. Det syns att det har varit en fest vilket också har intygats av vittnen. Vi har säkrat en hel del fingeravtryck och även skospår från fyra, fem olika personer. Dessutom var även lägenheten genomsökt.

Bilderna på oredan i Dahlströms hem talade sitt tydliga språk; lägenheten var fullständigt upp- och nervänd.

– Dahlström måste ha haft något värdefullt hemma, vad det nu skulle kunna vara, sa Knutas. En alkoholist som lever på bidrag brukar väl knappast ha tillgångar av större värde att tala om. Har ni funnit hans kamera?

– Nej.

Sohlman tittade återigen på klockan. Han verkade ivrig att komma iväg.

– Du sa att ni hade hittat en fimp i källaren. Kan mördaren ha väntat utanför mörkrummet på att Dahlström skulle komma ut? frågade Karin.

– Mycket möjligt.

Sohlman ursäktade sig och lämnade rummet.

– I så fall visste gärningsmannen att Dahlström var i mörkrummet, fortsatte Karin. Han kan ha uppehållit sig i porten i timmar. Vad säger grannarna?

Knutas bläddrade bland förhörsprotokollen.

– Dörrknackning pågick till sent i går kväll. Vi har inte fått in alla rapporter än, men grannar i trappuppgången bekräftar, som sagt, att det var en fest i lägenheten förra söndagen. Ett gäng hade kommit inrumlande i porten vid niotiden. En granne som stötte på dem i porten gissade att de hade varit på travet för han uppfattade kommentarer om olika hästar.

– Javisst, det var ju sista tävlingsdagen för säsongen förra söndagen, påminde sig Karin.

Knutas såg upp från sina papper.

– Säger du det? Ja, travbanan ligger inte långt bort så de kan mycket väl ha promenerat eller cyklat hem därifrån. Nåväl, det var ett himla liv i lägenheten, enligt grannarna. De festade och skrålade, folk har hört röster från både kvinnor och män.

Grannkvinnan intill berättade att mannen som troligen är Bengt Johnsson ringde på hos henne först och undrade om hon hade sett Dahlström. Hon hänvisade honom till fastighetsskötaren.

– Överensstämmer hennes signalement av honom med fastighetsskötarens? undrade Norrby.

– I stort sett. Överviktig man, yngre än Dahlström, runt femtio trodde hon. Mustasch och bakåtkammat mörkt hår i hästsvans, raggaraktig frisyr som hon uttryckte saken. Sluskigt klädd, som hon också uttryckte saken.

Knutas smålog.

– Han bar smutsiga, löst hängande jeans och magen hängde utanför. Fleecetröja i blått och så rökte han. Hon kände igen mannen eftersom hon har sett honom tillsammans med Dahlström ett flertal gånger.

– Alla känner väl till Henry Dahlström, men vad vet vi om honom egentligen? frågade Wittberg.

– Han var alkoholist sedan många år tillbaka, svarade Karin. Oftast höll han till vid Östercentrum eller busstationen med sina kompisar. Östergravar på sommaren, förstås. Frånskild, inget arbete. Hade varit sjukpensionär i över femton år fast han verkade inte helt nergången. Han betalade hyra och räkningar i tid och gjorde inte så mycket väsen av sig enligt grannarna. Bortsett från festerna ibland då. Vännerna uppger att han var rätt oförarglig, hamnade aldrig i bråk eller begick brott. Fotointresset höll han uppenbarligen vid liv. I somras stötte jag på honom när jag cyklade till jobbet. Han höll på att fotografera en blomma vid Gutavallen.

– Vad vet vi mer om hans bakgrund? Wittberg sneglade i Karins papper på bordet.

– Han föddes 1943 på Visby lasarett, fortsatte Karin. Uppvuxen i Visby. Gifte sig 1965 med en kvinna från Visby, Ann-Sofie Nilsson. De fick ett barn 1967, en flicka, Pia. Skilde sig 1986.

– Okej, vi får ta reda på mer om honom under dagen, sa Knutas. Och så måste vi leta rätt på Bengt Johnsson.

Han tittade ut genom fönstret.

– Eftersom det regnar så sitter nog gubbarna i Domus-gången. Det är bäst att börja där. Wittberg?

– Jag och Karin kan väl ta det.

Knutas nickade.

– Jag har börjat sammanställa förhören med grannarna och fortsätter gärna med det, sa Norrby. Det är ett par som jag skulle vilja höra en gång till.

– Det låter bra, sa Knutas och vände sig till åklagaren. Birger, har du något att tillägga?

– Nej. Håll mig informerad bara, så är jag nöjd.

– Okej, vi bryter här. Vi ses igen i eftermiddag. Ska vi säga vid tretiden?

Efter mötet stängde Knutas in sig på sitt rum. Hans nya tjänsterum var dubbelt så stort som det gamla. Generande stort kunde han tycka. Väggarna var målade i en ljus färg som påminde om sanden på Tofta badstrand en solig dag i juli.

Utsikten var densamma som från deras möteslokal vägg i vägg: parkeringen vid Östercentrum och bortom den ring-muren och havet.

I fönstret stod en kraftig vit pelargonia som först nyligen slutat blomma för vintern. Han hade fått den av Karin en födelsedag för flera år sedan. Krukväxten hade han behållit från sitt gamla rum, tillsammans med sin kära, gamla skriv-bordsstol i ek med sits i mjukt skinn. Den gick att snurra på, en egenskap han ofta utnyttjade.

Han stoppade pipan omsorgsfullt. Tankarna gick till Henry Dahlströms mörkrum och synen som mött honom. När han tänkte på den krossade skallen rös han till.

Allt tydde på ett fyllebråk som urartat och fått ett ovan-ligt brutalt slut. Dahlström hade antagligen tagit med sig en kompis ner till källaren för att visa bilder och så hade de börjat gräla om någonting. De flesta grova misshandelsfall inträffade på det viset och varje år mördades någon i missbrukarkretsarna.

Han gick tillbaka i minnet och försökte mana fram bilden av Henry Dahlström.

När Knutas började inom polisen tjugofem år tidigare hade Dahlström varit en erkänd fotograf. Han arbetade på Gotlands Tidningar och tillhörde en av de främsta fotograferna på ön. Knutas arbetade då som ordningspolis och patrullerade på gatorna. Vid större nyhetshändelser var det ofta Dahlström som var först på plats med sin kamera. När Knutas någon gång träffade honom på privata tillställningar brukade de småprata. Dahlström var en trevlig karl med en stor portion humor, även om han hade en tendens att få för mycket innanför västen. Det hände att Knutas mötte honom full som ett ägg på väg hem från krogen. Någon gång hade han plockat upp honom i bilen eftersom karln varit för berusad för att ta sig hem själv. På den tiden var Dahlström gift. Sedan slutade han på tidningen och startade egen firma. Samtidigt tycktes hans spritkonsumtion tillta i omfattning.

En gång påträffades han utslagen inne i tolvhundratalsruinen Sankta Karin mitt på Stora Torget i Visby. Han låg i en trång trappa och sov när han upptäcktes av en förskräckt guide med tillhörande amerikansk turistgrupp.

Vid ett annat tillfälle hade han helt fräckt promenerat in på restaurang Lindgården på Strandgatan och beställt en brakmiddag bestående av fem rätter med tillhörande vin, starköl, snaps och cognac. Efteråt bad han om en cigarr, direktimporterad havanna, som han blossade på medan han avnjöt ännu en avec. När notan skulle betalas deklarerade han frankt att det tyvärr inte gick för sig eftersom han saknade kontanter. Polis tillkallades, som tog den stinne och överförfriskade mannen till arresten varifrån han släpptes efter några timmar. Dahlström tyckte nog att det hela var värt besväret.

Hustrun hade Knutas inte sett på åratal. Hon hade underrättats om sin före detta makes död. Knutas själv hade inte talat med henne ännu, men ett förhör skulle hållas senare under dagen.

Han sög på den otända pipan och bläddrade i Dahlströms akt. Enstaka smärre förseelser hade han gjort sig skyldig till, men inget allvarligt. Vännen däremot, Bengt Johnsson, var dömd ett tjugotal gånger för olika brott. Mest handlade det om stölder och ringa misshandel.

Man kunde undra varför han inte hörde av sig.

Emma Winarve slog sig ner i lärarrummets nersuttna soffa. Hon höll kaffemuggen mellan båda händerna för att värma dem. Det var dragigt i den gamla träbyggnaden som inrymde Kyrkskolan i Roma. På muggen stod "Världens bästa mamma". Jo, pyttsan. En mamma som bedragit sin man och under det senaste halvåret försummat sina barn för att hon haft huvudet fullt av annat. På god väg mot fyrtio och på lika god väg att tappa kontrollen.

Klockan på väggen visade på halv tio. Runt bordet trängdes redan kollegerna under trivsamt småprat. Lukten av kaffe hade för evigt bitit sig fast i gardiner, böcker, papper, pärmar och i den smutsgula tapeten. Emma orkade inte delta i konversationen utan såg ut genom fönstret. Ekarnas löv hade ännu inte fallit av. De var i ständig rörelse och känsliga för minsta vindpust. I hagen intill skolan stod de gråruggiga fåren tätt ihop med mularna i backen. Käkarna malde på i oupphörligt idisslande. Romas stenkyrka med åttahundra år på nacken stod där den stod.

Allt gick sin gilla gång oavsett vilka stormar som ven i en människa. Ofattbart att hon förmådde sitta där till synes oberörd, smuttande på det evinnerliga kaffet utan att det märktes. Hur kroppens inre var ett psykologiskt fälttåg.

Hennes liv höll på att barka åt fanders och omkring henne satt arbetskamraterna i lågmälda samtal, behärskade rörelser, ögonkontakt. Som om ingenting.

På näthinnan rullade en videofilm i snabba klipp: dottern Saras födelsedag när Emma bara ville gråta, hon och Johan tumlande i en hotellsäng, svärmors forskande ögon, Filips cellokonsert som hon totalt glömde bort, Olles ansikte när hon återigen avvisade honom.

Hon hade försatt sig i en omöjlig situation.

Ett halvår tidigare hade hon träffat mannen som skulle förändra allt. De lärde känna varandra i samband med föregående sommars polisjakt, då Emmas bästa väninna Helena varit ett av mördarens offer och hon själv varit ohyggligt nära att gå samma öde till mötes.

Johan hade kommit i hennes väg och hon kunde inte gå förbi. Han var helt olik alla andra hon träffat; så levande och intensiv i allt han företog sig. Inte heller hade hon upplevt att hon kunde skratta så kolossalt med någon eller att hon själv blev så rolig, riktigt spirituell. Han fick henne att upptäcka sidor hos henne själv som hon inte visste att hon hade.

Snabbt blev hon våldsamt förälskad och innan hon visste ordet av hade han fullständigt invaderat henne. När de älskade fylldes hon av en sinnlighet hon inte upplevt förut. Han gjorde henne avslappnad. För första gången hade hon inte en tanke på vare sig hur hon såg ut eller hur han bedömde hennes färdigheter i sängen.

Att befinna sig så hundraprocentigt i nuet hade hon bara upplevt när hon födde sina barn.

Ändå valde hon så småningom bort honom. För barnens skull blev hon kvar hos Olle. När dramat med seriemördaren var över och hon vaknade upp på sjukhuset med familjen omkring sig insåg hon att hon saknade ork att genomgå en skilsmässa, även om hon kände på sig att Johan var hennes livs stora kärlek. Tryggheten vägde tyngre, åtminstone just då. Under stor vånda gjorde hon slut.

Hela familjen reste till Grekland på semester för att hon behövde komma bort och få distans till allt. Men så enkelt hade det inte varit.

När de var tillbaka hade Johan skrivit. Först tänkte hon slänga brevet oläst, men nyfikenheten tog överhanden. Efteråt ångrade hon sig.

Det hade varit bättre för alla inblandade parter om hon inte läst en rad.

**Karin** Jacobsson och Thomas Wittberg promenerade ner till Östercentrum så fort spaningsledningens möte var över. På gågatan mellan affärerna var det glest med folk. Blåsten och regnet gjorde sitt till. De skyndade in mot gallerian vid Obs och ruskade av sig den värsta vätan innanför glasdörrarna.

Köpcentrumet var tämligen oansenligt: H&M, Guldfynd, ett par frisersalonger, en hälsokostbutik, en anslagstavla. Obs med sina rader av kassor, sedan munk- och wienerbrödsförsäljningen, Kundtjänst, Tips & Tobak. Längst bort toaletter, återvinningsstation för returglas och utgång mot parkeringen. På bänkarna i gången samsades fyllgubbarna när det var dåligt väder med någon trött pensionär eller småbarnsförälder som behövde vila fötterna.

Gubbarna slapp kylan utomhus och så länge de inte drack därinne lät varuhusets väktare dem vara ifred. De flesta höll pluntan gömd i en väska eller ficka.

Två A-lagare som Karin kände igen satt på bänken längst bort mot utgången, smutsiga och orakade i slitna kläder. Den yngre av dem lutade huvudet mot väggen bakom och glodde ointresserat på folk som gick förbi. Svart skinnjacka och trasiga gympaskor. Den äldre mannen i blå täckjacka och toppluva satt framåtlutad med huvudet i händerna. Smutsiga tovor tittade fram under luvan.

Karin presenterade sig själv och Wittberg, trots att hon visste att de båda männen var väl medvetna om vilka de var.

– Vi har inte gjort nåt, vi sitter bara här.

Mannen med luvan såg upp på dem med ögon som gick i kors. Och klockan är inte ens elva, tänkte Karin.

– Lugn, manade Wittberg. Vi vill bara ställa några frågor.

Han halade upp ett fotografi ur fickan.

– Känner ni igen den här mannen?

Den yngre fortsatte att stirra stint framför sig. Han ägnade inte de båda poliserna en blick. Den andre glodde på bilden.

– Ja, för fan. Det är ju Blixten.

– Hur väl känner du honom?

– Han är en i gänget, vet du. Brukar hänga omkring här, eller vid busstation. Det har han gjort i tjugo år. Klart jag känner Blixten, det gör väl varenda en. Hörru Arne, visst vet du vem Blixten är?

Han puffade sin kamrat i sidan och räckte honom fotografiet.

– Jävla dum fråga. Han känner väl alla.

Han som hette Arne hade pupiller som pepparkorn. Karin undrade vad han var hög på.

– När såg ni honom senast? frågade Wittberg.

– Vad har han gjort?

– Ingenting. Vi vill veta när ni träffade honom senast.

– Ja, när fan var det? Vad är det för dag i dag? Måndag?

Karin nickade. Mannen strök sig över hakan med fingrar smutsgula av nikotin.

– Jag har inte sett han på några dar, men han är ju borta ibland, vet du.

Karin vände sig mot kamraten.

– Du då?

Han glodde fortfarande rakt fram. Ansiktet var egentligen ganska vackert under smutsen och skäggstubben, tänkte hon. Minen var trotsig och avspeglade en stark ovilja till samarbete. Hon betvingade en lust att ställa sig och veva med armarna framför näsan på honom för att tvinga fram en reaktion.

– Kommer inte ihåg.

Wittberg började bli irriterad.

– Kom igen nu.

– Vad vill du veta det för? Har han gjort nåt? frågade den äldre med luvan.

– Han är död. Någon har tagit livet av honom.

– Va i helvete? Är det sant?

Nu tittade båda upp.

– Ja, tyvärr. Han hittades död i går kväll.

– Det var som fan.

– Vad vi måste göra nu är att försöka finna den som gjorde det.

– Ja, men det är klart. När jag tänker efter var det nog vid busstation för nån vecka sen som jag såg han sist.

– Var han ensam?

– Han var där med sina polare, Kjelle och Bengan tror jag.

– Hur verkade han?

– Vadå verkade?

– Hur uppträdde han? Verkade han må dåligt eller var han orolig på något sätt?

– Nej, han var som vanligt. Han snackar aldrig så värst mycket. Lite full var han förstås.

– Vet du vilken dag det här var?

– Det var nog på lördan för det var mycket folk ute på

stan. Jag tror det var på lördan.

– För en vecka sedan alltså?

– Just det, jag har inte sett han sen dess, förstår du.

Karin vände sig mot den andre.

– Du då, har du träffat honom efter det?

– Nä.

Karin svalde irritationen som hade växt sig till en kliande boll i halsen.

– Okej, vet ni om han har varit tillsammans med någon okänd person på sistone?

– Ingen aning.

– Finns det någon som tycker illa om honom eller som kan tänkas vilja skada honom?

– Inte Blixten, nej. Han kom aldrig i bråk med nån. Han höll en låg profil om du fattar vad jag menar?

– Jovisst, jag förstår, sa Karin. Vet ni var hans kompis Bengan är, Bengt Johnsson?

– Är det han som har gjort det?

Bakom alkoholslöjorna såg den äldre uppriktigt förvånad ut.

– Nej, nej, vi vill prata med honom bara.

– Har inte sett han heller på ett tag, har du?

– Näpp, sa Arne.

Han tuggade tuggummi så att det knakade i käkarna.

– Sist jag såg han var han med den där nya killen från fastlandet, sa den äldre. Örjan heter han.

– Efternamn?

– Det vet jag inte för han har inte bott här på Gotland så länge. Han har suttit på kåken på fastlandet.

– Vet du var vi kan få tag i Bengt Johnsson?

– Han bor på Stenkumla väg med sin morsa. Han kanske är där.

– Vet du vilket nummer?

– Nä.

– Då så, tack för hjälpen. Om ni ser eller hör något som har med Blixten att göra så hör av er till polisen med en gång.

– Visst, sa mannen med luvan och lutade sig även han mot väggen.

Johan Berg slog upp morgontidningen hemma vid köksbordet på Heleneborgsgatan i Stockholm. Lägenheten låg på nedre botten mot gården men det gjorde honom inget. Södermalm var stadens hjärta och i hans ögon kunde man inte bo bättre. På ena sidan av fastigheten öppnade sig Riddarfjärdens vatten och den gamla fängelseön Långholmen med badklippor och promenadstigar i det gröna. På den andra låg affärer, krogar, caféer och tunnelbanan inom räckhåll. Röda linjen gick direkt till Karlaplan och därifrån var det bara fem minuters promenad till redaktionen i TV-huset.

Han prenumererade på flera dagstidningar: Dagens Nyheter, Svenska Dagbladet och Dagens Industri, och numera ingick även Gotlands Tidningar i högen som han plöjde igenom varje morgon. Efter sommarens händelser hade hans intresse för Gotland fått ett uppsving. Både av det ena och det andra skälet.

Han ögnade igenom rubrikerna. "Äldreboende i kris", "Poliserna på Gotland tjänar mindre än de på fastlandet", "Bonde riskerar förlora EU-bidrag".

Så lade han märke till en notis: "Man hittad död i Gråbo. Polisen misstänker brott".

Medan han stökade undan frukosten funderade han över notisen. Visst lät det som ett ordinärt fyllebråk men hans nyfikenhet var väckt. Han tog en snabbkoll i spegeln, smetade in lite gelé i sitt mörklockiga hår. Han behövde egentligen raka sig, men hann inte. Hans mörka skäggstubb fick växa lite till. Han var trettiosju, men såg yngre ut. Lång och välbyggd med rena drag och bruna ögon. Kvinnor föll lätt för honom, något han dragit fördel av många gånger. Fast inte nu längre. Sedan ett halvår tillbaka existerade bara en kvinna i hans liv, Emma Winarve från Roma på Gotland. De träffades när han bevakade jakten på seriemördaren föregående sommar.

Hon vände upp och ner på hans liv. Han hade aldrig träffat en kvinna som berörde honom så starkt, hon utmanade honom och fick honom att tänka i nya banor. Han tyckte bättre om sig själv när han var med henne. När hans kompisar frågade vad det var som var så speciellt med Emma hade han svårt att förklara. Allt var bara självklart. Och han visste att det var ömsesidigt.

Det gick så långt att han trodde att hon faktiskt skulle bryta upp ur sitt äktenskap, att det bara var en tidsfråga. Han hade börjat fantisera om att han flyttade till Gotland och jobbade på någon av tidningarna eller lokalradion. Att de flyttade ihop och han blev plastpappa till hennes två barn.

I stället blev det precis tvärtom. När mördaren gripits och allt var över gjorde hon slut. För honom kom det fullständigt oväntat. Tillvaron rämnade, han var tvungen att sjukskriva sig några veckor och när han repat sig så pass att han kunde åka på semester upptog hon hans tankar precis hela tiden.

När han kom hem skrev han ett brev. Mot all förmodan svarade hon och de började träffas igen. Mest sågs de när

Johan var på Gotland för arbetets räkning. Någon gång lyckades hon ta sig till honom i Stockholm. Men han märkte att hon mådde dåligt av lögnerna och att hon brottades med svåra skuldkänslor. Till sist bad hon om respit i två månader. Oktober och november. Hon behövde få distans och tid att tänka, förklarade hon.

Plötsligt hade de ingen kontakt överhuvudtaget. Inga sms, inga mejl, inga telefonsamtal.

En gång hade hon fallit till föga. Han var på Gotland på jobb och hade ringt upp henne. Just då var hon ledsen och svag och de träffades. Ett snabbt möte som bara bekräftade att känslorna stärkts, åtminstone för hans vidkommande.

Efter det ingenting. Ett par tafatta försök från honom var lönlösa. Hon var orubblig.

Samtidigt förstod han. Det var svårt för henne, gift och småbarnsmamma som hon var.

Men efter veckor av oroliga nätter, kedjerökande och en ständig, värkande längtan kändes det. Minst sagt.

På vägen till tunnelbanan ringde han upp Anders Knutas i Visby.

Kommissarien svarade direkt.

– Knutas.

– Hej. Johan Berg på Regionalnytt här. Hur är läget?

– Jo, tack bra. Själv då? Det var ett tag sedan.

– Det är fint. Jag såg en notis i tidningen om ett misstänkt mord i Gråbo. Stämmer det?

– Vi vet inte så mycket.

– Vad är det som har hänt?

Kort tystnad. Johan kunde se framför sig hur Knutas lutade sig tillbaka i skrivbordsstolen och stoppade pipan. De hade haft mycket med varandra att göra då Johan rapporterat från Gotland om morden och sedan själv blivit en del av upplösningen.

– I går kväll hittades en man död i en källare på Jungmansgatan, på Gråbo, om du känner till det området?

– Visst.

– Han hade sådana skador att vi misstänker att han bragts om livet.

– Hur gammal var han?

– Född -43.

– Känd av polisen?

– Ja, men inte för att han begått några brott att tala om utan för att han var en ganska nergången alkoholist. Han brukade hålla till ute på stan och sitta och dricka. En så kallad A-lagare, alltså.

– Rör det sig om ett fyllebråk?

– Det verkar så.

– Hur dödades han?

– Det kan jag inte säga något om.

– När begicks mordet?

– Kroppen har legat i några dagar. Det kan röra sig om uppemot en vecka.

– Hur kan han ha legat så länge om han hittades i en källare?

– Han låg i ett låst utrymme.

– Ett källarförråd?

– Det skulle man kunna säga.

– Hur hittades han?

– Av fastighetsskötaren.

– Hade någon anmält honom försvunnen?

– Nej, men en vän kontaktade fastighetsskötaren.

Knutas började låta otålig.

– Jaså. Vem var det?

– Du, det kan jag inte berätta. Nu måste jag sluta, du får nöja dig tills vidare.

– Okej. När tror du att du kan ha mer att säga?

– Inte den blekaste. Hej.

Johan slog av mobiltelefonen och tänkte att mordet inte lät som något för Regionalnytt att göra inslag om. Troligen ett ordinärt fyllebråk som urartat. Det skulle bara platsa som telegram.

Stockholms tunnelbana en måndagsmorgon i november måste vara en av de mest deprimerande platser en människa kan befinna sig på, tänkte Johan där han satt lutad mot fönstret med den svarta tunnelväggen svischande förbi på en armlängds avstånd.

Tåget var fyllt av gråbleka människor, tyngda av allvar och vardag. Det var tyst på prat i vagnen, bara vanligt tunnelbanedunk och skrammel. Någon enstaka hostning och sömnigt prassel från gratistidningar. Folk tittade upp i taket, på reklamaffischerna, ner i golvet, ut genom fönstret, eller på en obestämd punkt i fjärran. Överallt, utom på varandra.

Lukten av vått tyg blandades med parfym, svett och bränt damm från elementen. Jackor trängdes med kappor, sjalar med mössor, kropp mot kropp, sko mot sko, ansikte mot ansikte fast utan kontakt.

Hur kan så många människor vara samlade på ett och samma ställe utan att det hörs? funderade Johan vidare. Det är något sjukt med alltihop.

Det var sådana här morgnar som verkligen kunde få honom att längta bort.

När han klev ut från tunnelbanan vid Karlaplan kändes

det som en befrielse. Här gick det åtminstone att andas. Människorna omkring honom trampade på som tennsoldater mot bussen, arbetsplatsen, skolan, affären, vårdcentralen, advokatkontoret eller vad det nu kunde vara.

Själv tog han vägen över parken vid Gustav Adolfskyrkan. Ungarna vid dagiset var ute och gungade i snålblåsten. Kinderna lyste som fullmogna äpplen.

TV-husets koloss tronade i novemberdiset. Han morsade på statyn som föreställde Lennart Hyland innan han klev in genom entrén.

Uppe på redaktionsplanet var det liv och rörelse. Riksets morgonnyheter var igång och utanför hissen skyndade gäster, programledare, meteorologer, sminköser, reportrar och redaktörer mellan studion, toaletterna och frukostbordet. Utsikten från raden av panoramafönster bjöd på Gärdet i grått med glada hundar från hunddagiset på Grev Magnigatan. Bruna, svarta och fläckiga galopperade de och lekte på det stora fältet, obekymrade om att det var en tråkmåndag i november.

Regionalnytts morgonmöte hade samlat nästan full skara. Några fotografer, en morgontidig redigerare, reportrar, planerare och redaktör fanns på plats. Det blev trångt i soffhörnan på redaktionen. Efter att de dryftat senaste sändningen, sågat en del och berömt annat, drog redaktör Max Grenfors dagens reportagelista. Jobben kunde mycket väl ändras under mötets gång. Någon reporter hade en egen idé, protesterna mot ett reportageförslag var så kraftfulla att det åkte i papperskorgen, eller så tog diskussionen nya vändningar som ledde till att man kastade om all planering. Det var precis så det måste fungera på en nyhetsredaktion, tyckte Johan som gillade morgonsamlingarna.

Han berättade i korthet för de andra vad han visste om mordet på Gotland. Alla var överens om att det lät som ett fyllebråk. Johan fick i uppgift att hålla koll på läget när han ändå skulle till Gotland dagen därpå för att göra ett reportage om bråket kring en nedläggningshotad campingplats.

Regionalnytts redaktion arbetade under högt produktionstryck. Varje dag gjordes ett tjugominutersprogram i princip från ax till limpa. Ett inslag på två minuter tog vanligtvis flera timmar att spela in och ytterligare två att redigera. Johan tjatade alltid på cheferna om att reportrarna borde få mer tid på sig.

Han tyckte inte om de förändringar som inträffat sedan han själv började som TV-reporter tio år tidigare. Hur reportrarna nuförtiden knappt hade tid att titta igenom sitt material innan de gick in till redigeraren. Det fick en ödesdiger inverkan på kvaliteten. Bra bilder som fotografen lagt ner mycket möda på riskerade att gå förlorade eftersom ingen upptäckte dem i brådskan. Inte sällan blev fotografer besvikna när de såg det färdiga inslaget. När man började knapra in på bildhanteringen som var TV:s hela styrka var man illa ute och Johan vägrade skriva manus och redigera innan han själv gått igenom sitt material.

Naturligtvis fanns undantag. När det brann i knutarna och man kastades in i redigeringen tjugo minuter före sändning och ändå lyckades få ihop ett inslag.

Oförutsägbarheten var den största tjusningen med att arbeta på en nyhetsredaktion. På morgonen visste han aldrig hur dagen skulle se ut. Johan arbetade mest som kriminalreporter och de kontakter han byggt upp genom åren var ovärderliga för redaktionen. Det var också han som i första hand bevakade Gotland, som låg under Regionalnytts ansvarsområde sedan över ett år tillbaka. Sveriges Televisions stora underskott gjorde att man lade ner det lokala teamet på Gotland och flyttade bevakningen av ön från Norr-

59

köping till Stockholm. Johan hade med glädje tagit sig an Gotland som han varit förtjust i sedan barnsben. Nu var det inte heller bara ön som drog.

Pricken slet i kopplet. Att han aldrig lärde sig att gå fot, tänkte Fanny ilsket, men orkade inte gräla på honom. Gatorna i villaområdet hon promenerade igenom var tomma. Ett mörkt dis hade sänkt sig över Visby och asfalten blänkte av ett stilla regn. De gardinprydda fönstren i villorna lyste inbjudande. Så välordnat så. Blommor i fönstren, blanka bilar på garageuppfarterna och tjusiga brevlådor. En och annan välskött kompost.

Man såg väldigt bra in hos folk så här i kvällsmörkret. Någon hade kopparsaker på väggen i köket, hos en annan syntes en färgglatt målad moraklocka. I ett vardagsrum hoppade en liten flicka upp och ner i en soffa och pratade med någon Fanny inte kunde se. Där var en man med sopskyffel i handen. Det hade väl råkat komma en smula på mattan förstås, tänkte hon och knep ihop munnen. I ett annat köksfönster stod ett par och tycktes laga middag tillsammans.

Plötsligt öppnades dörren till en större villa. Ett äldre par kom ut och gick under muntert småprat fram till en väntande taxi. De var välklädda och Fanny kände tantens starka parfym när de passerade alldeles intill henne. De märkte inte att hon stannat upp och iakttog dem.

Hon frös i sin tunna jacka. Hemma väntade mamma och den tysta och mörka lägenheten. Hon arbetade nattskiftet på Flextronics. Sin pappa hade Fanny inte träffat mer än ett par gånger i livet, senast när hon var fem år gammal. Hans band hade en spelning i Visby och han kom på ett kort besök. Allt hon mindes var en stor, torr hand som höll hennes och ett par bruna ögon. Pappa var svart som natten. Han var rastaman och kom från Jamaica. På fotografier hade hon sett att han hade långa skruvade lockar. De kallades dreadlocks, berättade mamma.

Han bodde i Stockholm där han spelade trummor i en orkester, och han hade en fru och tre barn i Farsta. Det var allt hon visste.

Han hörde aldrig av sig, inte ens på hennes födelsedagar. Det hände att hon fantiserade om hur det skulle vara om han och mamma levde ihop. Kanske skulle mamma inte dricka så mycket. Kanske skulle hon vara gladare. Kanske skulle Fanny slippa ta hand om allt: matlagning, städning och tvätt, rastning av Pricken och matinköp. Kanske skulle hon slippa ha dåligt samvete för att hon gick till stallet. Om hennes pappa fanns där. Hon undrade vad han skulle säga om han visste hur hon hade det. Men han brydde sig väl inte, hon betydde ingenting för honom.

Hon råkade bara bli resultatet av hans kärleksaffär med mamma.

Det första Karin och Wittberg lade märke till var skulpturerna. Nästan två meter höga i betong, samlade i en grupp på tomten. En föreställde en stegrande häst som gnäggade förtvivlat mot skyn, en annan påminde om ett rådjur, en tredje en älg med oproportionerligt stort huvud. Groteska och spöklika stod de där i hällregnet på den stora platta gräsmattan.

De småsprang från bilen fram mot huset som hade skyddande tak över den enkla förstukvisten. Typiskt femtiotal i ett plan med källare och putsad fasad i smutsgrått. Trappan var murken och risken att de skulle trampa igenom tycktes överhängande. Dörrklockans ringsignal hördes knappt. Efter någon minut öppnade en lång, kraftig kvinna i sjuttioårsåldern. Hon var klädd i kofta och blommig klänning. Håret var stort och vitt.

– Vi är från polisen, förklarade Wittberg. Vi vill ställa några frågor. Är det ni som är Doris Johnsson, mor till Bengt Johnsson?

– Det stämmer. Har han trasslat till det nu igen? Kom in. Ni blir ju alldeles blöta.

De slog sig ner i vardagsrummets skinnsoffa. Rummet var överbelamrat med föremål. Förutom soffgruppen fanns tre fåtöljer, en rustik chiffonjé, TV, piedestaler med blommor, en bokhylla. På fönsterbänkarna trängdes blomkrukor, och på varje ledig yta i rummet stod glasfigurer i olika utföranden. Alla hade de en sak gemensam; de föreställde djur. Hundar, katter, igelkottar, ekorrar, kor, hästar, grisar, kameler, fåglar. I olika storlekar, färger och poser tronade de på bord och bänkar, i fönster och på hyllor.

– Samlar du? frågade Karin dumt.

Det fårade ansiktet sken upp.

– Det har jag gjort i många år. Jag har sexhundratjugosju stycken, berättade modern stolt. Vad var det ni ville?

– Jo, det är så att vi tyvärr kommer med en tråkig nyhet. Wittberg lutade sig framåt.

– En vän till er son har hittats död och vi misstänker att han bragts om livet. Han heter Henry Dahlström.

– Kära hjärtanes, Henry? Ansiktet bleknade. Har han blivit mördad?

– Tyvärr är det nog så illa. Vi har inte gripit gärningsmannen och därför är vi intresserade av att prata med alla i Henrys omgivning. Vet ni var Bengt håller hus?

– Nej, han har sovit borta i natt.

– Var då?

– Det vet jag inte.

– När träffade du honom senast? frågade Karin.

– I går kväll. Han tittade in som hastigast. Jag var nere i källaren och hängde tvätt, så vi sågs inte. Han bara ropade till mig ner i trappen. I morse ringde han och sa att han skulle vara hos en kompis i några dagar.

– Jaså, vem då?

– Det sa han inte.

– Lämnade han något telefonnummer?

– Nej. Han är ju vuxna karln. Jag fick för mig att han var hos en kvinna.

– Varför då?

– Just för att han var så hemlighetsfull. Annars brukar han säga var han är.

– Ringde han på den vanliga telefonen eller på mobilen?

– Den vanliga.

– Har ni nummerpresentatör?

– Ja, det har jag faktiskt.

Hon reste sig och gick ut i hallen. Efter någon minut var hon tillbaka.

– Nej, det syns ingenting. Måste ha varit hemligt nummer.

– Har han en mobiltelefon?

Doris Johnsson stod i dörröppningen och såg uppfordrande på poliserna i soffan.

– Innan jag svarar på fler frågor vill jag veta vad som har hänt. Jag kände också Henry. Ni får väl berätta hur det gick till.

– Jo, jovisst, mumlade Wittberg som tycktes bli ordentligt påverkad av den bastanta kvinnans dominans. Karin hade noterat att han niade henne.

– I går kväll hittades han av Bengt och fastighetsskötaren i sitt mörkrum i källaren i huset där han bor. Han hade mördats, hur kan jag inte gå in på. När fastighetsskötaren gick för att larma polisen så försvann Bengt och han har inte hört av sig efter det. Vi är alltså mycket angelägna om att komma i kontakt med honom.

– Han blev rädd förstås.

– Det är mycket möjligt, men för att vi ska kunna få tag i gärningsmannen måste vi tala med alla som kan ha sett något eller som kan berätta om Henrys förehavanden dagarna före mordet. Har ni någon idé om var Bengt kan vara?

– Tja, han känner så många. Det är klart att jag kan ringa runt och höra efter.

– När träffade du Bengt senast, alltså när *såg* du honom senast? insköt Karin.

– Få se nu, förutom då i går kväll alltså. Det var i går vid lunchtid. Han sov länge som vanligt. Kom väl upp vid elva och åt frukost när jag åt lunch. Sedan gick han ut. Han sa inte vart han skulle.

– Hur verkade han?

– Som vanligt. Det var inget konstigt med honom.

– Vet du om det har hänt något särskilt på sistone?

Doris Johnsson plockade med klänningstyget.

– Neej, sa hon tvekande.

Plötsligt slog hon ut med armarna.

– Just ja. Henry vann ju på travet. Han fick in V5:an och han var ende vinnaren så det blev en massa pengar. Åttiotusen tror jag det var. Det berättade Bengt häromdagen.

Karin och Wittberg såg förvånat på henne.

– När var det här?

– Det var inte i söndags, så det måste ha varit förra söndagen. Ja, det var det, för då var de på travet.

– Och Henry vann alltså åttiotusen. Vet du vad han gjorde med pengarna?

– Köpte sprit, antar jag. En del gick nog åt direkt. Så fort de har lite pengar ska de ju hålla på och bjuda alla människor.

– Vilka andra personer finns i bekantskapskretsen?

– Det är en som heter Kjell som han umgås mycket med och så ett par fruntimmer. Monica och Gunsan. Hon heter väl Gun egentligen.

– Efternamn?

Hon skakade på huvudet.

– Var bor de?

– Det vet jag inte heller, men det är säkert här i stan. Någon Örjan också förresten, han är visst nyinflyttad. Honom har Bengt pratat om på sistone. Jag tror att han bor på Styrmansgatan.

De lämnade Doris Johnsson som lovade att höra av sig så fort hon fått tag på sin son.

Uppgifterna om vinsten gjorde att det nu fanns ett uppenbart motiv till mordet.

**Knutas** hade tagit med sig ett matpaket med danska smör-rebröd till lunch. Hans svärfar hade nyligen varit på besök och glatt hela familjen med delikatesser från grannlandet i söder. De tre mörka rågbröden hade olika pålägg: leverpastej med en sorts syltad pumpa som påminde om gurka, frikadeller med rödkål, och hans favorit, den danska korven rullepölse. Till hela härligheten en iskall öl.

Han avbröts av att det knackade på dörren. Norrby stack in huvudet.

– Har du tid en stund?

– Visst.

Norrby vecklade ihop sin nästan två meter långa lekamen på en av Knutas besöksstolar.

– Jag har snackat med en av grannarna som hade något intressant att berätta.

– Låt höra.

– Anna Larsson är en äldre dam som bor i lägenheten rakt ovanför Dahlström. I måndags kväll vid halv elvatiden hörde hon honom gå ut. Han hade sina gamla tofflor på sig som släpar i golvet på ett speciellt sätt.

Knutas rynkade ögonbrynen.

– Hur kunde hon höra det inifrån lägenheten?

– Visst, det kan man undra, men nu var det så att hennes katt hade diarré.

– Jaha?

– Anna Larsson bor ensam och har ingen balkong. Just när hon var på väg i säng sket katten på golvet. Det stank så hemskt så hon kunde inte ha påsen med skiten inne. Hon hade satt på sig nattkläder och ville inte gå ner till sopnedkastet av rädsla för att stöta på en granne. Därför ställde hon påsen utanför sin dörr så länge. Hon tänkte att om hon kastade den direkt på morgonen skulle ingen märka något.

– Ja, ja, sa Knutas otåligt. Norrbys tendens att bli alltför detaljerad var ibland mer irriterande än vanligt.

– Nåväl, i samma stund som hon öppnar dörren hör hon att Dahlström kliver ut i sina tofflor. Han låser dörren och går ner i källartrappan.

– Okej, sa Knutas och knackade pipan mot bordet.

– Fru Larsson tänker inte mer på det, utan går och lägger sig och somnar. Mitt i natten vaknar hon av att katten jamar. Då har den bajsat på golvet i hennes sovrum. Den är alltså ordentligt magsjuk.

– Mmm.

– Hon går upp, städar undan och det blir ytterligare en påse kattskit som måste ställas utanför dörren. När hon öppnar hör hon att någon går i porten en trappa ner och stannar vid Dahlströms dörr. Men det är inte Dahlströms släpande tofflor hon hör, utan en person med riktiga skor. Hon blir nyfiken så hon står kvar och lyssnar. Den okände ringer inte på, men dörren öppnas och personen går in, utan att hon hör några röster.

Nu vaknade Knutas intresse. Han fastnade med pipan i luften.

– Sedan då?

– Sedan är det tyst. Inte ett ljud.

– Fick hon uppfattningen att någon öppnade inifrån Dahlström eller att den som var utanför öppnade själv?

– Hon tror att personen utanför öppnade dörren.

– Varför berättade hon inte det här tidigare?

– Hon förhördes samma kväll som Dahlström hittades mördad. Det var stressigt och uppjagat tyckte hon, så då nämnde hon bara att hon hört honom gå ner i källaren. Jag tänkte efteråt på hur hon kunde vara så säker på det. Därför ville jag prata med henne igen.

– Bra gjort, berömde Knutas. Möjligen var det mördaren hon hörde, men det kan ju lika gärna ha varit Dahlström som gått ut igen. Det var väl flera timmar senare?

– Förvisso, men det verkar ganska osannolikt att han skulle ha gått ut en gång till, eller hur?

– Kanske det. Gjorde den här kvinnan fler iakttagelser efter att mannen gått in?

– Nej, hon gick och lade sig och somnade om.

– Okej. Frågan är om mannen hade nyckel, om det nu inte var Dahlström alltså.

– Inget tyder på att låset brutits upp.

– Någon han kände kanske.

– Man skulle kunna tro det.

När spaningsledningen samlades igen på eftermiddagen började Karin och Wittberg med att redogöra för mötet med Doris Johnsson och det hon berättat om travvinsten.

– Nu har vi i alla fall ett motiv, avslutade Karin.

– Det förklarar varför lägenheten var genomsökt, konstaterade Knutas. Mördaren kände uppenbarligen till att Dahlström vunnit på travet.

– Pengarna saknas fortfarande, tillade Sohlman, alltså har gärningsmannen antagligen lagt beslag på dem.

– Bengt Johnsson ligger nära till hands, sa Karin. Jag tycker att vi ska efterlysa honom.

– Med tanke på att det är fråga om mord kan jag inte annat än hålla med. Knutas vände sig mot Norrby. Vi har fått in nya vittnesuppgifter.

Kollegan berättade om Anna Larsson med den magsjuka katten en trappa upp.

– Åh fan, sa Wittberg. Det tyder på att gärningsmannen hade nyckel. Det stärker misstankarna mot Johnsson.

– Varför då? protesterade Karin. Mördaren kan lika gärna ha tagit livet av Dahlström, tagit nycklarna och sedan gått upp i lägenheten.

– Eller också dyrkade han upp låset, inflikade Sohlman. Dahlström hade bara ett vanligt cylinderlås. En skicklig in-

71

brottstjuv kan få upp ett sådant utan att det syns. Vi upptäckte ingen åverkan vid första kollen, men vi får gå igenom låset en gång till.

– Jag håller med Wittberg, sa Norrby. Jag tror på Bengt Johnsson. Han var Dahlströms närmaste vän och kan mycket väl ha haft en extranyckel. Om det inte var Dahlström som bestämde sig för att gå ut en gång till mitt i natten. Med riktiga skor på fötterna.

– Jovisst, så kan det ha varit. Men om det nu var Bengan, varför skulle han då kontakta fastighetsskötaren? invände Karin med tvivel i rösten.

– För att leda misstankarna bort från honom själv såklart, bet Norrby av.

– Om granntantens vittnesmål stämmer levde alltså Dahlström ett dygn efter travkvällen och firandet i lägenheten, sa Knutas. Han mördades alltså inte i samband med festen. Troligen skedde mordet sent på måndagskvällen eller natten till tisdag. Mer exakt tidsbestämning lär vi få från Rättsmedicinska snart.

– Förresten har det kommit in en annan vittnesuppgift som kan vara intressant, tillade Norrby. Jag var ju ute i dag och snackade med grannarna en gång till. En av dem som inte var hemma ringde mig senare.

– Jaha?

Knutas lutade huvudet i händerna och bespetsade sig på ännu en omständlig redogörelse.

– Det är en tjej som går i gymnasiet på Säveskolan. Hon hade också hört en person ute i trapphuset sent på måndagskvällen. Arne Haukas heter han och han bor mitt emot henne på nedre botten, alltså samma våning som Dahlström. Han arbetar som gymnastiklärare och brukar jogga på kvällarna. Vanligtvis är han ute vid åttatiden, men i måndags kväll hörde hon att han lämnade lägenheten vid elva. Hon såg honom också genom fönstret.

– Jaså? Hur kan hon vara så säker på tiden och dagen?

– Hon hade sin storasyster från Alva på besök. De satt uppe och pratade och såg honom båda två. Den här tjejen har särskild koll på honom därför att hon upplever det som att han är lite av en fönstertittare. Han brukar glo in genom hennes fönster när han springer förbi. Hon har fått för sig att han joggar på kvällarna som en förevändning för att kunna kika på folk.

– Har hon något belägg för de här påståendena?

– Nej. Hon lät lite generad själv faktiskt. Hon sa att hon inte var säker, att det var en känsla bara.

– Är den här Haukas gift?

– Nej, han bor ensam. Det kan ju vara så att tjejen har fog för sitt obehag. Jag har bara hunnit ringa ett samtal om honom och det var till Solbergaskolan där han jobbar. Rektorn, som jag känner privat, berättade att Arne Haukas anklagades för att ha smygkikat på flickor när de bytte om för ett antal år sedan. Eleverna upplevde det som att han klev rakt in i omklädningsrummet för att informera om något onödigt. Fyra av dem tyckte att det var så obehagligt att de lämnade in en anmälan till rektor.

– Vad hände sedan?

– Rektorn hade ett samtal med Haukas som nekade till beskyllningarna och med det var saken ur världen. Det hände aldrig igen som det verkar. Inga fler elever har klagat.

– Det tycks bo rätt skumma individer i den där porten, insköt Wittberg. Alkisar, magsjuka katter, fönstertittare... Man kan undra vad det är för dårhus egentligen.

En viss munterhet uppstod kring bordet. Knutas höjde avvärjande handen.

– Hur som helst är det inte en sexförbrytare vi söker utan en mördare. Men den här gymnastikläraren kan ha sett något eftersom han var ute och sprang under mordkvällen. Har han förhörts?

– Nej, det verkar inte så, svarade Norrby.

– Då ser vi till att få det gjort under dagen.

Han vände sig mot Karin.

– Något nytt om Dahlström?

– Han anställdes som fotograf på Gotlands Tidningar, där han arbetade fram till 1980 då han sade upp sig och startade en firma med namnet Master Pictures. Företaget gick hyggligt de första åren, men 1987 försattes det i konkurs med stora skulder. Efter det finns inga uppgifter om att Dahlström skulle ha arbetat, utan han levde på socialbidrag tills han sjukpensionerades 1990.

– Var finns frun och dottern nu? undrade Knutas.

– Hans före detta fru bor kvar i lägenheten på Signalgatan. Dottern bor i Malmö. Ensamstående utan barn, åtminstone är det bara hon som är skriven på adressen. Ann-Sofie Dahlström, hustrun alltså, har varit på fastlandet men kommer hem senare i eftermiddag. Hon har lovat att åka direkt hit från flygplatsen.

– Det är gott, sa Knutas. Vi måste få hit dottern också. Jag vill att vi går ut med en intern efterlysning på Bengt Johnsson genast. Alla i bekantskapskretsen ska höras om var han kan hålla hus. Sohlman, du ser till att få låset undersökt en gång till. Frågan är hur många som känner till travvinsten. Alla som var med under travkvällen ska tas in till förhör. Men förutom dem?

– I de där kretsarna sprider sig väl sådana saker som en löpeld, sa Wittberg. Ingen av dem vi pratat med på stan har sagt ett pip om en vinst, men de kanske har sina skäl.

– De måste också höras igen, de som alla andra, sa Knutas. Det här med vinstpengarna gör att hela saken kommer i en ny dager.

**Var** det någonting Emma avskydde så var det symaskiner.

Att man ska behöva befatta sig med sådant här skitgöra, tänkte hon, med munnen full av nålar och en irritation som höll på att övergå i huvudvärk. Hon svor för sig själv. Att det skulle vara så infernaliskt svårt att laga ett par brallor. När andra sydde i blixtlås såg det löjligt enkelt ut.

Hon försökte verkligen att göra sitt bästa, och hade bepansrat sig med kilovis med tålamod innan hon började och hade lovat sig själv att den här gången skulle hon inte ge upp. Inte ge vika för minsta motståndets lag som hon hade en tendens att göra. Sina svagheter var hon minsann besvärande medveten om. Ingen skulle tro något annat.

Hon hade kämpat i en timme och rökt tre cigaretter för att lugna nerverna. Svetten bröt fram i pannan när hon försökte räta ut jeanstyget under pressarfoten. Två gånger hade hon tvingats sprätta upp, eftersom blixtlåset blivit knöligt.

I skolan hade hon hatat syslöjden. Tystnaden, frökens stränghet. Att allt måste vara så petnoga – sömsmåner, mönsteranpassning, aviga och räta. Den enda tvåan hon fick i slutbetyget från grundskolan var i syslöjd. Den stod där som en evig påminnelse om hennes misslyckanden med allt ifrån grytlappar till stickade mössor.

Mobilsignalen kom som en efterlängtad gäst. När hon hörde Johans röst öppnade bröstkorgen eld.

– Hej, det är jag. Stör jag?

– Inte alls, men du vet att du inte får ringa.

– Jag kunde inte låta bli. Är han hemma?

– Nej, han spelar innebandy på måndagskvällar.

– Bli inte arg, snälla.

Kort tystnad. Så hans röst igen, mörk och mjuk. Som en smekning mot hennes panna.

– Hur mår du?

– Jo, tack. Jag var just på vippen att få ett hysteriskt utbrott och kasta symaskinen genom fönstret.

Hans låga skratt kittlade henne i maggropen.

– Försöker du sy? Vad hände med dina föresatser?

Hon mindes hur hon en gång i somras försökt sig på att laga ett hål i hans tröja med hotellets nål och tråd. Efteråt hade hon lovat att aldrig mer försöka.

– Det gick åt skogen som allt annat, sa hon utan att tänka sig för. Inte väcka hopp, skrek förnuftet åt henne, samtidigt som hjärtat hejade på.

– Vadå, menar du?

Han försökte låta neutral, men hon kunde höra hoppet i hans röst.

– Äh, inget. Vad vill du? Du vet att du inte får ringa, upprepade hon.

– Jag kunde inte låta bli.

– Men om du inte lämnar mig ifred hindrar du mig från att tänka, sa hon mjukt.

Han försökte övertala henne att träffa honom när han skulle resa till Gotland dagen därpå.

Hon slog ifrån sig, trots att kroppen skrek efter honom. En batalj mellan förnuft och känsla.

– Håll inte på så där. Det är tillräckligt jobbigt ändå.

– Men vad känner du för mig, Emma? Säg nu ärligt. Jag måste få veta.

– Jag tänker på dig också. Hela tiden. Jag är så förvirrad, jag vet inte vad jag ska göra.

– Ligger du med honom?

– Lägg av nu, sa hon irriterat.

Han hörde hur hon tände en cigarett.

– Jo men säg, gör du det? Jag vill veta om du gör det.

Hon suckade djupt.

– Nej, det gör jag inte. Jag har inte den minsta lust. Är du nöjd nu?

– Men hur länge kan du hålla på så här? Någon gång måste du bestämma dig Emma. Märker han ingenting, är han helt okänslig? Undrar han inte varför du är som du är?

– Det är klart han gör, men han tror att det är en reaktion på allt som hände i somras.

– Du har fortfarande inte svarat på frågan.

– Vilken fråga?

– Vad du känner för mig.

Återigen en djup suck.

– Jag älskar dig, Johan sa hon tyst. Det är det som gör det så svårt.

– Men vad fan Emma. Då så. Det här kan ju inte fortsätta hur länge som helst. Då är det väl bara att göra slag i saken och berätta för honom som det är?

– Vad fan då som det är, brusade hon upp. Du vet väl inte hur det är!

– Nej, men...

– Men vadå?

Ilska och tårar i rösten nu.

– Du har väl ingen jävla aning om hur det är att ha två barn att ta ansvar för! Jag kan inte sätta mig i en soffa och grina en hel helg för att jag längtar efter dig. Eller bara bestämma mig för att jag blir ihop med dig för att jag vill det. Eller behöver det. Eller måste det för att överleva. För allt i mitt liv kretsar kring dig, Johan. Du är det första jag tänker på när jag vaknar och det sista jag ser på näthinnan innan jag somnar. Men jag kan inte låta det ta över. Jag måste fungera. Klara av hem, jobb, familj. Jag måste tänka på mina barn framför allt. Vilka konsekvenser det skulle få för dem om jag lämnar Olle. Du går omkring där i Stockholm och har bara dig själv att ta hand om. Ett roligt jobb, en egen mysig lägenhet mitt i stan, massor att göra. Blir det besvärligt att längta efter mig har du hur mycket saker som helst att välja på som kan skingra tankarna. Du sitter på krogen, träffar kompisar, går på bio. Och vill du vara ledsen och gråta över mig så kan du göra det. Vart fan ska jag ta vägen? Jag får smyga in i tvättstugan och grina. Jag kan inte bara dra ner på stan om jag är ledsen och göra något annat. Träffa lite nya, roliga människor kanske? Jovisst, det bara dräller av sådana här!

Hon knäppte av telefonen, samtidigt som hon hörde ytterdörren öppnas.

Olle var hemma.

Ann-Sofie Dahlström hade de torraste händer Knutas någonsin sett. Hon gned dem dessutom oupphörligen mot varandra så att flagor av hud lossnade och föll ner i hennes knä. Det bruna håret bar hon ihopsamlat med ett plastspänne i nacken. Ansiktet var blekt och helt utan makeup. Knutas började med att beklaga hennes exmakes död.

– Vi har inte haft någon kontakt på länge. Det var åratal sedan vi talades vid.

Rösten sjönk undan.

– Hur var Henry under tiden ni var gifta?

– Han arbetade nästan jämt, det blev många sena kvällar och helger. Vi hade inte mycket till familjeliv. Jag tog mest hand om vår dotter Pia. Det kanske var mitt fel också att det gick som det gick. Jag stängde nog honom ute. Han drack mer och mer. Till slut blev det olidligt.

Typiskt kvinnligt, tänkte Knutas. Experter på att själva ta på sig skulden för männens svineri.

– På vilket sätt blev det olidligt?

– Han var onykter nästan jämt och misskötte jobbet. Så länge han hade sitt fasta jobb på Gotlands Tidningar klarade han sig ganska bra. Problemen började när han startade eget och inte hade någon som bestämde över honom. Han började dricka mitt i veckan, stannade borta över natten, gick miste om uppdrag därför att han inte dök upp eller struntade i att leverera bilder som han lovat. Till sist lämnade jag in en ansökan om skilsmässa.

Medan hon talade fortsatte händerna sin bisarra massage. Det frasade om dem. Hon noterade Knutas blick.

– Ja, de blir så här på vintern och inga salvor hjälper. Det är kylan. Det är inget jag kan rå för, tillade hon med en viss skärpa i rösten.

– Nej, det förstås. Förlåt, urskuldade Knutas sig. Han plockade fram pipan för att fästa koncentrationen på något annat.

– Hur påverkade hans drickande er dotter Pia?

– Hon blev tyst och inbunden. Allt oftare var hon hemifrån. Sa att hon pluggade hos kompisar, men det gick sämre och sämre i skolan. Hon började skolka och sedan kom det här med maten. Det tog lång tid innan jag förstod att det var något allvarligt fel. På höstterminen andra året konstaterade läkarna att hon fått anorexia och det gick inte över förrän hon gått ut gymnasiet.

– Fortsatte hon skolan, trots sjukdomen?

– Ja, hon hade väl inte den allvarligaste graden men ätstörningar led hon av, det är helt klart.

– Hur fick ni hjälp?

– Som tur var kände jag en läkare på lasarettet som hade arbetat på en klinik för patienter med ätstörningar på fastlandet. Han hjälpte mig. Jag lyckades få Pia med mig dit. Då vägde hon bara fyrtiofem kilo till sina etthundrasjuttiofem centimeter.

– Hur reagerade din man?

– Han ville varken se eller höra. Det var i slutfasen av vårt äktenskap.

– Vad gör din dotter nu?

– Hon bor i Malmö och arbetar som bibliotekarie på stadsbiblioteket.
– Är hon gift?
– Nej.
– Barn?
– Nej.
– Hur har hon det, tror du?
– Vad menar du?
– Hur mår hon?

Kvinnan mitt emot såg rakt på honom utan att yttra ett ord. Det ryckte i hennes högra ögonbryn. Tystnaden hördes tydligt. Till sist växte den sig så tjock att han var tvungen att bryta den.

– Hur skulle du beskriva er kontakt?
– Regelbunden.
– Hur då?
– Hon ringer en gång i veckan. Alltid på fredagar.
– Hur ofta träffas ni?
– Hon brukar komma hit ett par veckor varje sommar. Men då bor hon hos kompisar.
– Då träffas ni?
– Ja, jo det gör vi förstås. Såklart.

**Efterlysningen** av Bengt Johnsson på polisens interna radio gav resultat efter ett par timmar. Karin tog emot samtalet från närpolisen i Slite. En pojke som tyckte sig ha sett Johnsson hade kommit in på stationen och Karin bad att få tala med honom.

– Jag tror jag vet var mannen är som ni letar efter, sa en sprucken målbrottsröst i andra änden.

– Jaså, var då?

– I Åminne, i en sommarstuga. Det är ett område här med sommarstugor.

– Har du sett honom själv?

– Ja, han höll på att lasta saker ur en bil vid en av stugorna.

– När då?

– I går.

– Hur kom det sig att du kontaktade polisen?

– Min bästa kompis pappa är polis i Slite. Jag berättade för min kompis att jag sett en gubbe som såg skum ut vid stugorna och han sa det till sin pappa.

– På vilket sätt uppträdde mannen skumt?

– Han var skitig och hade trasiga kläder. Han verkade nervös och tittade sig omkring hela tiden som om han inte ville bli sedd.

– Upptäckte han dig?

– Nej, jag tror inte det. Jag stod bakom ett träd. Jag väntade med att cykla förbi tills han hade gått in i stugan.

– Var han ensam?

– Jag tror det.

– Kan du berätta mer om hur han såg ut?

– Rätt gammal, femtio eller sextio. Ganska tjock.

– Mer då, håret?

– Han hade mörkt hår i en hästsvans.

Karin erfor en diffus rörelse i magtrakten.

– Vad var det han lastade?

– Det kunde jag inte se.

– Hur kommer det sig att du fick syn på honom?

– Vi bor precis vid det här sommarstugeområdet. Jag var på väg hem från en kompis.

– Kan du peka ut stugan?

– Visst.

– Får jag prata med en av dina föräldrar?

– De är inte hemma just nu.

– Okej. Stanna i huset, vi är hos dig om en halvtimme. Var bor du?

Fem minuter senare satt Karin och Knutas i en bil på väg österut till Åminne, sommartid en populär semesterort vid havet på den nordöstra sidan av ön. Närpolisen i Slite skulle ta sig till pojkens adress för att invänta sina kolleger.

Utanför bilfönstret låg vintermörkret kompakt. Gatlyktor saknades och deras enda vägledning utgjordes av bilens strålkastarljus och enstaka reflexpinnar som dök upp med jämna mellanrum. De passerade ett och annat hus vars fönster glödde av ett varmt sken. En påminnelse om att det fanns folk även här ute på landsbygden.

När de kom fram till huset stod Slitepolisernas bil på garageuppfarten. Pojken hette Jon och såg ut att vara i femtonårsåldern. Han tog täten tillsammans med sin pappa bort mot sommarstugeområdet. Det gick knappt att urskilja husen. Utan ficklampor hade de famlat sig fram i blindo. När de lyste på stugorna såg de att samtliga var faluröda med vita knutar. Runt var och en löpte en platt tomt med prydligt staket omkring. Så här i novemberkvällen tedde sig det ödsliga området nästan spöklikt. Karin huttrade till och drog upp jackans dragkedja.

Plötsligt upptäckte de ljus från en stuga längst bort vid skogsbrynet. En tanke om att de borde haft förstärkning flög genom Knutas huvud. Eller hundar. Johnsson kanske inte var ensam. Knutas trevade efter tjänstevapnet i rockens innerficka.

Karin var den enda som saknade vapen och fick vänta en bit bort. Pojken skickades hem. De andra stannade upp ett stycke från huset med släckta ficklampor för att överlägga om hur de skulle gå tillväga.

En gammal Amazon stod parkerad utanför staketet. Knutas smög sig hukande fram, tätt följd av de två andra. Under ena fönstret stannade han medan de andra placerade sig på varsin sida om ytterdörren.

Inifrån stugan hördes inte ett ljud. Försiktigt reste sig Knutas tillräckligt för att kunna kika in. På ett fåtal sekunder registrerade hans hjärna hela bilden av rummet: den öppna spisen, gungstolen framför, bordet med fyra stolar och en antik lampa hängande ovanför. Hur hemtrevligt som helst. På bordet stod några ölflaskor. Han tecknade åt sina kolleger. Ingen där.

I samma stund ryckte alla tre till av att någon rörde sig därinne och Knutas duckade. Ljud av slammer och stök trängde igenom husväggarna. De avvaktade. Knutas ben värkte och fingrarna stelnade av kylan. Återigen lade sig tystnaden över huset. Knutas kikade in och såg en storvuxen mans ryggtavla i gungstolen. En hästsvans tydde på att det var Bengt Johnsson. Mera ved hade lagts på brasan och elden såg farligt stor ut. Han hade lyft fram bordet bredvid sig. Nu stod en whiskyflaska där som såg ut att vara nyöppnad. Bredvid ett glas och en askkopp. Han rökte och stirrade in i elden. Så lutade han sig framåt för att ta en klunk. Det var Johnsson, utan tvekan.

Till höger om rummet skymtade en hall och en bit av köket. Knutas fick uppfattningen att han var ensam, men var långtifrån säker. En av närpoliserna rörde oroligt på sig, det var isande kallt och ingen av dem var klädd för att stå utomhus någon längre stund.

Plötsligt reste sig Johnsson och såg rakt ut genom fönstret. Knutas dök så häftigt att han ramlade omkull. Huruvida Johnsson upptäckt honom eller inte var omöjligt att avgöra, men nu fick det bära eller brista.

Han placerade sig rakt framför dörren med draget vapen och efter en nick av samförstånd från de båda andra sparkade han med hela sin kraft in den.

De möttes av Bengt Johnssons förvirrade uppsyn. Han var påtagligt berusad och hade satt sig i gungstolen igen med glaset i hand.

– Vad i alla jävlar..? var allt han fick ur sig när de tre poliserna stormade in med dragna vapen.

Brasan i öppna spisen knastrade trivsamt och fotogenlamporna spred ett milt sken. Och där satt gubben i godan ro.

Situationen var så absurd att Knutas fick lust att skratta. Han sänkte vapnet och frågade:

– Hur har du det Bengt?

– Jo tack, sluddrade mannen vid brasan. Vad skönt att ni kom.

Han gjorde henne osäker, hon visste inte hur hon skulle bete sig. Han var säkert dubbelt så gammal. Egentligen borde hon betrakta honom som en snäll gubbe och inget annat. Men det var något i hans sätt att behandla henne som gjorde att allt blev annorlunda. Han brukade ta tag i en länk av hennes hår och dra försiktigt, lekfullt och retsamt på samma gång. Hon rodnade och tyckte det var pinsamt just för att hon kände på sig att det betydde något mer. När hon mötte hans blick ibland blev han allvarlig och det kändes som om den klädde av henne in på bara skinnet. Hon upplevde det inte enbart som obehagligt. Hon kunde till och med tycka att han var ganska snygg när hon studerade honom i smyg. Han var muskulös. Håret var tjockt och blankt med antydan till grått vid tinningarna. Rynkorna vid ögonen och munnen avslöjade att han var äldre. Tänderna var lite gula, lagade och sneda.

Hur kunde han se på henne på det sätt han gjorde när han var så gammal, undrade hon. Det var som om hans blickar gjorde henne äldre än hon var. Fast det var inte alltid han brydde sig om henne, ibland kunde han ignorera henne fullständigt. Då blev hon besviken till sin egen förvåning, precis som om hon ville att han skulle uppmärksamma henne.

En gång frågade han om hon ville ha skjuts. Hon tackade ja, för det var blåsigt och minusgrader. Han hade en stor bil som hon fick kliva upp i. Han satte på musik, Joe Cocker, det var hans favorit, sa han och log mot henne. Hon hade aldrig hört talas om Joe Cocker. Han undrade vad hon brukade lyssna på. När hon inte kunde komma på något skrattade han bara. Det var skönt att sitta där i hans varma bil och höra hans mjuka skratt. Tryggt på något sätt.

Bara för att hon satt där i den fina bilen var det som om hon själv blev mer betydelsefull.

Morgonen grydde med en blekvit sol som knappt orkade över horisonten. Havet var ännu förhållandevis varmt och från ytan steg en dimma långsamt uppåt. Hav blandades med himmel och i diset var det omöjligt att urskilja vad som var vad. En mås skränade mellan Visbys medeltida köpmanshus på Strandgatan. Den knaggliga ringmuren från tolvhundratalet som omgärdade staden var Europas bäst bevarade.

Nerifrån hamnen hördes en mindre fiskebåt tuffa in med nattens fångst av torsk.

Knutas hade just lämnat av Line vid lasarettet där hon arbetade som barnmorska. Hon började halv åtta och det passade honom utmärkt. Han hann köra henne och ändå komma i tid till morgonmötet.

Äktenskapet hade varat i fjorton år och han ångrade inte en dag. De träffades när han var på en poliskonferens i Köpenhamn. En kväll besökte han en restaurang på Gråbrödretorv tillsammans med en kollega. Line arbetade extra där som servitris medan hon studerade. Det var en varm sommarkväll och hon var klädd i en kortärmad blus och svart kjol. Sitt röda ostyriga hår hade hon försökt få ordning på med ett spänne, men lockar föll gång på gång ner i hennes panna. Hon var den fräknigaste människa han sett. Prickarna sträckte sig långt ut på hennes mjölkvita fingrar. Hon doftade mandel och när hon böjde sig över bordet snuddade hennes arm vid hans.

De åt middag kvällen därpå och det var början på en förälskelse han aldrig tidigare varit i närheten av. Året som följde skulle fyllas av passionerade möten, uppslitande farväl, långa, nattliga telefonsamtal, värkande längtan och en ömsesidig tilltagande känsla av att ha funnit en livspartner. Line blev klar med sin utbildning och gick utan större omsvep med på att gifta sig med honom och flytta till Gotland. Han hade just fått tjänsten som chef för kriminalavdelningen och de bestämde sig för att börja med att försöka bo på Gotland för den sakens skull.

Det visade sig fungera alldeles utmärkt. Line hade inga problem att anpassa sig. Med sitt öppna, glada sätt fick hon snabbt många nya vänner och skapade sig en egen plattform att stå på. Efter bara ett par månader hade hon fått ett vikariat på Visby lasarett. De köpte hus och sedan dröjde det inte länge förrän tvillingarna var på väg. Knutas var över trettiofem när de träffades och hade haft ett par riktigt långa förhållanden tidigare, men aldrig hade han upplevt hur självklart allt kunde kännas. Tillsammans med Line var han beredd att göra vad som helst.

Visst hade de sina kriser och kontroverser, de som alla andra. Line hade ett hetsigt temperament och när hon började gräla på den värsta fyndanska hade han svårt att förstå vad hon ville ha sagt. Inte sällan slutade det med att han började skratta vilket retade henne etter värre. Trots det slutade grälen för det mesta bra. Någon prestige existerade inte mellan de två.

Nu stundade hennes födelsedag och det stressade honom. Hon skulle fylla fyrtiosju kommande lördag, men i år saknade han helt idéer om vad han skulle köpa.

För tillfället hade han annat att tänka på. Han såg fram emot förhöret med Bengt Johnsson. Eftersom han varit stupfull när de grep honom fick det vänta.

Smittenberg hade beslutat att anhålla honom, skäligen misstänkt för mord, alternativt dråp. Det var den lägsta misstankegraden och bevisen mot Johnsson måste stärkas om det skulle räcka för en häktning. Åklagaren hade tre dagar på sig. Han grundade sin anhållan på att det fanns risk för att Johnsson skulle försvåra utredningen om han försattes på fri fot. Han saknade alibi för mordkvällen och hade dessutom en massa pengar på sig som han inte kunde förklara var de kom ifrån, tjugotusen kronor som de antog var Dahlströms vinstpengar. Fingeravtrycken på sedlarna undersöktes av Fingeravtryckscentralen i Stockholm och svar väntades under morgonen. Visade det sig att Dahlströms avtryck fanns på dem låg Johnsson illa till.

**Emma** trampade på mot Roma och förbannade sig själv för att hon valt att cykla till jobbet. Det var på tok för kallt och vinden friskade i när hon lämnat skolgården och kom ut på stora vägen. Kyrkskolan låg en bit utanför samhället. Hon ökade farten för att få upp värmen. På tisdagar slutade hon redan kvart över tolv. Hon brukade sitta kvar på skolan och jobba i ett par timmar, men i dag tänkte hon titta in till en väninna. Sedan skulle hon ta barnen till stan och gå i affärer och på konditori hade hon lovat. Behovet av att förnya deras garderober var skriande.

Stora vägen låg tyst och tom, trafiken var gles så här års. Hon passerade allén in mot klosterruinen där det spelades Shakespeare på somrarna. Förbi Roma skola och badhuset. Längre fram på andra sidan vägen låg de skamfilade huskropparna från Romas nedlagda sockerbruk. Fönstren i de gula tegelbyggnaderna gapade svarta mot henne. Sockerbruket hade funnits i över hundra år men avvecklades när lönsamheten blev för dålig. Den ödelagda fabriken stod kvar som en sorglig påminnelse om hur tiderna förändrats.

Hon vände upp ansiktet mot himlen, blundade och drog in luften djupt i lungorna. Emma tillhörde dem som uppskattade november. En kravlös mellanmånad till skillnad från sommaren med förväntningar om att man skulle fixa grillkvällar, badutflykter, hälsa på vänner och släktingar. Gud nåde den som inte var utomhus när solen sken.

När höstmörkret föll kunde hon utan dåligt samvete kura ihop sig inne, titta på TV mitt på dagen om hon hade lust eller läsa en god bok. Strunta i smink och lufsa omkring i en noppig kofta.

I december kom nya måsten då det skulle firas advent och förberedas inför lucia och julafton med mat, bakning, julklappsinköp och pyntande.

Vid trettiofem års ålder levde hon utåt sett ett gott liv. Gift, två barn, lärarjobb och fint hus i centrala Roma. Hon hade många vänner och hyfsade relationer till föräldrar och svärföräldrar. Hennes fasad höll måttet, men känslolivet var ett kaos. Hon hade aldrig kunnat föreställa sig hur ont saknaden efter Johan skulle göra. Hade inbillat sig att känslorna skulle gå över med tiden. Ack, vad hon bedrog sig. En enda gång hade de träffats på nästan två månader och de hade bara känt varandra i ett halvår. Kärleken borde vara död. Logiskt sett. Men känslor och logik gick inte ihop den här gången heller.

Längtan efter honom var smärtsam. Den framkallade ångest och höll henne vaken om natten.

Hon hade försökt glömma och gå vidare. I barnens ansikten läste hon oro. Sara var bara åtta och Filip året yngre. Ibland fick hon för sig att de anade vad som pågick. Mer än Olle. Han harvade på som vanligt i vardagen. Verkade tro att de kunde gå där sida vid sida utan att röra vid varandra i all evighet. Numera var de som ett par gamla, goda vänner. Han tycktes ha förlikat sig med att ha det så. Någon gång hade hon frågat hur han kunde verka så nöjd, trots allt. Han ville ge henne tid, sa han. Tid efter traumat med Helenas död och allt som följde. Olle levde fortfarande i villfarelsen att allt handlade om efterdyningar till händelserna den gångna sommaren. Och visst, hon funderade mycket på Helenas fruktansvärda död. Saknaden efter henne var svår.

I början hade hon trott att dramat var orsaken till att hon blivit kär i Johan. Att hon fått något slags känslomässig chock. Men hon blev inte av med honom.

Hon tyckte sig se hans ansikte vart hon än vände sig; på Konsum, skolgården eller när hon gick på stan.

Det dåliga samvetet plågade henne. Att hon var i stånd att svika Olle så gruvligt. Nu hade telefonsamtalet med Johan ytterligare spätt på hennes förvirring. Självklart ville hon inget hellre än att träffa honom. Men konsekvenserna av ett eventuellt möte skrämde livet ur henne.

När hon såg på Olle försökte hon mana fram bilden av mannen som väckt hennes kärlek en gång. Han som hon sagt ja till vid altaret. Det var ju han, samma person. Då som nu. De skulle för helvete bli gamla tillsammans. Det hade de bestämt för länge sedan.

**Dunkandet** strax ovanför tinningarna började samtidigt som Johan steg av planet. Förbannat. Huvudvärk var det sista han behövde just nu. Tillsammans med fotografkollegan Peter Bylund hyrde han en bil på flygplatsen och körde direkt till TV:s gamla redaktionslokal som fortfarande stod till förfogande. Den var belägen intill Radio Gotlands hus mitt i centrala Visby.

Det luktade instängt. Dammråttor stora som ulliga nystan låg i hörnen och datorerna var övertäckta av ett fint lager. Det var ett tag sedan någon varit där.

Reportaget som låg först på dagordningen handlade om framtiden för Björkhaga camping. En klassisk campingplats från slutet av fyrtiotalet, idylliskt belägen vid en sandstrand på öns västra sida. Under sommarmånaderna fylldes den av både gotlänningar och turister. Många var stamgäster som kom tillbaka år efter år för att de uppskattade en lugnare campingplats, utan alla faciliteter. Nu hade den kommunala marken arrenderats av en privatperson. Planen var att omvandla Björkhaga camping till en modern stugbyanläggning. Protesterna från sockenborna och camparna lät inte vänta på sig.

Allt stoff fanns i historien för att det skulle kunna bli ett bra TV-inslag: bilder från den ödsliga campingplatsen som glatt så många barnfamiljer genom åren, en tydlig konflikt i form av upprörd lokalbefolkning och en entreprenör med affärssinne och kommunalpamparnas stöd i ryggen.

Lättjobbat alltså. Intervjuerna hade han redan bokat hemifrån Stockholm, så det var bara att sätta igång. Den största utmaningen för Johan var att hålla sig undan från Emma. Nu var det bara någon mil emellan dem.

**Förhörsrummet** var enkelt inrett med ett bord och fyra stolar. Bandspelaren var lika ny som inredningen. Det var första gången den togs i bruk.

Bengt Johnsson såg inte lika avslappnad ut som föregående kväll. Iklädd häktets blå kläder satt han ihopsjunken på stolen och glodde på Karin och Knutas mitt emot. Det mörka håret var samlat i en tunn hästsvans i nacken och mustaschen slokade lika mycket som hans mungipor.

När de inledande formaliteterna var avklarade lutade sig Knutas tillbaka och granskade mannen som misstänktes för att ha dödat Henry Dahlström. Varje förhör hade stor betydelse för utredningsarbetet. Att skapa förtroende mellan den misstänkte och förhörsledaren var av yttersta vikt. Därför vinnlade sig Knutas om att gå försiktigt fram.

– Hur mår du? började han. Vill du ha något att dricka?

– Ja, för fan. En öl skulle sitta fint.

– Det kan vi tyvärr inte stå till tjänst med. Knutas drog på munnen. Läsk eller kaffe?

– Cola då.

Knutas ringde efter en läsk.

– Får man röka?

– Visst.

– Schysst.

Johnsson skakade fram en cigarett ur ett skrynkligt paket John Silver och tände med visst darr på handen.

– Kan du berätta om när du träffade Henry sist?

– Det var dagen efter det att han vann på travet. Eller kvällen. Jag var med en polare i centrum och Blixten kom dit. Jag var bra på örat, så jag kommer inte ihåg så jävla mycket.

Han avbröts av att dörren öppnades och en polis kom in med läsken.

– Vad hände?

– Vi snackade lite.

– Vem var din kompis?

– Örjan heter han. Örjan Broström.

– Vad gjorde ni sedan?

– Blixten stannade inte länge.

– Promenerade han därifrån, eller?

– Han gick mot bussen.

– Har du inte träffat honom efter det?

– Nä.

– Och det här var alltså måndagen den tolfte november, dagen efter travet.

– Jäpp.

– Vad var klockan?

– Vet inte så noga, men de flesta affärer var stängda och det var mörkt. Det var nästan inget folk ute, så den var nog rätt mycket.

– Vad menar du? Tio, elva på kvällen?

– Nä, nä, för fan. Så sent var det inte. Kanske sju, åtta.

– Och du träffade inte Henry efter den kvällen?

– Nej, inte förrän vi hittade honom i mörkrummet, alltså.

– Fastighetsskötaren säger att du ringde på hos honom, stämmer det?

– Ja.

– Varför sökte du upp honom?

– Jag hade inte sett Blixten på ett tag. Man börjar ju undra va, när en polare plötsligt inte är nånstans.

– Varför gav du dig iväg när ni hade hittat honom?

Det blev tyst en stund innan Johnsson började prata igen.

– Jo, det var så här... Jag har gjort en jävligt dum grej, alltså, en jävligt dum grej.

– Okej, sa Knutas. Vad är det?

– Vi var ju på travet hela gänget då på söndan, sista travdan så det var lite extra festligt. Det var jag, Blixten och Kjelle och så två brudar, Gunsan och Monica. Vi hade varit och käkat hos Blixten innan och sen när han vann så ville han fira och vi med, så vi gick hem till honom då efteråt. Vi hade liksom en fest där, då på natten.

Han tystnade. Knutas kände tydligt vändningen i förhöret. Nu började det bli intressant.

– Jo, och Blixten hade fått alla pengarna i handen där på travet, alla åttiotusen, i tusenlappar. Han visade mig var han hade gömt dem, i en förpackning i städskåpet. Senare när de andra var i vardagsrummet så kunde jag inte låta bli. Jag tänkte att han kanske inte skulle märka om jag tog några tusen. Jag låg jävligt risigt till just då med flis och Blixten verkade ha rätt bra med kulor ändå på sista tiden, så jag tänkte att... ja.

Han tystnade och såg vädjande på poliserna.

– Men jag dödade han inte, det gjorde jag fan inte. Skulle aldrig kunna göra nåt sånt. Men en del av pengarna tog jag.

– Hur mycket?

– Det blev nog tjugotusen, sa Johnsson tyst.

– I stugan fanns bara tio. Var är resten?

– De har gått åt, vet du. Man har ju krökat en del, det

har varit tungt det här med Blixten.

– Men varför smet du från mörkrummet? upprepade Knutas.

– Jag var rädd för att ni skulle tro att det var jag som slog ihjäl Blixten eftersom jag hade snott pengar av han.

– Vad gjorde du på kvällen den tolfte november?

– Vilken dag var det?

– Förra måndagen då du träffade Henry vid busstationen.

– Som jag sa, så var vi där tills klockan kanske var åtta, nio. Sen följde jag med Örjan hem. Vi krökade tills jag slocknade på hans soffa.

– Vad var klockan då?

– Vet inte.

– Var bor han?

– På Styrmansgatan, nummer 14.

– Okej. Då borde han kunna styrka dina uppgifter.

– Ja, fast vi var bra på trycket båda två.

De avbröts av en knackning på dörren. Det var provsvaret från Fingeravtryckscentralen. De tog en kort paus och poliserna lämnade rummet. Johnsson ville gå på toaletten.

Dahlströms avtryck fanns mycket riktigt på sedlarna. Resultatet saknade betydelse om polisen valde att tro på Johnssons historia. Flera andra avtryck hade också hittats, men inget som matchade brottsregistret.

– Vad gör vi nu? frågade Karin när de tog kaffe i automaten.

– Vet inte. Tror du på honom?

– Ja, det gör jag faktiskt, sa hon och såg upp på Knutas. Jag tycker att han är trovärdig.

– Jag med. Om det bara fanns någon som kunde styrka hans uppgifter så borde han släppas på en gång. Stölden av pengarna tycker jag vi kan bortse ifrån tills vidare.

– Hans kompis, den där Örjan, dyker upp lite här och var. Honom borde vi få tag på, sa Karin.

– Jag får prata med Birger om Bengt Johnsson ska hållas kvar eller inte. Vi avbryter här tycker jag. Vill du äta lunch?

Utbudet av lunchrestauranger i Visby vintertid var begränsat. De flesta krogar höll bara öppet kvällstid och därför hamnade de oftast på samma ställe när de ville uppleva något annat än polishusets torftiga matsal. Visserligen blev lunchen dyrare, men den var värd vartenda öre. Klostret gick i klassisk värdshusstil och hade ett välrenommerat kök. Ägaren, Leif Almlöv, var en av Knutas bästa vänner. När de klev in genom dörren möttes de av slammer och stök och springande servitriser. Det var fullt vid alla bord.

Leif fick syn på dem och vinkade.

– Hej, hur är läget?

Han gav Karin en snabb kram och Knutas ett handslag medan han höll ögonen på aktiviteterna omkring sig.

– Bra. Väldigt vad fullt det var här, sa Knutas.

– Det är en konferens i stan. Det var likadant i går. Helt hysteriskt. Hade ni tänkt äta?

– Ja, men det får väl bli korvmojen istället.

– Nej, nej, kommer aldrig på fråga, det är klart jag fixar ett bord. Vänta bara. Sätt er i baren så länge.

Han ropade till bartendern att ge dem något att dricka på husets bekostnad. När de slagit sig ner med varsin lättöl tände Karin en cigarett.

– Har du börjat röka? utbrast Knutas förvånat.

– Nej då, jag röker bara när jag festar eller har problem.

– Jaha, och vad räknas det här som?

– Det senare. Jag har det lite jobbigt privat.

– Är det något du vill prata om?

– Nej. Nu vinkar Leif, vi har fått ett bord.

Karin kunde reta gallfeber på Knutas. Hon var överdrivet tyst om sitt privatliv. Visst kunde hon berätta om resor, släktingar eller någon tillställning hon varit på, men han fick sällan veta något väsentligt.

De träffades inte ofta privat, förutom på en och annan fest. Hemma hos henne hade han varit ett fåtal gånger. Hon bodde i en lägenhet på Mellangatan, en ganska stor trea med havsutsikt. Det enda manliga sällskap han hört henne tala mer ingående om var hennes stora kakadua Vincent som tronade i en bur mitt i vardagsrummet. Historierna om honom var många: han var bland annat en hejare på att spela pingis med näbben och skrämma bort ovälkomna gäster genom att morra som en hund.

Egentligen var det inte mycket Knutas kände till om Karin förutom att hon var idrottsintresserad. Hon spelade fotboll i division tre och var av allt att döma duktig. Fotbollen kunde hon prata hur mycket som helst om. Hon var mittfältare i Visbylaget P18 som spelade i fastlandsserien, vilket betydde att hon ofta spelade match borta från ön. Knutas kunde föreställa sig att om hon agerade likadant på plan som hon gjorde i jobbet så var hon säkert stenhård i närkamperna, trots sin litenhet. Intresset hade hon gemensamt med Erik Sohlman. De kunde snacka fotboll i evigheter.

Karin kom från Tingstäde socken på norra delen av ön. Föräldrarna bodde kvar i huset vid kanten av Tingstäde träsk, nästan mitt emot kyrkan. Han visste att hon hade en yngre bror, men hon pratade aldrig vare sig om honom eller föräldrarna.

Många gånger hade han undrat över att hon fortfarande levde ensam. Karin var både söt och charmig och i början när hon kom till Visbypolisen hade han blivit lite intresserad. Det var precis innan han träffade Line så han hann aldrig känna efter ordentligt. Han vågade inte fråga Karin om hennes kärleksliv rakt ut, hennes integritet satte stopp för alla försök i den riktningen. Ändå drog han sig inte för att dryfta sina egna problem med henne. Hon visste nog det mesta om honom och han räknade henne som sin bästa kvinnliga vän.

Maten kom in och de koncentrerade sig hungrigt på den samtidigt som de diskuterade utredningen. De var överens om att de trodde på Bengt Johnsson.

– Mordet kanske inte alls har med travvinsten att göra, sa Karin. Gärningsmannen kan ha stulit pengarna som en skenmanöver. Han vill få oss att tro att det handlar om rånmord. Frågan är vad motivet då skulle kunna vara.

– Vet du om han hade ihop det med någon kvinna?

– Nja, den där Monica som var med vid travet har sagt att de låg med varandra ibland, men det var inget seriöst.

– Tidigare då? Det kanske ligger en historia längre tillbaka i tiden som ingen av hans nuvarande bekanta känner till.

– Inte otänkbart, sa Karin och tog sista klunken av det ljusa lättöl hon drack till fisken. Kan det handla om ett gammalt ex som vill hämnas, en svartsjuk man vars fru Dahlström hade ihop det med eller någon granne som tröttnat på stöket i porten?

– Jag tror ändå förklaringen är väldigt enkel. Det som ligger närmast till hands är travvinsten – någon slog ihjäl Dahlström för pengarna, rätt och slätt.

– Kanske det.

Karin reste sig från bordet.

– Jag måste sticka, vi ska göra ett förhör med den där Örjan Broström, Bengans kompis.

– Okej. Lycka till.

De flesta lunchgästerna hade lämnat restaurangen och Leif slog sig ner där Karin suttit.

Han slog upp en immande öl och drack några djupa klunkar.

– Vilken pärs. Praktiskt taget varenda gäst ville beställa à la carte istället för att välja dagens rätt. Köket var ett inferno och kocken har skällt på allt och alla. Jag har fått stå och trösta en servitris som började stortjuta.

– Din stackare, skrattade Knutas. Är hon snygg?

Leif gjorde en grimas.

– Väldigt kul när man ska vara dadda åt var och en. Det här stället är rena dagiset ibland. Men, men, mycket folk ger klirr i kassan och det behövs så här i bistra vintertider. Hur är det själv?

– Massor med jobb – precis som för dig, skillnaden är att det är skralt med resultat.

– Hur går det med utredningen?

– Vi har ju en anhållen, fast oss emellan tvivlar jag på att det är han. Men vi ska nog lyckas lösa det här också.

– Är det inte någon av hans fyllekompisar som har gjort det?

– Det är väl det troligaste, vi får se, sa Knutas.

Trots att han och Leif var nära vänner tyckte han inte om att prata om utredningar som han var mitt uppe i. Det kände Leif mycket väl till och respekterade.

– Hur mår Ingrid och barnen?

– Bara bra. Nu på förmiddagen var jag iväg och köpte biljetter till Paris. Jag tänkte överraska henne med en vecka i romantikens tecken direkt efter nyår. Då har vi varit gifta i femton år.

– Är det så länge?

– Otroligt, men sant.

– Du lyckas alltid hitta på så bra grejer. Själv kan jag inte ens komma på vad jag ska köpa till Line i födelsedagspresent. Har du något förslag?

– Nej du, det där får du klara själv. Jag har fyllt min kvot när det gäller din hustrus födelsedagar. Åtminstone tills det är dags för femtioårskalas.

Knutas log generat. När hans Line fyllde fyrtio hade de haft det knackigt ekonomiskt under en period. Då ställde paret Almlöv upp med lokal och serveringspersonal för festen. Dessutom kände Leif medlemmarna i en orkester och han fick dem att spela gratis. Hans vän var verkligen omtänksam och generös. Hela familjen Knutas hade bjudits med både till paret Almlövs fjällstuga och lägenhet på spanska solkusten.

Ekonomiskt stod de båda familjerna på helt olika nivåer. Det besvärade Knutas i början, men med tiden hade han accepterat skillnaden. Leif och Ingrid hade en avslappnad relation till sina pengar och pratade aldrig om dem.

Han bad om notan, men Leif ville inte låta honom betala. Varje gång Knutas var där uppstod samma gnabb.

Johan stod vid bankomaten på Adelsgatan när han upptäckte henne. Hon kom gående från Söderport med ett barn i var hand. Hon pratade och skrattade med dem. Lång och smal, med sitt sandfärgade hår hängande spikrakt ner till axlarna. Han såg konturerna av hennes höga kindkotor när hon vred på huvudet. Hon var klädd i jeans och en kort lejongul täckjacka. Randig halsduk virad runt halsen. Mockastövlar med fransar.

Han blev torr i munnen och vände ryggen till. Tittade ner mot automaten. "Önskas minneslapp?" Skulle han vända sig om och säga hej? Gårdagskvällens samtal komplicerade det hela. Han visste inte om hon fortfarande var arg.

Barnen hade han aldrig träffat förut, bara sett på håll. Skulle hon lägga märke till honom eller gå förbi? Det var nästan folktomt på gatan vilket betydde att hon borde se honom. Han kände en lätt panik och vände sig om.

Hon hade stannat vid ett skyltfönster längre fram. Han tog mod till sig.

– Hej!

Tittade rätt in i hennes blanka ögon.

– Hej, Johan.

Barnen såg nyfiket upp på honom, rödkindade med färggranna mössor. Den ena lite längre än den andra.

– Ni måste vara Sara och Filip, sa han och sträckte fram handen. Jag heter Johan.

– Hur vet du vad vi heter? frågade flickan på sjungande gotländska.

Hon var slående lik sin mor. En minivariant av Emma.

– Det har eran mamma berättat.

Emmas närvaro gjorde honom mjuk i knäna.

– Johan är en kompis, kan man säga, sa Emma till barnen. Han är journalist på TV och bor i Stockholm.

– Jobbar du på TV? frågade flickan storögt.

– Jag har sett dig på TV, sa pojken som var mindre och ljusare.

Johan var van vid att barn påstod att de sett honom, trots att han visste att sannolikheten var liten. Han syntes bara de enstaka gånger han gjorde så kallade ståuppor, där reportern berättar om något i bild för tittarna.

Han låtsades som ingenting.

– Har du?

– Ja, sa pojken andäktigt.

– Nästa gång kan du väl vinka?

Pojken nickade.

– Hur är det? Emmas fråga lät likgiltig.

– Jo då, bra. Jag är här med Peter. Vi håller på med ett jobb om Björkhaga camping.

– Jaså, sa hon ointresserat.

– Själv då?

– Det är fint. Bra. Helt okej.

Hon tittade sig snabbt omkring som om hon var rädd att någon skulle lägga märke till dem.

– Jag jobbar på som vanligt. Det är fullt upp.

Johan kände en stigande irritation.

– Hur länge stannar du? frågade hon.

– Jag åker hem i morgon eller på torsdag. Det är inte bestämt än. Det beror lite på.

– Jaha.

En tystnad lade sig mellan dem.

– Mamma, kom.

Filip drog henne i armen.

– Ja, älskling, jag kommer.

– Kan vi ses?

Han var tvungen att fråga, trots att hon redan sagt nej.

– Nej. Jag vet inte.

Hon flackade med blicken. Han försökte fånga den.

Ungarna drog i henne. De struntade i honom nu, de ville vidare.

– Mamma, pep de.

Plötsligt tittade hon rakt på honom. In i honom. En kort sekund blev allt stilla. Sedan sa hon precis det han hoppats på:

– Ring mig.

Örjan Broströms lägenhet låg på tredje våningen med fönster mot Styrmansgatan. När de tryckte på dörrklockan satte en hund igång att skälla vilt. Skallen varvades med djupt morrande. Automatiskt tog de ett steg bakåt.

– Vem är det? hördes en mansröst på andra sidan.

– Polisen, öppna, kommenderade Wittberg.

– Vänta, hördes rösten.

Det visade sig att Örjan Broström inte var ensam hemma. Två biffiga män med rakade skallar satt i köket och spelade kort, drack öl och rökte. De talade på ett öststatsspråk. Estniska, gissade Karin.

– Vilka är dina vänner? frågade hon när de slog sig ner i vardagsrummet.

– Polare från Stockholm.

– Från Stockholm?

– Just det.

Örjan Broström glodde surt på henne. Han var klädd i ett svart linne som exponerade både hans muskulösa överarmar och kritvita hy. För att inte tala om alla tatueringar. Till sin förskräckelse noterade Karin att han hade något som liknade ett hakkors tatuerat på ena axeln. Det mörka håret var oljigt och han hade ett hårt uttryck i ansiktet.

Med ena handen höll han i den morrande kamphundens halsband medan han tände en cigarett. Under tystnad kisade han mot dem genom röken. Gammalt knep bland kriminella, låt alltid snuten börja snacka först.

– Kände du Henry Dahlström?

– Kände och kände, jag visste vem han var.

– Du vet vad som har hänt honom?

– Jag vet att han är död.

– När träffade du honom senast?

– Minns inte.

– Tänk efter, vi kan ta det här på polisstationen om det kan hjälpa dig att komma ihåg, föreslog Wittberg.

– Vad fan, det verkar väl lite onödigt.

Han gjorde en min som kanske skulle kunna föreställa ett leende.

– Då får du samarbeta bättre. Du kan börja med att försöka minnas när du träffade honom senast.

– Det var väl på stan, det var bara där vi sågs. Vi var inga polare direkt.

– Varför inte?

– Den gubben? Ett gammalt fyllo, varför skulle jag vilja umgås med honom?

– Ja inte vet jag. Vet du?

Wittberg vände sig mot Karin som skakade på huvudet. Hon hade svårt att koppla av i den trånga lägenheten med hunden på andra sidan bordet som oupphörligen glodde på henne. Att han morrade av och till gjorde inte saken bättre, inte den resta raggen eller stela svansen heller. Hon hade god lust att tända en cigarett själv.

– Kan du ta bort hunden? bad hon.

– Vadå? Hugo?

– Är det så han heter? Det låter lite för snällt för en sådan hund.

– Han har en syrra som heter Josefin, muttrade Örjan och ledde ut hunden till männen i köket.

De hörde att de växlade några ord och sedan brast ut i ett rågarv. Köksdörren stängdes. Örjan kom tillbaka och kastade en road blick på Karin. Det var det hittills första tecknet på liv i ögonen, tänkte hon.

– Var såg du honom sist? frågade Wittberg igen.

– Det var nog en kväll för en vecka sedan när jag och Bengan var vid busstationen. Blixten kom dit.

– Vad gjorde ni?

– Satt och drack bara.

– Hur länge då?

– Vet inte, en halvtimme kanske.

– Vad var klockan?

– Åttadraget, tror jag.

– Kan du dra dig till minnes vilken dag det här var?

– Det måste ha varit förra måndagen, för på tisdagen gjorde jag en annan grej.

– Vadå?

– Privat.

Ingen av poliserna brydde sig om att fråga vidare om saken.

– Har du varit hemma hos Henry Dahlström någon gång? frågade Karin.

– Nej.

– I hans mörkrum?

Örjan skakade på huvudet.

– Men Bengan och han var bra kompisar och du umgås med Bengan. Hur kommer det sig att du aldrig var där?

– Blev inte av. Jag har för fan just flyttat hit, har bott här i tre månader bara.

– Okej. Vad gjorde du sedan på måndagskvällen, när Dahlström åkt hem?

– Jag och Bengan satt väl kvar ett tag, fast det var så jävla kallt så vi gick hem till mig.

– Vad gjorde ni?

– Vi satt bara och softade, kollade på TV och krökade en del.

– Var ni ensamma?

– Ja.

– Vad hände sedan?

– Jag tror vi slaggade in på soffan båda två. Mitt i natten vaknade jag och gick och lade mig i sängen.

– Är det någon som kan intyga att det här stämmer?

– Tror inte det, nej.

– Var det någon som ringde under den här tiden?

– Nej.

– Var Bengan med dig hela kvällen?

– Yes.

– Är du säker på det, du somnade ju?

– Han knoppade in före mig.

– Vad gjorde du då?

– Zappade på TV:n.

– Vad såg du?

– Minns inte.

De avbröts av ett av muskelbergen:

– Du Örjan, Hugo verkar orolig, vi tar en sväng med han.

Örjan såg på sitt armbandsur.

– Bra, han behöver nog komma ut. Kopplet hänger på kroken i hallen. Och tänk på att han inte får käka löv, han blir så kass i magen.

Fantastiskt, tänkte Karin. Vilken omtanke.

De lämnade Örjan Broström utan att ha kommit ett steg längre. Det var ingen person de såg fram emot att träffa igen.

När Knutas var tillbaka på sitt tjänsterum efter lunchen knackade det på dörren. Norrbys annars så kontrollerade framtoning hade brutits av en upphetsning han inte sett hos sin kollega på länge.

– Här ska du få se, flämtade han och viftade med ett knippe papper.

Han damp ner på Knutas besöksstol.

– Det här är utskrifter från banken, Henry Dahlströms bankkonton. I många år har han bara haft ett konto där sjukpensionen sattes in. Du ser, sa Norrby och pekade på siffrorna på papperet.

– För fyra månader sedan öppnade han ett nytt konto. Där har insättningar gjorts vid två tillfällen, lika stora båda gångerna. Den första gjordes den tjugonde juli, då sattes tjugofem tusen kronor in. Den andra var så sent som den trettionde oktober och det var samma summa, tjugofem tusen.

– Var kommer pengarna ifrån?

– Det är höljt i dunkel.

Norrby lutade sig tillbaka i stolen och slog ut med händerna i en teatralisk gest.

– Här har vi ett nytt spår!

– Dahlström var alltså inblandad i något jäkelskap. Jag har hela tiden haft på känn att det inte handlar om ett vanligt rånmord. Vi får samla till ett möte.

Knutas såg på klockan.

– Hon är kvart i två, ska vi säga halv tre? Informerar du de andra?

– Visst.

– Jag ringer åklagaren så länge, Birger borde vara med.

När spaningsledningen samlats började Norrby med att redogöra för insättningarna på Dahlströms konto.

Koncentrationen i rummet skärptes påtagligt. Alla böjde sig automatiskt framåt och Wittberg visslade till.

– Det var som fan. Kan vi ta reda på var pengarna kommer ifrån?

– Den som satte in dem har använt sig av en vanlig inbetalningsblankett. På den finns inga uppgifter om vem det är. Däremot har vi datumet för insättningen.

– Övervakningskamerorna då? föreslog Karin.

– Vi har redan tänkt på det. Banken sparar banden från kamerorna i en månad. Har vi tur kan vi spåra personen som satte in pengarna den vägen. Banden hämtas just nu. Den första insättningen från juli är borta, men vi har den från oktober.

– Jag har pratat med SKL som jobbar för fullt med proverna från mörkrummet och lägenheten och har vi tur får vi svaren i slutet på den här veckan, upplyste Sohlman. Det finns också hand- och fingeravtryck från källarfönstret som vi har kollat mot brottsregistret. Det finns inga motsvarande, så om det är förövarens är han ostraffad.

– Och mordvapnet? frågade Wittberg.

Sohlman skakade på huvudet.

– Inget hittat än så länge, men allt tyder på att det är en

hammare av ordinär typ som kan köpas i vilket varuhus som helst.

– Allright, vi får fortsätta spaningsarbetet som vanligt men koncentrera oss på att ta reda på vad Dahlström höll på med. Vilka andra i hans omgivning kan tänkas veta något? Fastighetsskötaren? Dottern? Henne har vi fortfarande inte hållit ett ordentligt förhör med. Vi utvidgar förhören till att gälla alla som haft kontakt med Dahlström eller som kan ha sett honom mordkvällen: bussföraren, anställda i kiosker och affärer, fler grannar i området.

– Travet, insköt Karin. Vi borde ta kontakt med folk på travet.

– Det är ju stängt för säsongen, invände Wittberg.

– Alla stall är ändå igång, hästarna tränas, stallpersonalen arbetar, kuskarna finns där. Det var ju på travet han vann pengarna.

– Absolut, sa Knutas. Alla uppslag är välkomna. En sak till innan vi slutar och det gäller hur vi hanterar media. Hittills har tack och lov ingen journalist brytt sig nämnvärt, det gör de som ni vet aldrig när det handlar om fyllebråk. Däremot kommer deras intresse att öka om det här med pengarna blir känt. Håll tyst om det, säg inte ett ljud till någon. Ni vet hur lätt det sprids vidare. Om någon reporter vill fråga om utredningen – hänvisa till mig eller Lars. Nu tycker jag också att det är dags att kalla in rikskriminalen. Jag har bett dem om hjälp. Två man kommer hit i morgon.

– Hoppas Martin kan komma, sa Karin. Det vore kul.

Ett instämmande mummel hördes.

Knutas tyckte också bra om Martin Kihlgård som hjälpt dem med utredningen den gångna sommaren, men förhållandet var inte helt okomplicerat. Kihlgård var munter och trivsam, men han tog mycket plats och hade synpunkter på det mesta. Innerst inne var Knutas medveten om att hans retlighet när det gällde Kihlgård kunde ha att göra med ett lillebrorskomplex gentemot herrarna från rikskriminalen. Att kollegan dessutom så tydligt och innerligt uppskattades av Karin gjorde inte saken bättre.

Med ett surr och ett klick åkte bandet in i videobandspelaren. Knutas och Karin satt ensamma på Knutas rum. Ett gråspräckligt flimmer och så syntes insidan av banklokalen i svartvitt. De fick spola fram en bit innan de närmade sig det aktuella klockslaget.

Så visade klockan uppe i högra hörnet på 12.23 den trettionde oktober. Nästan fem minuter innan någon satte in pengar på Dahlströms konto. Det var ganska fullt i lokalen så här vid lunchtid. Bankkontoret låg centralt i Östercentrum och många passade på att göra bankärenden på sin lunchtimme. Två kassor var öppna med en kvinnlig och en manlig banktjänsteman bakom glasen. På stolar vid fönstret ut mot gatan satt fyra personer: en äldre man med käpp, en ung tjej med långt ljust hår, en medelålders, fetlagd kvinna och en yngre man i kostym.

Knutas tänkte att han kanske just nu satt och iakttog den som mördade Henry Dahlström.

Dörren öppnades och ytterligare två personer steg in i banken. De tycktes inte vara i sällskap. Först en man som såg ut att vara i femtioårsåldern. Han var klädd i grå jacka och rutig keps, mörka byxor och skor. Han gick bestämt fram och tog en nummerlapp.

Efter honom kom ytterligare en man, ganska lång med smärt kroppsbyggnad. Han kutade lite med ryggen. Han hade tydligen redan en nummerlapp och ställde sig intill kassorna som om det strax skulle vara hans tur.

När han vände sig om och tittade runt i lokalen såg Knutas att han bar en kamera runt halsen.

De kände igen honom direkt. Mannen var Henry Dahlström.

– Fan också, stönade Knutas. Han satte in pengarna själv.

– Där rök den möjligheten. Typiskt. Det var för lätt.

Karin tände lampan i taket.

– Han fick pengarna och satte sedan in dem. Omöjligt att spåra, med andra ord.

– Jäkla otur. Men hur kommer det sig att personen inte bara förde över pengarna till Dahlströms konto? Om han var så rädd för att bli upptäckt måste det ha inneburit en större risk att träffa Dahlström för att ge honom pengarna än att sätta in dem.

– Det är verkligen konstigt, höll Karin med. Man kan undra vad det är för pengar. Jag tror absolut på det här med travet. Han spelade regelbundet och travbanan har alltid dragit till sig löst folk. Det kan ha pågått något skumt där, kanske uppgörelser mellan kriminella. Dahlström kanske skulle spana och ta bilder åt någon som ville hålla koll på sina rivaler.

– Du ser för mycket på bio, sa Knutas.

– Shit, på tal om bio, utropade Karin och såg på klockan. Jag måste sticka.

– Vad ska du se?

– Ska på Roxy och se en turkisk svart komedi. Det är en specialvisning.

– Med vem då?

– Det skulle du bra gärna vilja veta va?

Hon blinkade retsamt mot honom och försvann ut i korridoren.

– Varför är du så förbaskat hemlig? ropade han efter henne.

Hon hade kommit hem från skolan till en tom lägenhet.

Känslan av lättnad blandades med en dos skuld. Ju mer hon slapp se av sin mamma nuförtiden desto bättre mådde hon. Samtidigt tyckte hon att det inte var riktigt klokt att det kunde vara så. Sin mamma måste man tycka om. Dessutom var hon Fannys enda förälder.

Hon öppnade kylskåpet och modet sjönk. Hennes mamma hade inte handlat i dag heller.

Strunt samma, nu skulle hon plugga. Torsdagens provräkning oroade henne, matte hade aldrig varit hennes starka sida. Hon hade just plockat upp böckerna och vässat pennorna när telefonen ringde. Signalen fick henne att rycka till. Det var inte ofta det ringde hemma hos dem.

Till hennes förvåning var det han som ville bjuda på middag. Hon blev både överraskad och osäker och visste inte vad hon skulle säga.

– Hallå, är du kvar?

Hans lena stämma i luren.

– Ja, fick hon fram och kände hur kinderna blossade.

– Kan du, vill du?

– Jag måste plugga, vi har prov.

– Men äta måste du väl?

– Jovisst, det är klart, sa hon tvekande.

– Är din mamma hemma?

– Nej, jag är ensam.

Han lät mer bestämd.

– Ja, men då är det väl bara bra. Om du pluggar till provet nu som en duktig flicka så kan jag hämta dig vid sjutiden. Så äter vi middag och sedan kör jag dig raka vägen hem efteråt. Det kan väl inte skada? Då hinner du ju plugga också.

Han verkade så angelägen att hon kände sig tvungen att tacka ja. Vad skulle de prata om? Samtidigt lät erbjudandet om att få gå på restaurang lockande. De tillfällen hon ätit ute var lätt räknade. Senaste gången var under en misslyckad semesterresa förra sommaren. Mamma hade hyrt bil en vecka och de tog båten till Oskarshamn för att resa runt i Skåne och bo på vandrarhem. Det spöregnade hela tiden och mamma drack varje dag. Sista kvällen besökte de en kineskrog och mamma slog sig i slang med ett gäng danska turister. De drack massor och var högljudda och mamma blev så berusad att hon trillade av stolen och drog ner hela bordsduken i fallet. Fanny ville bara sjunka genom golvet.

Hon slog sig ner vid köksbordet med matteböckerna och undrade vilken restaurang de skulle gå till. Bara det inte blev ett för tjusigt ställe. Vad skulle hon ha på sig? Nu kunde hon definitivt inte koncentrera sig på matten. Vad hade hon sagt ja till? Varför bjöd han ut henne? Samtidigt som tankarna åkte kors och tvärs i huvudet kunde hon inte låta bli att känna sig smickrad.

Plötsligt hörde hon nycklar skramla i låset och sin mammas röst i tamburen.

– Såja Pricken, duktig vovve. Fy, vilka smutsiga tassar! Var är handduken?

Fanny satt kvar vid bordet och sa ingenting. Hon räknade sekunderna: 1, 2, 3, 4...

Sedan kom det, fyra sekunder den här gången.

– Fanny. *Fanny!*

Hon reste sig långsamt.

– Jaa, vad är det? ropade hon.

– Kom och hjälp mig, är du snäll. Jag har så ont i ryggen. Kan du duscha av Pricken? Han är så smutsig.

Fanny tog hunden i nackskinnet och föste ut honom i badrummet.

Modern pratade på. Tydligen hade hon en av sina uppåtdagar.

– Vi gick ända bort till Strandgärdet. Där träffade jag en trevlig kvinna som hade en pudel. De är nyinflyttade. Salomon hette hunden, kan du tänka dig? Pricken tyckte jättemycket om honom. Vi släppte dem lösa där borta och de badade också fast det är så kallt. Det är därför han är smutsig för han rullade sig i lera sedan. Gud, vad jag är hungrig. Har du handlat?

– Nej, mamma. Jag kom just hem från skolan. Vi har provräkning, jag måste plugga.

Hon tycktes som vanligt inte lyssna. Fanny hörde henne slamra och öppna skåpen i köket.

– Har vi inget i frysen? Jo, vad skönt. Fiskgratäng. Jag måste äta. Hur länge ska den här vara i ugnen? Fyrtio minuter. Herregud, jag hungrar ihjäl. Åh, vad kissnödig jag är. Oooh.

Hon kom rusande in på toaletten och satte sig att skvala medan Fanny sammanbitet spolade hundens tassar rena. Tänk att hennes mor måste uttrycka alla sina behov högt och tydligt hela tiden så att alla skulle veta hur hon kände sig varenda sekund. Irritationen hamrade i huvudet.

– Torkar du honom ordentligt så att han inte blir förkyld? sa mamman medan hon torkade sig själv i ändan.

– Ja, mamma.

Vad skönt det vore om hon själv kunde få samma om-
tanke någon gång.

När hon kom ut ur badrummet låg mamman på soffan
med slutna ögon.

– Är du trött?

– Ja, jag måste vila lite innan jag ska till jobbet. Sätter du
in gratängen när ugnen är varm?

– Okej.

Hon satte sig i köket. Mamma tycktes ha somnat där-
inne. Hon beter sig som ett stort barn, tänkte Fanny medan
hon dukade fram. Klockan var fyra. Nu hade hon tre tim-
mar på sig. Två till att plugga, hoppades hon, och en till att
göra sig i ordning.

– Ska inte du ha? undrade modern när Fanny satte fram
gratängen.

– Nej, jag är inte hungrig ännu. Jag tar något senare.

– Jaha, svarade modern som redan verkade ha tankarna
på annat håll.

Fanny var på vippen att berätta om det roliga teaterupp-
trädandet de sett i skolan, men hon insåg att hennes mam-
ma ändå inte skulle orka koncentrera sig på att lyssna. Lika
bra att hålla tyst.

Besvikelsen över bandet störde Knutas när han körde den korta biten hem till huset på kvällen.

Han huttrade i den iskalla bilen. Line klagade över att han envisades med att de skulle behålla den gamla mercan, trots att de hade råd med en ny bil. Än så länge hade han lyckats avfärda hennes idéer om att köpa en ny. Två bilar var för dyrt och besvärligt, dessutom fanns det inte plats utanför huset. Och han hade svårt att göra sig av med sin Mercedes Benz, för många minnen och upplevelser var insuttna i de gamla bilsätena. Det var som om de två hyste en ömsesidig kärlek till varandra.

När han parkerade utanför villan lyste det i alla fönster. Ett gott tecken som tydde på att alla var hemma. Han såg fram emot en lugn hemmakväll, men möttes av något helt annat än familjeidyll när han öppnade ytterdörren.

– *Det tänker jag fan inte göra! Jag skiter i vad hon säger!*

Nils dundrade uppför trappan och smällde igen dörren. Petra satt vid köksbordet. Line stod vänd med ryggen till och slamrade vid spisen. Han såg direkt på hennes kroppshållning att hon var arg.

– Vad är det som står på?

Knutas ställde frågan innan han ens fått av sig rocken.

Hans hustru vände sig om. Hennes hals var rödflammig och håret stod på alla ändar.

– Prata inte med mig. Det har varit en för jävlig dag.

– Vad håller ni på med? undrade Knutas och strök sin dotter över huvudet varpå hon genast flög upp från stolen.

– Vad håller *ni* på med, härmade hon argt. Fråga istället vad *han* håller på med. Min så kallade bror!

Ytterligare ett barn dundrade uppför trappan.

– Det har varit vidrigt på jobbet och det här är mer än jag orkar med, sa Line. Du får reda upp det.

– Är det något särskilt som har hänt?

– Vi tar det sedan.

Han hängde in rocken, tog av sig skorna och klev trappan upp i några få kliv. Samlade ihop barnen i sängkammaren och satte sig på sängkanten med båda två.

– Berätta nu, vad är det som har hänt?

– Jo, vi skulle hjälpa till att duka fram, men först måste vi tömma diskmaskinen medan mamma lagade mat, sa Nils. Jag tog bestickslådan och började plocka ur den. Då kommer Petra och säger att hon ska ta den.

– Så var det inte alls!

– Tyst! Nu pratar jag. Det var visst så. Du ryckte den ur händerna på mig fast jag redan hade börjat.

Petra började gråta.

– Stämmer det? frågade Knutas tålmodigt och vände sig till sin dotter.

– Ja, men han tar ju alltid bestickslådan, bara för att det är enklast. Jag tyckte det var min tur. Jag ville byta, men det ville inte han. Då blev mamma arg och sa att vi skulle sluta tjafsa och då sa Nils till mig att jag var dum i huvudet.

Nils ansikte blossade av indignation.

– Ja, men jag hade ju börjat! Då kan du väl inte bara komma och slita den ifrån mig! Och så skriker mamma åt mig att det är jag som har gjort fel!

Knutas vände sig till sin dotter.

– Det är klart att du inte bara kan komma och ta bestick-lådan från Nils om han håller på med den, men samtidigt Nils, så måste ni turas om med vem som tömmer vad ur diskmaskinen i fortsättningen. Och tänk på att mamma är trött och det är inte så kul för henne att höra ert tjafsande när hon försöker laga mat. Sedan får du inte säga till din syster att hon är dum i huvudet, Nils.

– Förlåt då, sa han trumpet.

Knutas tog tag i båda barnen och kramade om dem. Petra mjuknade, men Nils var fortfarande sur och slet sig ur hans famn.

– Kom igen, så farligt var det inte.

– Lägg av, röt Nils och såg ilsket på sin pappa.

Knutas tog Nils avsides och efter en stunds övertalning gick sonen motvilligt med på att komma ner till middagen.

Line såg trött och sliten ut.

– Hur är det, frågade Knutas när lugnet äntligen lägrat sig.

– Usch, det hände en grej på jobbet. Jag berättar sedan.

– Nej, men vi vill också höra, protesterade Petra.

– Jag vet inte, det är en sådan otäck historia, varnade Line.

– Snälla mamma, berätta.

– Okej, en kvinna som skulle föda sitt första barn kom in i morse med värkar. Allt såg bra ut, men när hon började krysta fick vi inte ut barnet. Anita tyckte att vi skulle sätta in ryggbedövning för att krystvärkarna skulle gå över, men jag ville vänta.

Tårarna steg i ögonen medan hon berättade. Knutas tog hennes hand över bordet.

– Sedan så försvagades barnets hjärtljud snabbt, så vi

fick ta till akut kejsarsnitt. Men det var för sent. Barnet dog. Det känns som om det var mitt fel.

– Det är klart att det inte var. Du gjorde ditt bästa, försäkrade Knutas.

– Fy, vad sorgligt. Stackars dig, mamma, tröstade Petra.

– Det är inte mig det är synd om. Jag går upp och lägger mig en stund.

Line suckade tungt och reste sig från bordet.

– Ska jag följa med?

– Nej, jag vill vara ensam.

För det mesta innebar arbetet en källa till glädje för Line, men när det gick fel straffade hon sig själv hårt och ältade händelseförloppet om och om igen. Vad de hade kunnat göra annorlunda, om de ändå gjort si istället för så.

Det var i och för sig inte så konstigt, tänkte Knutas. Hon handskades med liv och död hela dagarna. Precis som han själv.

Pia Dahlström var en lång, mörk och mycket vacker kvinna. Helt olik sina föräldrar, både i utseende och framtoning. Hon var klädd i svarta byxor, kavaj och högklackade skor. Håret var uppsatt i en knut på huvudet. Hon hade kommit tidigt, därför att hon måste resa samma morgon. Klockan var bara sju och polishuset ännu tomt.

Knutas hade erbjudit henne kaffe som han hade tagit sig tid till att sätta på själv. Det var inte ofta någon orkade göra riktigt kaffe, trots att bryggaren stod alldeles intill deras trista automat. De småpratade medan det blev klart. Hon påminde om Audrey Hepburn i gamla femtiotalsfilmer. De stora, mörka ögonen var målade med kraftig eyeliner precis som filmstjärnans.

När kaffet puttrat färdigt slog hon sig ner i hans besökssoffa.

– Kan du beskriva din relation till din pappa? frågade han och tänkte att han lät som en psykiater.

– Vi stod inte varandra nära alls. Hans alkoholism satte stopp för det. Han drack mer och mer ju äldre jag blev, eller så var det kanske så att jag märkte av det mer i takt med att jag blev äldre.

Hon skakade lätt på sitt vackra huvud. Inte ett hårstrå kom i obalans.

– Han brydde sig inte om mig, fortsatte hon. Inte en enda gång följde han med på en ridlektion eller gymnastikuppvisning. Det var alltid mamma som gick på föräldramöten och kvartssamtal. Jag kan inte minnas en enda uppoffring, att han faktiskt gjorde något för min skull. Nej, jag hade inte mycket till övers för honom.

– Det kan jag gott förstå, sa Knutas.

– Du talar gotländska, men låter som en dansk, sa hon och log.

– Jag är gift med en danska, det gör nog sitt till. Hur reagerade du när du fick höra om din pappas död?

– Jag kände mig bara tom. Hade han inte blivit mördad hade han väl supit ihjäl sig. När jag var yngre var jag arg på honom, men det har gått över för länge sedan. Han valde sitt liv. Han hade alla möjligheter: ett stimulerande jobb, familj och ett hus. Men han föredrog spritflaskan framför mig och mamma.

– När hade du senast kontakt med honom?

– Samma dag jag tog min examen från gymnasiet, sa hon utan att röra en min.

– Det måste vara över femton år sedan? utbrast Knutas förvånat.

– Sjutton för att vara exakt.

– Hur kommer det sig att ni inte haft kontakt på så länge?

– Det är mycket enkelt. Han ringde inte och jag ringde inte.

– Behöll ni inte kontakten efter skilsmässan?

– Jag var hos honom ibland på helgerna, men hur kul var det? Att jag var där hindrade honom inte från att dricka. Han hittade aldrig på något utan vi var bara i lägenheten och hans kompisar kom dit. De groggade på utan att bry sig det minsta om mig. Tittade på trav och fotboll på TV och satt till och med och läste herrtidningar. Det var vidrigt. Oftast slutade det med att jag gick hem efter någon timme. Sedan slutade jag gå dit överhuvudtaget.

– Kontakten med din mamma då?

– Jo, den är väl helt okej. Kunde vara bättre visserligen, men vår relation är på en acceptabel nivå tycker jag, sa hon och lät som om hon talade om aktiekurser.

Hon kliade sig på nyckelbenet och ena bh-bandet skymtade en kort sekund. Det var guldbeige, lite glansigt med en vackert broderad kant.

Hon är säkert lika perfekt in på bara skinnet, tänkte Knutas, och blev irriterad på sig själv för att hennes kvinnlighet påverkade honom.

– Hur har du det nuförtiden? frågade han för att komma in på något annat.

– Jo, tack. Jag arbetar på stadsbiblioteket i Malmö och det trivs jag bra med. Jag har många vänner, både i Malmö och i Köpenhamn.

– Lever du ensam?

– Ja.

– Vet du om din pappa hade några riktiga ovänner? Ni har ju inte haft kontakt på många år, men sådant som ligger långt tillbaka i tiden kan också vara viktigt.

En rynka uppträdde i pannan.

– Inte vad jag kan komma på.

Mycket mer kom inte ut av samtalet. Pia Dahlström lämnade efter sig en svag doft av parfym.

– Ska vi äta här?

Hon kunde inte dölja sin besvikelse. Hon som hade trott att de skulle gå på restaurang.

– Rätt gissat. Jag har lånat en lägenhet av en kompis. Maten står färdig där uppe. Kom.

Han gick före henne in i porten. Huset låg på en av de där fina gatorna nära Södertorg innanför muren. Det fanns ingen hiss, så de fick traska de fyra trapporna. Väl uppe var hon andfådd och hade en stigande känsla av obehag i bröstet. Hon såg på hans byxor med pressveck. Plötsligt verkade han så gammal. Vad skulle han med henne här att göra?

Hon fick lust att bara vända om och springa nerför trapporna igen, men då tog han hennes hand.

– Du ska få se vad fint det är.

Han fumlade med nycklarna.

Lägenheten var den största hon hade varit inne i. Det var en vindsvåning med tjocka takbjälkar och utsikt mot havet. Vardagsrummet var enormt med blankt trägolv och stora, färggranna tavlor på väggarna. I ena hörnet stod ett matbord där det var framdukat med tallrikar och glas. Han skyndade fram och tände ljusen i en kandelaber.

– Kom, sa han ivrigt. Kom får du se.

De steg ut på balkongen som hade en enorm utsikt. Hon kunde se havet och en bit av hamnen. Stan med dess gytter av hus och tornen på domkyrkan.

– Nu ska vi ha champagne.

Han sa det så självklart att hon kände sig som en vuxen. Strax var han tillbaka med en flaska och två glas. Ivrigt fyllde han på.

– Skål.

Hon vågade inte säga emot. Försiktigt tog hon en klunk. Det kittlade i näsan och smakade inte särskilt gott. Hon hade knappt prövat alkohol förut. Bara ett par gånger när mamma hade trugat på henne vin någon lördagskväll för att hon själv ville ha sällskap. Rödvin smakade vidrigt. Det här var ändå bättre, hon tog en klunk till.

– Nå, vad sägs? Är det inte fint? sa han och lade armen om henne som om det vore den naturligaste sak i världen. Det kändes obekvämt. Hon visste inte hur hon skulle reagera.

Han skålade med henne igen.

– Drick ur, lilla gumman, så går vi in och äter.

Till middag fick de först någon sorts toast med en röra. Hon åt försiktigt, iakttog honom och gjorde likadant. Han hällde upp resten av champagnen i glasen. Skålade med henne gång på gång. Hon tog små klunkar och började ganska snart känna sig snurrig. Samtalet gick trögt. Han ställde en del frågor men pratade mest om sig själv. Bredde på om alla fantastiska resor han gjort till exotiska platser i världen. Som om han ville imponera på henne.

Hon lyssnade och sa inte så mycket. Motvilligt började hon koppla av. Det var riktigt skönt att sitta där i det vackra rummet och känna värmen från stearinljusen. Äta en fin middag med lugn musik i bakgrunden. Varmrätten bestod av fläskfilé med saffransris. Rödvin till maten, godare än det hon smakat hemma. Hon drack ur hela glaset. Han pratade på medan Fanny mest ägnade sig åt att studera hans läpprörelser. Hon började känna sig fnittrig.

– Smakade det bra? frågade han samtidigt som han reste sig och började plocka bort tallrikarna.

– Ja tack, det var jättegott. Hon fnissade till.

– Vad bra.

Han såg så tillfreds ut att hon blev ännu mer full i skratt. Tänk att han blev så glad bara av att hon var nöjd.

– Vill du ha kaffe, eller du dricker kanske inte kaffe?

Hon skakade på huvudet.

– Var finns toaletten?

– Den är ute i hallen, till höger. Det står WC på dörren.

Han pekade, ivrig att visa. Hon var så kissnödig att hon höll på att spricka.

Toaletten var lika fin som resten av lägenheten. Den hade dimmer. Hon lekte med ljusknappen fram och tillbaka. Det var skinande rent därinne och doftade gott. Allt såg nytt och oanvänt ut. Toalettpapperet hade fint mönster och var mjukare än det hon var van vid. Hon log när hon såg sig själv i spegeln, fnissade. Tänk att hon fick njuta av den här lyxen.

När hon var klar hade han dämpat belysningen och satt sig i soffan. På det låga bordet framför stod två glas vin och ett fat med levande ljus i olika storlekar.

– Kom, sa han lågt.

Hon blev vaksam. Visste inte riktigt vad han ville. Hon satte sig försiktigt en bit ifrån honom.

– Du är så vacker, vet du det? sa han mjukt.

Han makade sig närmare. Tog hennes hand och lekte med fingrarna. Hon vågade knappt titta på honom. Han lade en hand på hennes ben. Den kändes varm och tung genom jeanstyget.

Han lät den ligga helt stilla.

– Du är så vacker, lismade han.

Han drog försiktigt i en hårslinga.

– Och du har så fint hår, svart och blankt och tjockt.

Han lutade sig bakåt och stirrade på henne.

– Din kropp... den är fulländad. Vet du hur sexig du är?

Hon blev ängslig och obekväm och fick inte fram ett ljud. Ingen hade sagt något liknande till henne förut.

Plötsligt drog han henne intill sig och kysste henne. Hon visste inte vad hon skulle göra, utan satt orörlig. Det snurrade i huvudet av vinet. Hans mun blev hårdare och han försökte öppna hennes läppar med sin tunga. Hon lät honom hållas. Händerna började treva innanför hennes tröja, rörde sig upp mot brösten. Hon kände hans tyngd när han lutade sig över henne. Så nådde hans hand ena bröstet. Hon skrämdes av hans reaktion. Han stönade och gnydde. Blev hårdhänt, slet och drog i behån. Tungan vispade runt i hennes mun. Plötsligt blev hon kristallklar i huvudet. Allt hon visste var att hon måste bort.

– Vänta, försökte hon. Vänta.

Han tycktes inte höra utan slet och drog i hennes kläder.

– Vänta ett tag. Jag måste gå på toaletten, drog hon till med för att få honom att sluta.

– Men jag ska bara känna lite, trugade han.

– Jo, men snälla.

Han stillnade med händerna om hennes rygg. De var svettiga nu, hela han var svettig. De satt orörliga en stund och hon hörde hans snabba andhämtning.

Så lossnade greppet. Det verkade som om han skulle ge upp.

Han höll henne en bit ifrån sig och ögonen stannade upp vid brösten.

– Fattar du hur vacker du är? viskade han. Vad gör du med mig?

Han började treva efter henne igen. Mer hårdhänt den här gången.

– Nej, sa hon, jag vill inte.

– Lite bara, det kan du väl bjuda på.

Han vräkte ner henne i soffan, drog ner blixtlåset och tog ett resolut tag i jeansen och slet av dem med ett ryck. De satt så tajt att trosorna åkte av på köpet. Hon låg helt blottad och insåg att hon inte hade en chans. Hon slutade kämpa emot, stillnade. Han pressade isär hennes lår.

Så började hon plötsligt gråta.

– Jag vill inte, skrek hon. Sluta! *Sluta!*

Med ens var det som om han kom till sans. Han släppte taget.

När han körde henne hem sa han inget på hela vägen. Inte hon heller.

Mot alla odds hade Emma gått med på att träffa honom för att äta lunch. Intervjun med landshövdingen var överstökad vilket betydde gratistid resten av dagen. Han skulle flyga hem först dagen därpå.

De hade kommit överens om att ses på hans hotellrum. Hon vågade inget annat.

Grenfors ringde och pratade om jobb som skulle göras i Stockholm vilket kändes oerhört ovidkommande.

Efter samtalet satte han sig i en fåtölj och tittade på klockan. Tjugo minuter återstod innan Emma skulle komma. Borde han beställa upp lunchen nu, så det var gjort? Det var nog lika bra, om det gick fortare skulle de få mer tid över till varandra. Han rafsade fram menyn, skummade igenom raderna: toast, caesarsallad, sjötunga på spenatbädd för tvåhundrafyrtio spänn, hutlöst. Hamburgare med husets pommes frites – kunde de inte lika gärna skriva klyftpotatis med en gång?

Vad gillade Emma, vad åt hon? Räkor, skaldjur – nej, inte räksoppa. Pasta Bolognese – omskrivning för vanlig simpel spaghetti med köttfärssås. Något lätt måste det vara, men inte för lätt. Hon kanske var jättehungrig. Omelett då?

Han började bli svettig, nu måste han hinna duscha. Utan att ha bestämt sig slog han numret till room service. Vad rekommenderar ni? Vad går fort, är gott, inte för mycket och inte för dyrt? Köttbullar med gräddsås och lingon, jaha, inte så elegant kanske, men vad fan.

Han beställde upp två portioner och slet av sig kläderna. En kvart kvar. Skulle maten hinna komma eller skulle de bli avbrutna mitt i sitt efterlängtade möte? Efterlängtat för hans del ja, när det gällde henne visste han ingenting. Tänk om hon gått med på att träffa honom bara för att göra definitivt slut?

När han klev ur duschen knackade det på dörren. Nej, säg inte det. Han ville hinna klä på sig, fixa till håret och stänka på rakvatten. Han stannade upp. Eller var det maten? Han smög fram mot dörren, medan vattnet droppade från kropp och hår.

– Hallå?

– Det var room service här, svarade en röst på andra sidan. Lättnaden överväldigade honom. Varför kändes allt som på liv och död?

Människan började duka fram. Nej, nej det behövs inte, tack. Någon dricks fick han inte fram där i bara kalsongerna med handduken nödtorftigt som en försvarssköld framför sig. Två minuter kvar. Han slängde på sig brallor och en ren tröja. Klockan blev tio över tolv och hon hade inte kommit. Dags för nästa panikattack; tänk om hon inte kom? Hade han missat ett sms på mobilen? Den låg på bordet. Nej, inga meddelanden. Hon måste komma, fan ta henne annars. Han såg sin spegelbild, blek, hjälplös, utlämnad åt sina stormiga känslor och den förtvivlan som ovillkorligen skulle dränka honom ifall det visade sig att hon ändrat sig.

Det knackade på dörren. Han andades ut så djupt att

han såg stjärnor. Skakade på huvudet. Att man inte ska få ha kontroll över sitt eget liv.

Det var overkligt att se henne stå där i korridoren. Mörkögd och rosenkindad såg hon oförskämt frisk och helylle ut. Hon log mot honom och det var tillräckligt för att golvet skulle sjunka undan.

– Mmm, vad gott det luktar. Köttbullar, sa hon utan större entusiasm.

Hur kunde han vara så urbota korkad? Bjuda en lärarinna på köttbullar, det fick de väl var och varannan dag i skolan. Idiot. De slog sig ner vid bordet.

– Vill du ha en öl?

– Visst, tack.

Vilken absurd situation. Här satt de, med varsin mattallrik inne på ett hotellrum med gråvädret utanför, första gången de sågs ensamma på nästan en månad. Hon hade gått upp lite i vikt, konstaterade han. Det klädde henne.

– Hur mår du?

Frågan kändes lika konstlad som tygblommorna på bordet.

– Jo tack, svarade hon utan att se upp från maten. Och du?

– Ja vars.

Köttbullarna växte i munnen.

Tystnad.

De såg upp från tallrikarna samtidigt och tuggade ur med ögonen vilande i varandra.

– Egentligen mår jag för jävligt, sa Johan.

– Jag med.

– Uselt faktiskt. Jag är konstant illamående.

– Samma här, det känns som om jag ska kräkas hela tiden.

– Det är ruttet alltihop.

– Genomruttet, sa hon och ögonen spelade.

De brast ut i ett skratt som dog ut lika fort. Hon tog en tugga till.

Johan böjde sig fram mot henne, ivrig nu.

– Det känns som om bara halva jag lever. Du vet, man gör alla de där vanliga sakerna som man måste. Kliva upp ur sängen på morgonen, käka frukost, åka till jobbet, men ingenting är verkligt. Allt sker liksom någon annanstans. Jag tror hela tiden att det ska bli bättre, men det händer aldrig.

Hon torkade omsorgsfullt av munnen med servetten och reste sig från bordet. Ansiktet var allvarligt. Han kunde bara sitta stilla. Hon drog sakta upp honom ur stolen. De var nästan lika långa. Hon lade armarna om honom, kysste honom i nacken. Han kände hennes varma andedräkt i örat.

Hennes starka, hårda kropp mot hans. De dråsade ner på sängen och hon pressade sig emot honom, benen sammanflätade, armarna krampaktigt om varandras ryggar. Hennes mun var mjuk och varm, håret doftade äpple. Han kände tårarna svida innanför ögonlocken. Att omfamna henne var som att komma hem.

Han visste egentligen inte vad han gjorde, vad hon gjorde, bara att han inte ville att det skulle ta slut.

Mycket riktigt var det Martin Kihlgård som kom från rikskriminalen. Han kom i sällskap med Hans Hansson, magerlagd och lågmäld till skillnad från sin högröstade kollega. Medarbetarna på kriminalavdelningen välkomnade Kihlgård med öppna armar, denne storväxte man som aldrig hade någon ordning på sina kläder men som var en omtalat skicklig polis. Det var idel ryggdunk och handskakningar. Av Karin fick han en så lång kram att Knutas kände ett sting av den gamla irritationen från i somras. De där två hade kommit så bra överens att han blivit avundsjuk, även om han aldrig skulle medge det högt. Kihlgård var en stor lufs, men det var tydligt att Karin uppskattade hans bullriga uppenbarelse.

När han fick syn på Knutas sprack hans godmodiga leende upp ännu mer.

– Men tjenare Knutte, ropade han hjärtligt och klappade om hans axlar. Hur är läget, gamle gosse?

Han låter som kapten Haddock i Tintinböckerna, tänkte Knutas samtidigt som han besvarade leendet. Det retade honom enormt att Kihlgård plötsligt kallade honom för Knutte.

De satte sig i Knutas tjänsterum och började gå igenom

fallet. Det dröjde tio minuter innan Kihlgård började knorra om mat.

– Ska vi inte ta lunch?

– Jovisst, det börjar väl bli dags för det, sa Karin påpassligt. Kan vi inte gå och äta på Klostret? Det är Anders kompis ställe, de har jättebra mat, förklarade hon vänd mot de båda poliserna från rikskrim.

– Det låter förträffligt, brummade Kihlgård. Då fixar du ett bra bord va, Knutte?

Lunchen blev efter alla omständigheter gemytlig. Leif hade ordnat ett fönsterbord med utsikt över S:t Pers ruin. Hans Hansson hade aldrig varit på Gotland förut och gjorde stora ögon.

– Det är ännu finare än på de bilder man har sett. Ni bor i rena rama sagostaden, hoppas ni har vett att uppskatta det.

– I vanliga fall funderar man nog inte så mycket på det, log Karin. Men efter en tripp till fastlandet blir man påmind. Då tänker jag alltid på hur vackert det är när jag kommer hem.

– Samma här, höll Knutas med. Jag skulle nog ha svårt att bo någon annanstans.

De njöt av grillat lamm med rotfruktsgratäng. Kihlgård hade inte tid att prata medan han åt, utom vid ett tillfälle då han frågade efter mera bröd. Knutas påmindes om kollegans till synes omättliga aptit. Karln åt jämt och ständigt, vid alla tider på dygnet.

Krogen gick i gammaldags stil med tända ljus och linnedukar på borden. Nu när det var grått och kallt utomhus var det en förträfflig miljö. Leif överraskade med husets hemgjorda chokladtårta till kaffet. Han slog sig ner hos dem en stund.

– Vad trevligt med nya lunchgäster. Ska ni stanna ett tag, eller?

– Det får vi se, sa Kihlgård. Fantastiskt god tårta det här.

– Kom gärna tillbaka om ni vill. Här är vi glada för varenda gäst.

– Det är svårt på vintern kan jag tänka mig.

– Ja, att driva en restaurang som håller öppet året runt är tufft. Men det går, än så länge. Nej, nu ska jag inte störa mer.

Leif reste sig och lämnade bordet.

– Dahlströms liv och leverne har vi ju gått igenom, men hur är det med alkoholister här på ön, rent allmänt? frågade Kihlgård. Hur många finns det till exempel?

– Jag skulle gissa att det rör sig om ett trettiotal riktigt nergångna alkoholister, alltså sådana som dricker på heltid och inte har något jobb, svarade Karin.

– Hemlösa då?

– Vi har faktiskt inga hemlösa som ni i storstan. De flesta har egen lägenhet eller så bor de på kommunens boenden för missbrukare som finns lite varstans.

– Hur ser det ut med våldsbrott bland de här människorna?

– Det händer att de slår ihjäl varandra i fyllan och villan. Vi har väl ett par mord om året i genomsnitt som är missbruksrelaterade. Men oftast gäller det blandmissbrukarna. Alkoholisterna är för det mesta ganska oförargliga.

Det började bli dags att bryta upp. Knutas vinkade till sig Leif för att få notan. Den uppskattade tårtan bjöd huset på.

Mötet med Emma fick honom att längta efter luft. Han tog en promenad för att skingra tankarna.

Almedalen låg enslig och tyst. Den våta asfalten på gång-vägen mellan gräsmattorna glittrade i gatlyktornas sken och han hörde ändernas lågmälda kvackande i dammen, även om de knappt syntes i kvällsmörkret. Han vek in på strandpromenaden som löpte från Visby ända bort till Snäckgärdsbaden, tre kilometer norrut. Här tilltog blåsten och han fällde upp jackans krage till skydd. Inte en männi-ska syntes till. Vågorna slog in mot strandkanten och sjö-fåglar skränade. En större passagerarbåt vars lanternor lys-te i mörkret närmade sig Visby hamn.

Han tänkte på Emma och kunde inte begripa hur han klarat sig utan henne så länge. Alla känslor hade vaknat på nytt och han insåg att det skulle bli tufft att behöva vänta igen. Fast relationen hade glidit in i ett nytt skede. Deras uppehåll var över och han visste vad hon kände för honom. Insikten gav honom styrka och lugn.

Det gällde att hitta på bra reportageidéer så han kunde återvända till ön fortast möjligt. För Emma var det svårare att hitta på en ursäkt för att bege sig till Stockholm.

Han passerade Jungfrutornet, ett av ringmurens många

försvarstorn. Kring just det här tornet fanns en gammal sägen. När den danske kungen Valdemar Atterdag skulle inta Visby och beröva staden dess tillgångar på trettonhundratalet fick han av en ung kvinna hjälp att komma in genom en av portarna i ringmuren. Kvinnan hade förälskat sig i Atterdag och han hade lovat att gifta sig med henne och ta henne med till Danmark om hon öppnade porten åt honom och hans mannar. Hon gjorde så och danskarna plundrade Visby. Kungen svek sitt löfte och lämnade henne åt sitt öde efter förrättat värv. När historien uppdagades straffades hon genom att muras in levande i Jungfrutornet. Enligt sägnen kan hennes rop på hjälp fortfarande höras. När Johan gick förbi i mörkret kunde han gott och väl föreställa sig henne där inne. Blåsten tjöt och kanske var det hennes förtvivlade rop han hörde i vinden. Trots att han frös njöt han av vädret.

När han passerat Botaniska trädgården dök Strandgärdets kullar upp och där bortom lyste ljusen från lasarettet.

Plötsligt hörde han ett rop. Ett alldeles verkligt rop.

Han gick rätt in i mörkret och upptäckte en äldre kvinna som låg i en slänt med en gläfsande terrier bredvid sig.

– Hur är det fatt?

– Jag har ramlat och kan inte ta mig upp, jämrade sig kvinnan med darr på rösten. Det gör så förfärligt ont i foten.

– Vänta ska jag hjälpa dig, tröstade Johan och tog ett stadigt tag om hennes arm. Försiktigt nu, res dig sakta.

– Tack så mycket, det var förskräckligt det här, ojade sig kvinnan när hon kommit på fötter.

– Har du ont? Kan du stödja på foten?

– Jo, det går nog. Du är inte en sådan där som rånar äldre damer va?

Johan kunde inte låta bli att le. Han undrade hur han tog

sig ut med sin svarta jacka, skäggstubb och rufsigt hår.

– Det behöver du inte oroa dig för. Jag heter Johan Berg, sa han.

– Det var för väl det. Jag har haft nog med dramatik för en dag. Mitt namn är Astrid Persson. Kan du gå med mig hem, tror du? Jag bor borta på Backgatan där uppe, ovanför lasarettet.

Hon pekade med ett vantklätt finger.

– Självklart, sa Johan och tog henne under armen. Med den andra handen höll han i den lilla terrierns koppel, och tillsammans började de gå mot Backgatan.

Astrid Persson skulle absolut ha med honom in på en kopp varm choklad. Hennes man Bertil hade hunnit bli orolig och tackade så mycket för hjälpen.

– Du är inte härifrån, va?

– Nej, jag är här på jobb. Jag är journalist och arbetar på Sveriges Television i Stockholm.

– Jaså? Är du här för att rapportera om mordet?

– På Henry Dahlström, menar du?

– Ja, just det. Vet du något om vem som gjorde det?

– Nej, vi vet nästan ingenting om det där. Polisen vill knappt berätta något. Åtminstone inte än så länge.

– På det viset.

Bertil sörplade i sig av chokladen.

– Han var en trevlig karl, den där Dahlström.

– Kände du honom?

– Jajamensan. Han hjälpte mig med ett par snickeriarbeten. Carporten byggde han och den blev jättebra.

– Och så gjorde han en del arbete på takkupan, insköt hustrun. Han jobbade som snickare förstår du, i unga år då förstås. Innan han blev fotograf.

– Jaså, minsann. Klarade han av att snickra, trots att han var alkoholiserad?

– Jo då, det gick fint. Det var som att han skärpte till sig. Visst kände jag att han luktade sprit någon gång, men det påverkade inte arbetet. Han gjorde vad han skulle, kom när han lovade och så. Ja, det skötte han alldeles utmärkt. Och trevlig var han också, ganska tystlåten men sympatisk.

Astrid nickade instämmande. Hon satt med foten uppe på en pall efter att maken omsorgsfullt lindat den.

– Hur länge sedan var det här? undrade Johan.

– Ja, carporten byggde vi för flera år sedan, vad kan det ha varit?

Han såg frågande på sin hustru.

– Fyra, fem kanske? Och takkupan blev klar förra året.

– Hjälpte han andra med sådana här jobb?

– Visst gjorde han det. Jag fick tips om honom från en bekant i hembygdsföreningen.

– Har ni berättat det här för polisen?

Bertil Persson såg besvärad ut. Han ställde ner chokladkoppen på bordet.

– Nej, varför skulle vi göra det? Vad spelar det för roll att han var här och gjorde lite småarbeten? Det bryr sig väl inte de om?

Han lutade sig förtroligt fram mot Johan och sänkte rösten.

– Alltså, det var ju pengarna under bordet, svart. Han levde på bidrag och ville ha det så. Du säger inget va?

– Jag tror knappast polisen bryr sig om svartarbetet i det här läget. De håller på med en mordutredning och det här är viktig information för dem. Jag kan inte behålla de här uppgifterna för mig själv.

Bertil höjde på ögonbrynen.

– Säger du det? Då riskerar vi att åka fast för att ha anställt svart arbetskraft.

Han såg skakad ut. Astrid Persson lade en hand på hans arm.

– Som jag sa så tror jag inte att de tar så allvarligt på det, sa Johan.

Han reste sig. Ville ut därifrån så fort som möjligt.

– Det här berättade jag ju för dig i förtroende, utbrast Bertil Persson och såg ut som om han trodde att hans dagar var räknade.

– Jag är ledsen, men det är inget annat jag kan göra.

Mannen tog ett stadigt tag i Johans arm och rösten förbyttes till att bli inställsam.

– Men du, så viktigt är det väl inte? Jag och min hustru är medlemmar i kyrkan – vi tycker att det är pinsamt om det här blir känt. Kan vi inte glömma hela saken?

– Tyvärr, knipsade Johan av och drog till sig armen, bryskare än han tänkt.

Han skyndade ut ur huset efter ett stelt farväl.

Knutas sjönk ner på skrivbordsstolen med den förhoppningsvis sista koppen kaffe för dagen. Åtminstone om hans mage fick bestämma. Det preliminära obduktionsresultatet från rättsläkaren visade precis som väntat att Henry Dahlström avlidit till följd av krossår i bakhuvudet som orsakats av en hammare. Gärningsmannen hade utdelat ett stort antal slag och använt både hammarens trubbiga sida och klosidan.

Döden hade troligen inträtt sent på kvällen måndagen den tolfte november eller möjligen dagen därpå. Det stämde bra överens med de omständigheter polisen kände till. Allt tydde på att mordet skett efter klockan halv elva på kvällen då grannar hört Dahlström gå ner i källaren.

Knutas började omsorgsfullt stoppa pipan medan han fortsatte att studera bilderna och läsa beskrivningen av skadorna.

Att lösa ett mord var som att lösa korsord. Sällan syntes lösningen direkt, utan det krävdes vila från vissa detaljer en dag och koncentration på andra. När han sedan återkom till det som lagts åt sidan framträdde ofta nya mönster. Precis som när han löste korsord kunde han bli väldigt förvånad över hur han kunde ha grubblat på just det problemet.

När han såg det igen var det glasklart vad det handlade om.

Knutas ställde sig vid fönstret, öppnade det på glänt och tände pipan.

Sedan var det vittnena. Dahlströms bekanta hade inte något av direkt värde att berätta. De bekräftade i stort sett sådant polisen redan visste. Inget nytt hade heller framkommit som kunde stärka misstankarna mot Johnsson och åklagaren hade beslutat att han skulle släppas. Visserligen var han fortfarande misstänkt för stöld, men det fanns inget skäl att hålla honom kvar i häktet.

Att det skulle vara Johnsson som var den skyldige bedömde Knutas som i det närmaste uteslutet. Den där Örjan funderade han däremot en hel del på. Obehaglig typ. Hade suttit inne för grov misshandel. Den mannen skulle kunna vara kapabel till mord.

I förhören hade han nekat förstås och påstod att han knappt kände Dahlström vilket bekräftades av de andra i kretsen. Det hindrade i och för sig inte att han skulle kunnat mörda Dahlström i alla fall.

Gymnastikläraren Arne Haukas som bodde i samma port som Dahlström hade förhörts om sina förehavanden under mordkvällen. Han hävdade att han bara varit ute på en av sina vanliga joggingturer. Att tidpunkten var så sen förklarade han med att han sett en film på TV och senarelagt sin runda. Det fanns ett upplyst elljusspår i närheten så det var inga problem med att springa på kvällen. Han hade inte sett eller hört något ovanligt.

Knutas avbröts i funderingarna av att telefonen ringde. Det var Johan som berättade om snickeriarbetena som Dahlström gjort åt Bertil och Astrid Persson på Backgatan. Knutas blev överraskad.

– Att vi inte hört något om det här. Har du fler namn på

folk som han gjort jobb åt?

– Nej, gubben blev sur när jag sa att jag måste meddela polisen. Kolla med hembygdsföreningen, det var ju där de hade fått tipset om Dahlström.

– Visst. Inget annat?

– Nej.

– Tack ska du ha för att du ringde.

– Det var så lite.

Knutas lade fundersamt på luren. Dahlström utförde alltså extrajobb hemma hos folk. Uppgifterna innebar en ny öppning. Han skänkte Johan en tacksamhetens tanke.

**Fanny** gick direkt hem efter skolan. I dörren mötte hon mammas pojkvän Jack. Han såg inte på henne, sa inte hej en gång. Bara skyndade förbi. Dörren till lägenheten stod olåst och Fanny insåg genast att allt inte stod rätt till. Hon tittade in i köket, men det var tomt.

Hon hittade sin mamma utslagen under en filt i soffan. Filten hade glidit åt sidan och hon var naken under. På bordet stod tomma öl- och vinflaskor och en askkopp full av fimpar.

– Mamma, sa Fanny och skakade hennes axlar. Vakna! Inte en tillstymmelse till liv.

– Mamma, upprepade Fanny med gråten i halsen och ruskade henne hårdare. Snälla mamma, vakna.

Till sist såg hon upp och sluddrade.

– Jag måste kräkas, hämta en hink.

– Vilken då?

– Ta den under köksbänken, den röda.

Fanny skyndade ut i köket och hämtade hinken. Hon hann inte fram. Hennes mamma hade kräkts över hela mattan.

Hon baxade in sin mor i sovrummet. Lade täcket över henne och ställde hinken nedanför sängen. Pricken hade börjat slicka i sig spyorna. Hon motade bort honom och hämtade hushållspapper och lyckades få bort det värsta, men insåg att hon måste tvätta mattan. Spolade varmt vatten i badkaret, hällde i tvättmedel och tryckte ner den. Lät den ligga i badet medan hon städade upp, samlade ihop spritflaskorna, tömde askkoppen och vädrade. När hon var färdig sjönk hon ner i soffan.

Pricken gnällde, han behövde komma ut stackarn. Hon funderade allvarligt på om hon skulle ringa sin moster och säga att hon inte stod ut längre. Hon kom fram till att hon inte vågade, mamma skulle bli vansinnig. Men hur skulle det gå om hon fortsatte att dricka på det här sättet? Hon riskerade ju att förlora jobbet och vad skulle hända då?

Fanny hade inte kraft att tänka på det. Hon skulle snart inte orka mer överhuvudtaget.

**Doften** av nybryggt kaffe och varma kanelbullar slog emot honom när han klev in i möteslokalen nästa morgon. Någon hade gjort sig besvär. Han såg bort mot Kihlgård. Visst var det han. Stämningen verkade hög kring bordet. Karin satt och flamsade med Wittberg som tydligen hade varit ute och festat kvällen före och underhöll henne med en av sina kvinnohistorier, gissade han. Han hade en flaska coca-cola framför sig på bordet, det tydligaste tecknet på att han var bakis.

Kihlgård och Smittenberg satt med huvudena tätt ihop över en tidning, åklagaren med en penna i handen och Kihlgård naturligtvis med en bulle. Herregud, de löste korsord! Norrby och Sohlman stod vid fönstret och såg ut på det regnblandade haglet och tycktes diskutera vädret.

Det var rena rama cocktailpartyt. Otroligt vad lite nybakat kunde åstadkomma.

Knutas satte sig som vanligt vid kortändan och harklade sig ljudligt, men ingen tog någon notis om honom.

– Hallå allihop, försökte han. Ska vi börja?

Ingen reaktion.

Han tittade surt på Kihlgård. Typiskt den där jäkla karln. Komma och vara mysig med bullar och skapa oreda. Inte hade Knutas något emot att man hade trevligt på jobbet, det gällde bara att välja rätt tillfällen. Han var på uselt humör efter ett storgräl med Line på morgonen.

Det hade börjat med att hon gnällde på kringströdda kläder, att katten inte fått mat och att diskmaskinen var full utan att han satt på den kvällen före, trots att han var sist i säng. När hon upptäckte att han, trots dyrt och heligt löfte, hade glömt att köpa ny innebandyklubba till Nils som brutit sönder sin gamla och skulle spela match på kvällen var måttet rågat. Hon exploderade.

Surret i lokalen tvingade Knutas att resa sig upp från stolen och klappa i händerna.

– Hallå, kan man få lite uppmärksamhet här? röt han. Ska vi jobba eller ni kanske vill ägna dagen åt social verksamhet?

– Strålande idé, utropade Kihlgård. Kan vi inte stanna inne, hyra en bra videofilm och poppa popcorn? Det är så ruggigt väder – jag fryyyser.

Rösten gick upp i falsett. Han vek upp underarmarna och ruskade på handflatorna, samtidigt som han vickade på höfterna. Med sin imponerade kroppshydda blev intrycket oerhört komiskt. Jäkla pajas. Inte ens Knutas kunde låta bli att dra på munnen.

Han började med att berätta om Dahlströms svartarbete.

– Hur fick vi veta det? frågade Kihlgård.

– Genom den där journalisten på TV faktiskt, Johan Berg. Paret på Backgatan ville inte gå till polisen eftersom det handlade om svartjobb.

– Det är verkligen otroligt hur folk med pengar kan bära sig åt, utbrast Karin vars ansiktsfärg mörknat under Knutas redogörelse. Det är så förbannat dåligt. Högavlönade människor utnyttjar svartarbetare trots att de verkligen har råd att betala. Inte ens när en människa har mördats vill de gå till polisen, bara för att rädda sitt eget skinn! Det är så jävla lågt.

Hennes ögon flammade när hon flyttade blicken mellan kollegerna.

– Råd med tjusiga hus har de och dyra semestrar, men inte att betala en städerska vitt, så hon får försäkringar och pensionspoäng och allt vad hon har rätt till. Det kan de inte betala för. Allt gör de för att smita undan skatt, utan minsta tanke på att det faktiskt är brottsligt. Samtidigt förväntar de sig dagisplats till barnen och att läkaren finns där när de är sjuka och att skolan har bra mat. Precis som att de inte ser kopplingen mellan det ena och det andra. Det är så urbota korkat!

Alla runt bordet tittade förvånat på henne. Inte ens Kihlgård som brukade vara kvick i repliken sa något. Kanske berodde det på att han hade munnen full av sin säkert tredje kanelbulle.

– Lugna ner dig, Jacobsson, avbröt Knutas. Bespara oss dina brandtal.

– Vad menar du? Är det inte för jävligt kanske?

Karin såg sig om i rummet för att söka sympati.

– Måste du göra politik av allt? sa Knutas irriterat. Här sysslar vi med mordutredningar.

Han vände sig demonstrativt ifrån henne och såg på sina kolleger.

– Då kanske vi kan fortsätta?

Karin sa ingenting utan nöjde sig med att sucka och skaka på huvudet.

– Hur fick det där paret kontakt med Dahlström? undrade Wittberg.

– Genom bekanta i hembygdsföreningen. Det är tydligen ett flertal som använt sig av hans tjänster.

– Det kanske var någon som var missnöjd med friggeboden, flinade Kihlgård.

Knutas ignorerade lustigheten och vände sig till Norrby.

– Hur är det med banken och efterforskningen av insättningarna?

– Där har vi kört fast. Pengarna går inte att spåra. Visst har de serienummer, men vem har kopior på sina sedlar? Det är omöjligt att hitta den som har gett honom pengarna eftersom han satte in dem själv.

– Okej, viktigt nu är att få tag i dem som utnyttjat Dahlström svart. Han kan ha hållit på med det där i många år. Konstigt att ingen i bekantskapskretsen sagt något om det.

När Knutas lämnade mötet kände han en tydlig förvissning om att härvan kring mordfallet skulle komma att växa.

**Nästa** träff med Emma skulle ske snabbare än vad Johan vågat hoppas. Redan nästa morgon ringde hon honom på hotellet.

– Jag ska åka över till Stockholm i morgon på en endagskonferens med jobbet.

– Du skojar? Flyger vi med samma plan?

– Nej, jag tar båten. Det har varit bestämt sedan länge.

– Betyder det att vi kan ses?

– Ja. Jag hade inte tänkt sova över, men man får det om man vill för det avslutas med en fest på kvällen. Lärare från hela landet är inbjudna. Jag hade tänkt strunta i festen, men jag kan låtsas att jag har ändrat mig och boka rum på hotellet. Med det inte sagt att jag behöver sova just där...

Han kunde inte tro sina öron.

– Menar du allvar?

Hon skrattade.

– Vill du äta middag med mig i morgon kväll? Eller du kanske är upptagen?

Han låtsades tänka efter.

– Få se nu... I morgon kväll hade jag tänkt sitta ensam framför TV:n och käka chips, så jag kan nog inte träffa dig. Tyvärr.

Det sjöng i bröstet på honom.

– Allvarligt talat, vi kan gå på ett nytt, skitbra ställe på Söder. Det är litet och stökigt, men maten är suverän.

– Låter jättemysigt.

Han lade på luren och knöt näven i en segergest. Kunde det vara så väl att hon äntligen kapitulerat?

Grenfors hade ända från början varit tveksam till att Regionalnytt skulle göra inslag om mordet på Henry Dahlström. Hans åsikt var att det rörde sig om ett fyllebråk. Han var inte ensam om den uppfattningen bland arbetskamraterna och följaktligen hade man hittills nöjt sig med telegram om saken.

När redaktionen inte rapporterat om en story från början var den svår att sälja in senare. Nyheter var en färskvara. En rykande het story ena dagen kunde kännas dammig nästa. Det hade gått fyra dagar sedan Dahlström hittades mördad, en evighet i nyhetssammanhang, och Grenfors lät måttligt intresserad när Johan ringde efter frukosten.

– Vad är nytt nu?

– Dahlström gjorde extrajobb hemma hos folk. Snickeriarbeten och sådant. Svart förstås.

– Jaså.

Grenfors gav ifrån sig en ljudlig gäspning. Johan kunde se framför sig hur redaktören kollade TT-telegram på skärmen samtidigt.

– Någon har satt in pengar på hans konto. Vid två tillfällen, tjugofemtusen varje gång.

– Det kan väl röra sig om betalning för svartjobben?

– Kanske. Men det finns en massa att berätta om det här fallet och vi har inte gjort ett enda inslag, kontrade Johan. Herregud, en man får huvudet bokstavligen mosat med en hammare i sitt mörkrum. På lilla Gotland inte att förglömma! Alla andra har haft det men vi har knappt sagt ett smack. Nu visar det sig att offret har utfört skumma jobb hos folk och till råga på allt hittas mystiska insättningar på hans konto. Och bara vi vet om det. Allt tyder på att det här inte är något vanligt fyllebråk. Det är ju för fan i vårt område och dessutom på Gotland som vi är pissdåliga på att bevaka!

– Har du fått uppgifterna bekräftade av polisen?

– Inte insättningarna, medgav Johan – det har vi bara fått från en bankkassörska. Polisen vill inte säga om det stämmer, men jag märker att det gör det. Så väl känner jag Knutas vid det här laget. Däremot har han bekräftat det här med svartjobben.

– Det skulle kanske räcka i och för sig. Men i dag har vi åtalet för gruppvåldtäkten i Botkyrka och rättegången om polismordet i Märsta. Det blir så jäkla mycket krim i sändningen.

Johan ilsknade till.

– Jag tycker inte att vi kan vänta. Vi har varit usla på den här storyn och nu är vi ensamma om helt nya uppgifter. Tidningarna kanske har det i morgon!

– Den risken får vi ta, så intressant är det inte. Du får göra ut jobbet i dag, eftersom jag behöver dig här på redaktionen i morgon. Men inslaget kommer alltså inte att gå i kväll, det passar bättre i fredagssändningen. Nu har jag inte tid längre. Hej.

Det kokade i Johan när han lade på luren. Vilken jävla inställning! Varenda nyhetsredaktion hade både rättegången och våldtäkten, men det här var de ensamma om. För det mesta respekterade han Grenfors som redaktör, trots hans avigsidor. Men ibland var han helt omöjlig att förstå sig på. Om han åtminstone var konsekvent i sitt journalisttänkande! Ena dagen var han så het på gröten att han kunde driva reportrarna hur hårt som helst för att få det han ville i sin sändning. Nästa lät det så här. Och så satt de på seminarierna och ältade hur de skulle bli bättre på egna nyheter.

Johan skrädde inte orden när han beklagade sig över inkompetenta redaktörer i bilen på vägen ut till Gråbo. Peter var inte mindre arg. Det var han som fått fram uppgifterna om insättningarna på Dahlströms konto. Han hade träffat en tjej på en bar i Visby vars syster var bankkassörska på den bank där insättningarna gjorts.

Och nu riskerade de att bli omkörda av den lokala pressen. Igen.

Gråbo gav ett dystert och dött intryck i snålblåsten. Det kulna vädret inbjöd inte till utomhusaktiviteter. Bilarna på parkeringen vittnade om att här bodde människor med begränsade inkomster. De flesta fordon hade minst tio år på nacken. En gammal Mazda startade tvekande från sin parkeringsruta och rosslade iväg. Vid återvinningsstationen hade någon kastat omkull en kundvagn från ICA.

På vägen mot Dahlströms port passerade de en låg träbyggnad som såg ut att vara gemensam tvättstuga. Ena kortväggen var full av snusloskor och fönstren var nerklottrade. Lekplatsen framför hade sandlåda, gungor och slitna träbänkar. Inte en unge syntes till.

De gick runt till baksidan av huset där Dahlström bott. De nerfällda persiennerna hindrade nyfikna från att kika in. Tomten liknade mest en förvildad gräsplätt och altanen utgjordes av ett stycke trätrall med rackliga utemöbler som sett sina bästa dagar. En trave förbrukade engångsgrillar låg i en hög. Lutad mot ena betongväggen stod en rostig cykel och en välfylld sopsäck som såg ut att innehålla tomburkar. Ett trasigt staket med avflagad färg vette ut mot en gångväg som försvann bort mot ett skogsparti.

De bestämde sig för att försöka prata med grannarna.

På fjärde dörren de ringde på öppnade äntligen någon. En ung kille i bara boxerkalsongerna som tittade sömndrucket på dem. Håret var färgat svart och stod ut som en rotborste, i ena örat glänste en ring.

– Hej, vi är från Regionalnytt i Stockholm. Vi skulle vilja veta lite om mannen som bodde här nedanför, han som mördades.

– Kom in.

Han visade in dem i vardagsrummet och gjorde en gest att de skulle slå sig ner i soffan. Den nyvakne lägenhetsinnehavaren satte sig själv på en pinnstol.

– Läskig grej det här med mordet, sa han.

– Hur uppfattade du Dahlström? frågade Johan.

– Gubben var schysst, det var inget fel på honom. Att han var alkis störde inte mig i alla fall. Sedan hade han perioder när han drack mindre och då brukade han hålla på och fixa rätt mycket med sina foton.

– Var det något som alla visste om? Att han höll på och fotograferade?

– Säkert. Han hade ju det där cykelförrådet som mörkrum. Det har han haft i de sex år som jag har bott här.

Grabben såg ut som om han just gått ut gymnasiet. Johan frågade om hans ålder.

– Tjugotre, blev svaret. Flyttade hemifrån när jag var sjutton.

– Vad hade du för kontakt med Dahlström?

– Vi morsade på varandra i porten såklart och ibland

knackade han på och frågade om jag hade något drickbart. Mer var det inte.

– Har du lagt märke till någon ny person som varit hos Dahlström på sistone, någon som varit annorlunda på något vis?

Ett snett leende.

– Skojar du? Säg någon som hälsade på honom som inte var annorlunda. Nyligen satt en kärring och pissade i rabatten.

– Klagade grannarna?

– Jag tror inte att det var så farligt, de flesta tycker nog att han var rätt schysst ändå. På somrarna klagade en del, då brukade han ha fester på uteplatsen, där på baksidan.

– Hur pratas det här i området om mordet?

– Alla snackar om att mördaren måste ha varit någon som kände Blixten, som hade nyckel till lägenheten.

– Varför då?

– Jo, tanten som bor rätt ovanför hörde ljud vid hans dörr en kväll, ungefär en vecka innan han hittades. Någon gick in utan att ringa på medan Blixten var nere i källaren.

– Kunde det inte ha varit Dahlström? frågade Peter.

– Nej, hon hörde att det inte var han. Hon känner igen Blixtens släpande tofflor.

– Vem kan tänkas ha nyckel?

– Inte en aning. Han hade en polare som han umgicks mera med än andra. Bengan tror jag han heter.

– Känner du till hans efternamn?

– Nej.

– Det måste vara Bengt Johnsson. Det var han som anhölls först, men som släpptes. Han hade tydligen alibi. Är det något annat du kan berätta om Dahlström?

– En grej som var konstig faktiskt hände en gång i somras. Blixten stod och pratade med en gubbe nere i hamnen jävligt tidigt på morgonen, klockan var nog bara fem. Jag lade märke till det eftersom de höll till på ett mysko ställe, mellan två containrar utanför en lagerlokal. Som om de hade något fuffens för sig.

– Satt de inte bara där och drack då?

– Den andra gubben var inte någon av Dahlströms vanliga polare, det såg jag direkt. Han såg alldeles för städad ut för att vara ett fyllo.

– Jaså, hur då?

– Han hade rena, fräscha brallor och tennisströja, typ en direktör på sommarbete.

– Hur såg han ut för övrigt?

– Jag minns knappt. Jag tror att han var yngre än Blixten och så var han väldigt brun.

– Mörkhyad?

– Nej, bara jävligt solbränd.

– Vad gjorde du själv där så tidigt?

Grabben log lite generat.

– Jag var med en tjej. Vi hade varit ute och festat på Skeppet. Det är en krog i hamnen om ni känner till den?

Johan grimaserade. Han hade ett plågsamt minne från föregående sommar då den blöta, eländiga midsommarkvällen på Skeppet slutade med att han låg med huvudet i toalettstolen hela natten.

– Hon skulle med morgonbåten klockan sju, så jag följde med henne ner till hamnen. Vi var där och strulade lite, som man säger. Innan hon skulle åka hem.

– Det här vet förstås polisen, sa Johan.

– Nej du, det gör de inte.

– Varför inte då?

– Jag gillar inte poliser, till dem säger jag inte ett smack.

– Är det okej att vi filmar en intervju?

– Aldrig i livet. Då kommer bara snuten hit. Och ni får

inte säga ett ord till dem om att jag har berättat det här för er. Jag kan allt om meddelarskydd, för min syrra är journalist och hon har sagt att ni inte får avslöja era källor.

Johan höjde förvånat på ögonbrynen. Vilken kille.

– Det stämmer. Självklart säger vi ingenting om att det är du som har berättat det här. Vad jobbar du med förresten?

– Jag pluggar på högskolan. Arkeologi.

Trots att de inte fick filma var Johan mer än nöjd efter besöket. Han måste kontakta Knutas, naturligtvis utan att avslöja vem som hade lämnat informationen. Knutas var väl medveten om de etiska regler journalister arbetade efter och skulle förstå.

De ringde på hos resten av grannarna, men ingen öppnade. På baksidan var det folktomt. De gick en sväng bort på promenadstigen. Peter filmade omgivningarna och ropade plötsligt till.

En polisbil stod parkerad på gångvägen som ledde till nästa bostadsområde. Tre uniformerade poliser stod i en grupp och samtalade. Två andra höll i hundar som sökte spår med nosen i marken. Avspärrningsband hade satts upp runt en dunge med träd och buskar.

Till sin förvåning upptäckte de Knutas en bit bort.

– Hej, hälsade Johan. Det var länge sedan.

– Det kan man säga.

Knutas blev minst sagt besvärad. Dessa evinnerliga journalister som dök upp vid de mest olämpliga tillfällen. Hittills hade utredningen varit nästan helt förskonad från medias intresse. Reportrar från de lokala medierna hade ringt honom under morgonen och ställt frågor. Det tyckte han inte om, men tyvärr ingick det som en naturlig del av arbetsbelastningen nuförtiden. Däremot var han tacksam för att Johan tipsat om Dahlströms extrajobb. Eftersom journalister var duktiga på att ta fram egna uppgifter och dessutom stod till tjänst med att informera allmänheten om att polisen behövde dess hjälp ibland, så fanns ett ömsesidigt beroende mellan polis och media. Därmed inte sagt att förhållandet var lätt att handskas med alla gånger.

– Vad händer här? frågade Johan.

Peter satte sin vana trogen genast igång med att låta kameran rulla. Knutas insåg att det var lika bra att säga som det var.

– Vi har hittat vad vi tror är Dahlströms kamera.

– Var då?

Knutas pekade mot dungen.

– Den var inkastad där och hittades av en hundpatrull för en stund sedan.

– Vad är det som gör att ni tror att den är hans?

– Den är av samma märke som han hade.

Just när Knutas uttalat orden hördes rop bortifrån ett buskage utanför det avspärrade området.

– Här har vi något, skrek en av hundförarna.

Schäfern han höll i skällde oavbrutet. Peter styrde genast om kameran och småsprang fram till buskaget. Johan var inte sen att komma efter. På marken låg en hammare med bruna fläckar på skaftet, huvudet och klon. Johan höll fram micken och Peter lät kameran gå i uppståndelsen som följde. De fick med polisernas kommentarer, hammaren i jorden, hundarna och dramatiken när alla närvarande insåg att de antagligen hittat mordvapnet.

Johan kunde inte förstå sin lycka. Här hade de av en ren tillfällighet hamnat mitt i ett avgörande skeende i en mordutredning och dessutom fått med alltihop på bild.

De fick Knutas att ställa upp på en intervju där han bekräftade att ett fynd precis gjorts som kunde vara av intresse. Han ville inte säga vad, men det hade ingen betydelse.

Johan gjorde en ståuppa på plats med all aktivitet omkring sig och berättade att det troligen var mordvapnet som just hade hittats.

Innan de åkte därifrån berättade han utan att röja sin källa för Knutas om Dahlströms möte i hamnen.

– Varför har inte den här personen kommit till polisen? Knutas var uppbragt.

– Personen ogillar poliser. Fråga mig inte varför.

I bilen slog Johan direktnumret till Grenfors på redaktionen i Stockholm med ett ljuvt leende på läpparna.

Han hade ringt massor av gånger på hennes mobil, bett om förlåtelse, skickat gulliga bild-sms och till och med sänt en bukett blommor. Som tur var hade mamma hunnit gå till jobbet när blombudet kom.

Hon hade tänkt att hon aldrig skulle träffa honom ensam igen, men nu vacklade hon. Han ringde och tjatade om att han måste få gottgöra henne. Ingen middag den här gången utan en ridtur som han visste att hon tyckte om. Han hade en vän som ägde hästar i Gerum och de kunde få låna varsin och rida ut hur länge de ville. Erbjudandet var frestande. Hennes mamma hade inte råd med ridskola och det var sällan hon fick rida på någon av hästarna i stallet.

Han föreslog en ridtur på lördagen. Först tackade hon nej, men han gav sig inte utan skulle ringa på fredagskvällen ifall hon ångrade sig.

Hon var fylld av kluvna känslor. Över två veckor hade gått sedan den där kvällen och nu verkade det inte så farligt längre. Innerst inne var han nog snäll.

När hon klev in genom stalldörren på fredagseftermiddagen hälsade hästarna med ett lågt gnäggande. Hon klev i gummistövlarna och började jobba. Fram med skottkärra, spade och grep. Hon tog ut Hector först. Satte fast grimman i kedjor på var sida om gången. Han fick stå där medan hon mockade ur. Det var ett tungt arbete, men hon var van. Hästarna stod på en bädd av spån och halm så högarna av skit var lätta att få upp med grepen. Värre var det med kisset som surade ihop spånet och blev till tunga högar. Hon betade av box efter box. Åtta boxar och nästan två timmar senare var hon helt slut och ryggen värkte. Mobiltelefonen ringde. Tänk om det var han. Istället hörde hon sin mors kvittrande röst.

– Älskling, det är mamma. Här har det hänt saker. Det är så att jag har blivit bjuden till Stockholm över helgen. Berit skulle åka på teaterresa med en väninna, men hon har blivit sjuk, så Berit frågade mig om jag kunde istället. Hon har vunnit en teaterresa på Bingolotto förstår du, och vi ska gå på Chess och äta middag på Operakällaren och bo på Grand hotell. Kan du tänka dig, vad roligt! Planet går klockan sex så jag måste skynda mig som sjutton nu med packningen. Går det bra för dig?

– Jo då, det gör det väl. När kommer du hem?

– På söndag kväll. Det passar så bra för jag jobbar ju inte förrän måndag natt. Åh, vad roligt det ska bli. Jag lämnar pengar så du klarar dig. Men jag hinner inte gå ut med Pricken, så du kan väl komma hem snart. Han verkar så orolig.

– Jag är väl så illa tvungen, suckade hon.

Hon skulle ha fått rida på Maxwell, men det hann hon inte nu. Det var bara att byta om igen och ta sig hem.

I dörren mötte hon sin mamma med nymålade läppar och fönat hår. Resväska och handväska.

När hon äntligen kommit iväg lade sig Fanny på sängen och stirrade i taket.

Ensam igen. Ingen som brydde sig. Varför fanns hon överhuvudtaget till? En mamma som var alkoholiserad och bara tänkte på sig själv. Som om det inte var nog hade hon allvarligt börjat fundera över sin mors häftiga humörsvängningar. Ena dagen var hon glad som en lärka och full av energi, bara för att nästa förvandlas till en urvriden trasa. Deprimerad, håglös och fylld av mörka tankar. Tyvärr övervägde de svarta dagarna. Det var då hon tog till flaskan. Fanny vågade inte kritisera sin mamma för då slutade det alltid med att mamman fick ett utbrott och hotade med att ta livet av sig.

Fanny hade ingen att prata med om problemen. Visste inte vart hon skulle vända sig.

Ibland drömde hon om sin pappa. Att han plötsligt stod i dörren en dag och sa att han kommit för att stanna. I drömmen såg hon hur han omfamnade henne och mamma. De firade jul tillsammans, åkte på semester. Mamma var rosig och glad och drack inte längre. I vissa drömmar vandrade de alla tre på en strand i Västindien, där pappa var född. Sanden var kritvit och havet turkost precis som hon sett på bilder i färgglada resemagasin. De såg solnedgången tillsammans, hon satt i mitten med föräldrarna på var sida. Det var en sådan dröm hon inte ville vakna ur.

Hon ryckte till när Pricken hoppade upp i sängen och slickade bort hennes tårar. Hon hade inte märkt att hon börjat gråta. Här låg hon ensam med bara en hund till sällskap en fredagskväll när andra familjer hade det mysigt ihop. Kompisar i hennes ålder kanske umgicks just nu, satt och tittade på video eller TV, spelade musik eller dataspel. Vad hade hon för liv?

En enda människa hade visat lite intresse och det var han. Hon kunde lika gärna träffa honom igen. Skit samma med alltihop. Hon kunde ligga med honom också om han så gärna ville. Någon gång måste ju bli den första. Han hade sagt att han skulle ringa under kvällen. Erbjudandet om ridturen stod fast. Hon bestämde sig för att säga ja.

Hon reste sig och torkade tårarna. Värmde en bit paj i mikron. Tuggade på den utan större entusiasm. Slog på TV:n. Telefonen var tyst. Skulle han inte ringa nu när hon hade bestämt sig? Timmarna gick. Hon tog en burk cocacola ur kylen, öppnade en påse chips och satte sig i soffan. Klockan var nio och han hade fortfarande inte ringt. Hon ville gråta igen, men kunde inte få ur sig mer än några torra hulkningar. Nu struntade väl han också i henne. Hon började titta på en film som gick i repris, satte i sig hela påsen och till slut somnade hon i soffan med hunden bredvid sig.

Signalen väckte henne. Först trodde hon att det var den vanliga telefonen, men när hon lyfte luren insåg hon att det var mobilen. Hon kom på fötter och skyndade ut i tamburen, trevade i jackfickorna. Telefonen tystnade. Så ringde det igen. Det var han.

– Jag måste få träffa dig... måste. Hörru, gumman. Kan vi inte ses?

– Jo, sa hon utan att tveka. Du kan komma hit, jag är ensam.

– Jag kommer på en gång.

Hon ångrade sig i samma stund som hon fick syn på honom. Han stank sprit. Pricken gläfste, men gav upp ganska snabbt. Knähunden var inte särskilt respektingivande.

Hon stod tafatt med hängande armar när han damp ner i soffan och visste varken ut eller in. Nu när hon bjudit hem honom kunde hon väl inte be honom att gå med detsamma?

– Vill du ha något? frågade hon osäkert.

– Kom och sätt dig, sa han och klappade på soffan bredvid sig.

Klockan på väggen visade två på natten. Det här var inte klokt, men hon gjorde som han sa.

Det tog en sekund så var han över henne. Han var hård-hänt och bestämd.

När han trängde in i henne bet hon sig själv i armen för att inte skrika.

På morgonmötet nästa dag var fyndet av mordvapnet på allas läppar. Det var naturligtvis ett genombrott i utredningen. Fläckarna var av allt att döma blod, och hammaren hade skickats till Statens kriminaltekniska laboratorium, för DNA-analys. Däremot saknade den fingeravtryck.

De flesta hade sett på TV-nyheterna kvällen före hur det gick till när hammaren hittades. Kihlgård gjorde sig förstås lustig över polisernas kommentarer som fastnat på bandet och drog med sig en hel del skratt. Knutas var måttligt road. Han var irriterad över den utförliga information som presenterats i inslaget, samtidigt som han förstod reporterns uppdrag. Det var så typiskt Johan att hamna mitt i hetluften. Han hade en obegriplig förmåga att lyckas befinna sig just där saker och ting hände. Allt hade gått så snabbt där ute och ingen hade tänkt på att hejda honom i tid. Återigen hade Johan kommit med nya fakta som gynnade utredningen, även om polisen inte visste var uppgifterna om vittnet i hamnen kom ifrån. Efter fallet med seriemördaren i somras litade Knutas på den ihärdige TV-reportern, även om Johan kunde driva honom till vansinne med all information han lyckades komma över. Hur han fick reda på allt var ett mysterium. Hade han inte varit journalist skulle han ha blivit en utomordentlig polis.

Nyhetssändningen hade inletts med ett långt inslag om mordet, det senaste i spaningsarbetet, svartjobben och vittnet som sett Dahlström tillsammans med en okänd man i hamnen.

– Om vi börjar med svartjobben, sa Norrby. Vi har förhört fyra personer som har använt sig av Dahlström förutom paret Persson. Två av dem är medlemmar i samma hembygdsförening som Perssons. De har sagt i princip samma sak allihop. Dahlström har utfört en del mindre jobb, fått betalt och sedan var det bra med det. Tydligen har han skött sig utmärkt, kommit när han skulle och så. De visste förstås att han var alkoholiserad, men hade fått rekommendationer av bekanta.

– Är det genom tips från andra som de har kommit i kontakt med honom? undrade Wittberg.

– Ja och ingen av dem har haft något att anmärka på hans arbete. Vi jobbar vidare med förhören.

– Det var inte bara mordvapnet som hittades i går, utan även Dahlströms kamera. Sohlman?

– Det är en systemkamera av märket Hasselblad. Dahlströms fingeravtryck finns på den, så vi kan vara ganska säkra på att det är hans. Den var tom på film och linsen var trasig så någon har handskats hårdhänt med den.

– Mördaren kan ha lagt beslag på filmen i kameran, inflikade Karin. Mörkrummet var genomsökt, det tyder på att mordet har med fotograferingen att göra.

– Kanske det. Samtidigt har vi fått svar från SKL på prover som togs i Dahlströms lägenhet och i mörkrummet, fortsatte Sohlman. SKL har verkligen överträffat sig själva – så här snabba har de väl aldrig varit, muttrade han liksom för sig själv medan han bläddrade bland pappren. Alla avtryck på glas, flaskor och annat har analyserats och de kommer från Dahlströms kompisar som varit i lägenheten. Dessutom finns spår som inte kan härledas till någon. Troligen härstammar de från gärningsmannen.

– Okej, sa Knutas. Då vet vi det. Som om det där med svartjobben inte räckte har alltså Johan Berg också nosat reda på uppgifter om att Dahlström setts i hamnen med en man i somras. Vittnet som han pratat med vill dessvärre inte ge sig tillkänna för polisen.

Han rabblade signalementet på mannen i hamnen ur sina anteckningar.

– De stod alltså i ett prång mellan två containrar och pratade klockan fem på morgonen. Vittnet känner till Dahlström och visste att det var långt ifrån där han brukade röra sig. Vad säger ni?

– Finns ett vittne, kan det finnas fler, sa Wittberg. Vilket datum var det?

– Det vet vi inte, bara att det ska ha varit mitt i sommaren.

– Varför uppehöll sig vittnet i hamnen så tidigt på morgonen? undrade Kihlgård.

– Han var där med en tjej som skulle med morgonbåten till Nynäshamn.

– En yngre kille alltså. Det kan vara en av grannarna, det var väl en grabb som bodde i huset också?

– Det har du rätt i. Våningen ovanpå tror jag.

Knutas dök ner i sina papper.

– Han heter Niklas Appelqvist, studerande.

– Om vittnet, vem det nu än är, kan klämma ur sig tjejens namn så kan vi ta reda på vilken dag hon reste, via Destination Gotlands passagerarlistor, sa Karin. Jag tror att listorna sparas i tre månader.

– Hur går vi tillväga, vittnet vill ju inte prata med polisen? undrade Norrby.

– Det kan mycket väl hända att reportern lyckas bättre med att få ur honom den informationen, sa Karin. Jag tycker vi ska be Johan Berg om hjälp först. Vittnet kanske tillhör den där extremt polisfientliga typen. Sådana finns ju faktiskt av någon outgrundlig anledning, tillade hon ironiskt.

Hon vände sig mot Knutas med ett brett leende.

– Det blir till att smöra för reportern, sa hon skadeglatt. Sådant är ju du bra på, Anders.

Karin puffade honom vänskapligt i sidan. Kihlgård såg lika road ut han.

Knutas tvingades till sin förargelse medge att hon hade rätt. Han fick enligt lag inte efterforska källan, men det fanns inget som hindrade att han bad Johan fråga vittnet om flickans namn. Polisen var alltså i händerna på journalistens välvilja. Det sved.

**Samtidigt** som Johan klev in på Regionalnytts redaktion ringde mobiltelefonen. Det var Knutas.

– Skulle du kunna hjälpa mig med en sak?

– Vadå?

– Tror du att vittnet som hade sett Dahlström i hamnen med en man minns namnet på tjejen han var tillsammans med?

– Det vet jag inte. Det lät som om det var en tjej han träffade bara den där kvällen.

– Kan du fråga honom?

– Visst. Det får vänta en stund bara. Jag har just kommit till redaktionen.

Polisen ville ha hjälp av honom. Så trevligt. Situationen var omvänd mot det vanliga när han som journalist fick tigga, be och tjata för att få information. Han kunde gott hålla Knutas på halster en stund.

På redaktionen rådde en behagligt slö fredagsstämning. Fredagarna gick ofta i ett lugnare tempo än vanligt eftersom halva programmet då bestod av ett långt reportage.

Grenfors satt ensam vid det stora bordet i mitten av redaktionen som kallades desken, arbetsplats för redaktör, programledare och sändningsproducent. Nyckelpersoner som tillsammans lade upp sändningarna, fattade beslut och fördelade arbetet. Vid den här tiden på dagen hade varken programledare eller sändningsproducent dykt upp ännu. De flesta reportrar satt vid sina skrivbord med en telefonlur i örat. På förmiddagen gjordes research och intervjupersoner bokades in. Dagarna började ofta makligt för att accelerera och sluta i ett crescendo av stress före sändning; inslag som inte blev klara, något i reportaget som måste ändras minuter innan det skulle sändas eftersom redaktören inte var nöjd, datorer som krånglade, redigeringsblock som klappade ihop så att vissa bilder inte gick att överföra och det ena med det andra. Marginalerna var små och det arbetades in i det sista. Alla var vana, det var deras normala arbetstempo.

– Tjenare, hälsade Grenfors. Det blev bra i går, skönt att vi är inne i storyn. Det känns som att den kan komma att växa. Vi får väl se hur det där utvecklas. Under tiden... du, det har dykt upp en annan grej här.

Redaktören rafsade bland tidningar och papper i en stor, slarvig hög på bordet.

– Polisen gjorde ett rekordbeslag av Rohypnol i Kapellskär i morse. Kan du titta på det?

Titta på det, säkert, tänkte Johan. Så lät det, men han visste vad Grenfors förväntade sig. Ett fullödigt reportage som han kunde lägga först i sändningen och som skulle innehålla uppgifter som bara Regionalnytt hade. Att det var ett rekordbeslag betvivlade han starkt. Han hade tappat räkningen på alla sådana som gjorts under året.

– Gör inte riket det? undrade han trött. Han hade hoppats på att få komma hem tidigt.

– Visst, men du vet hur de är. De gör sitt och vi gör vårt. Förresten har du mycket bättre kontakter än alla deras reportrar tillsammans.

– Okej.

Johan gick tillbaka till sitt skrivbord. Innan han skred till verket ringde han Niklas Appelqvist i Gråbo.

Han svarade direkt. Jovisst, han hade fortsatt att ha kontakt med tjejen ett tag. Någonstans kanske han hade kvar hennes efternamn och nummer. Han mindes bara att hon hette Elin och bodde i Uppsala. Han lovade att återkomma så fort som möjligt. Innan Johan hann lyfta luren till tullen ringde telefonen. Han hörde sin mammas röst.

– Hej gubben, hur är det? Hur har du haft det på Gotland?

– Jo då, bra.

– Träffade du Emma?

– Ja, det gjorde jag faktiskt.

Han stod sin mamma nära och hon visste vid det här laget det mesta om hans trassliga förhållande med Emma. Hon lyssnade och kom med råd utan att förvänta sig att han skulle följa dem. Hon dömde honom inte, vilket han uppskattade.

Deras relation hade djupnat ytterligare sedan Johans pappa dött i cancer nästan två år tidigare. De var fyra bröder i syskonskaran, men Johan som var äldst stod sin mamma närmast. De hade ett ömsesidigt behov av varandra. Det senaste året var det mamman som hade behövt honom mest och de hade umgåtts mycket och pratat om hans far och om hur livet förändrats. Särskilt för henne förstås, som lämnades ensam med det stora huset i Bromma. Han hade försökt övertala henne att flytta så hon skulle slippa ta hand om allt praktiskt själv. Även om hon fick mycket hjälp av sina söner så hade de ju sitt.

Nu hade hon kommit ur den värsta sorgen. Hon hade till och med börjat umgås med en man som tillhörde samma bowlingklubb. Han var änkling och hon tycktes trivas bra i hans sällskap. Huruvida det var något romantiskt mellan dem hade hon inte avslöjat och Johan brydde sig inte om att fråga. Umgänget med den nye mannen avlastade honom en hel del, han behövde inte längre oroa sig så mycket för att hon var ensam.

Hon satt vid köksbordet och såg sitt ansikte reflekteras i fönstret. Hon var ensam, mamma var på jobbet som vanligt. Grannarna på andra sidan gården hade satt upp sina adventsstjärnor. Snart var det julafton. Ännu en jul med bara mamma. Andra träffades med släktingar och vänner och firade med julgran och klappar. Det allra mysigaste verkade vara att sitta runt ett stort bord och äta julmiddag tillsammans. Värme och ljus och gemenskap. Hon och mamma hade bara varandra. Och så Pricken förstås. Släktingarna åkte de aldrig till. Fanny hade börjat inse orsaken. De var rädda för att mamma antingen skulle bli full eller få ett utbrott. Hon var så oberäknelig att ingen kunde slappna av tillsammans med henne. Man visste aldrig vad som skulle hända. Om någon sa eller gjorde något som mamma för stunden upplevde som olämpligt kunde resten av kvällen vara förstörd. Därför blev de ensamma. Inte ens mormor var med numera, hon var senil och bodde på ålderdomshem.

De köpte ingen riktig gran till jul, hade bara en trist bordsgran i plast. Som ett par ensamma pensionärer. De brukade äta julmat framför TV:n. Köpta köttbullar, rödbetssallad och färdig Jansons frestelse som bara var att värma i mikron. Mamma drack snaps och vin och blev alltmer berusad ju längre kvällen led. Det var alltid någon film på TV som hon ville se, med det brukade inte dröja länge förrän hon somnade i soffan. Fanny fick ta kvällspromenaden med Pricken. Hon avskydde julen. Att det var hennes födelsedag gjorde inte saken bättre. Femton år – då var man nästan vuxen. Hon kände sig som ett barn i en vuxens kropp. Ville inte bli större, det fanns ändå inget att se fram emot. Hon lutade huvudet i händerna, kände doften av sitt nytvättade hår. På något underligt vis gav det en tröst. Hon såg ner på bröstens rundning. Det var de som hade ställt till det, hennes kropp hade förstört allt. Hade hon inte blivit större hade det här aldrig hänt. Kroppen var ett vapen som kunde användas både mot andra och mot henne själv.

Och han. Numera mådde hon mest illa när hon tänkte på honom. Med sina svettiga händer kladdade han på henne, ville in under kläderna, han gnydde och gnällde som en bebis. Han ville göra allt konstigare saker med henne och hon vågade inte protestera. Hon kände sig äcklig, vidrig. Han sa till henne att nu var de två om det och att hon måste hålla tyst om vad de gjorde tillsammans. Han pratade som om de hade en hemlig överenskommelse, en pakt. Fast så var det inte. Det visste hon innerst inne. Han sa att han behövde henne, att hon var viktig för honom, och han gav henne presenter som hon hade svårt att stå emot. Det fick henne att känna sig skuldmedveten. Hon var lika delaktig som han och hade sig själv att skylla. Men nu ville hon inte längre. Hon ville bort från honom men kunde för sitt liv inte föreställa sig hur det skulle gå till. I sina dagdrömmar önskade hon att någon kom runt hörnet och räddade henne från alltihop. Men ingen dök upp. Hon undrade vad hennes pappa hade sagt om han visste.

Hon gick in i badrummet och öppnade badrumsskåpet.

Pricken följde efter och tittade på henne med sina snälla ögon. Hon tog fram den gröna kartongen med rakblad från Ladyshave och satte sig på toalettstolen. Plockade försiktigt fram ett och höll det mellan fingrarna. Tårarna kom, varma och salta rullade de nerför kinderna och hamnade i hennes knä. Hon höll ena handen framför sig, studerade sina fingrar. Vad hade hon den här handen till? De blå ådrorna löpte från handleden och fortsatte ut i handflatan. Fyllda av hennes blod som helt meningslöst pumpade runt i kroppen. Varför hade hon fötts? För att passa upp på mamma? För att äckliga gubbar skulle kladda på henne?

Hon såg på Pricken och det räckte för att han skulle vifta tvekande på svansen. Det är bara du som tycker om mig, tänkte hon. Men jag kan väl inte finnas till för en hunds skull.

Hon tog ett fast grepp om ena långsidan på rakbladet och tryckte det mot insidan av ena benet, nästan jämte knäskålen. Hon ville se hur det trängde igenom huden. Hon pressade på hårdare och hårdare, det gjorde ont. Samtidigt kändes det skönt, som en befrielse. Ångesten och smärtan samlades där, i hennes ben i stället för i hela kroppen. På ett ställe. Till slut flödade blodet och rann nerför benet, vidare ut på golvet.

**Han** såg Emma direkt när hon klev in genom dörren. Iakttog henne i några sekunder medan hon såg sig omkring. Stället var litet, intimt och fullsatt. Han satt i en hörna längst in och syntes dåligt från entrén. Så upptäckte hon honom och sken upp. Att det kunde vara tillåtet att vara så vacker. Hon var klädd i mossgrön jacka och håret var vått av regnet. Det var ovant att se henne här på en krog i Stockholm, men han tyckte om det.

De kysstes, hon smakade saltlakrits och skrattade i hans mun.

– Vilken dag! Jag kunde inte koncentrera mig på någonting, jag hörde inte vad de sa, ville bara därifrån. Den här kursen har gett mig noll och ingenting.

– Var föreläsarna trista?

Han kände hur han log med hela ansiktet.

Hon slog ut med armarna i en yvig gest.

– De var säkert strålande, inspirerande och superkarismatiska. De andra var helnöjda. För mig spelade det ingen roll. Jag satt bara och tänkte på dig och längtade.

Deras händer möttes över bordet och Johan kunde inte se sig mätt på henne.

Så här skulle vi kunna ha det jämt, tänkte han. På hennes

vänstra ringfinger glänste vigselringarna som en påminnelse om att han bara hade henne till låns. Just när de fick in maten ringde hennes mobiltelefon. Det framgick omedelbart att det var Olle.

– Jo, det har varit bra, sa hon. Intressanta föreläsare. Mmm. Nu sitter jag och tar ett glas vin på ett ställe med Viveka. Mmm. Vi ska gå snart. Middagen börjar inte förrän åtta.

Hon såg på Johan. Så fick hon ett bekymrat uttryck i ansiktet.

– Vad, har han? Nej, vad jobbigt. När började det? Hmm. Hur många grader? Oj då, försök få honom att dricka... Får han upp det också? Typiskt att han skulle bli sjuk nu när jag inte är hemma. Du skulle väl spela match i morgon bitti? Jaha... okej. Du eller Sara mår inte illa? Fortsätter han så får du väl ge honom vätskeersättning. Har vi det hemma? Hm. Hoppas du får sova i natt.

– Det var Olle, förklarade hon helt i onödan. Filip har blivit magsjuk, han har kräkts hela eftermiddagen.

Hon tog en klunk vin och tittade ut genom fönstret. Ett snabbt ögonkast, men tillräckligt för att han skulle inse att det hela var så mycket mer komplicerat än han velat tro. Hon hade barnen som hon delade med sin man och det kunde ingen ta ifrån dem. Han hade iakttagit henne under samtalets gång och förstått hur utanför han var. Vad visste han om barnsjukdomar? Han kände inte ens Emmas barn. De hade ingen relation till honom.

Efter middagen ville han visa henne runt. Det hade slutat regna och de promenerade ner till Hornstulls strand, förbi Reimersholme och ut på Långholmen. Fast det var mörkt gick de över suckarnas bro, tog vägen förbi det gamla Mälarvarvet och över till andra sidan. Ljusen från Gamla Stan,

Stadshuset och Norr Mälarstrand reflekterades i vattnet.

De slog sig ner på en bänk.

– Stockholm är så jäkla vackert, suckade Emma. Vattnet gör att man inte får en känsla av storstad, fast det är så mycket folk. Här skulle jag faktiskt kunna tänka mig att bo.

– Skulle du?

– Ja, jag kan bli så avundsjuk på dig när du berättar om allt som händer här. Alla människor, teatrar, kulturevenemang. Jag kan verkligen fundera över vad jag missar när jag harvar runt på Gotland. Där är fint, men det händer ju inget. Och bara att kunna vara anonym. Här kan man sätta sig på ett café utan att bli igenkänd. Vara en del av allt det andra. Titta på folk och bli underhållen. Och trafiken tycker jag inte heller är så farlig. Det måste vara vattnet, sa hon och tittade ut över Riddarfjärdens mörka spegel.

– Ja, jag älskar den här stan, det kommer jag alltid att göra.

– Ändå skulle du vara beredd att flytta till Gotland?˙ sa hon och såg på honom.

– För din skull kan jag göra vad som helst. Precis vad som helst.

När de kom hem till lägenheten och gick och lade sig som ett vanligt par drabbades Johan av en känsla av overklighet, blandad med lycka. Så här skulle de kunna gå till sängs varje kväll.

**Lördagen** började med snöblandat regn, blåst och ett par plusgrader. Knutas hade förberett frukosten tillsammans med barnen och satt en blomsterbukett på matbordet vid sin hustrus plats. Lines födelsedagspresenter hade de fördelat mellan sig, och de klarade struparna för att pröva hur deras skrovliga morgonröster höll för födelsedagssången. I trappan upp började de sjunga. "Ja må hon leva" i blandade tonarter.

Line satte sig yrvaket upp i sängen med det rödlockiga håret som en sky kring huvudet. Hon log brett och såg förtjust på presenterna. Hon var barnsligt förtjust i att få paket och började med barnens: en bok, nagellack, en kalender med snygga brandmän som höll i kattungar. Line hade varit förlovad en gång tidigare och då med en brandman. Barnen brukade reta henne för att hon var svag för män i uniform. Gåvan från sin man sparade hon till sist. Knutas studerade förväntansfullt sin fru. Han hade haft problem med att hitta något, men så hade han fått en lysande idé. Det fanns en sak som han visste att hon verkligen ville. Trots otaliga bantningskurer på egen hand och halvhjärtade försök att börja motionera hade hon inte lyckats gå ner i vikt. Följaktligen hade han fyllt ett paket med allt som kunde hjälpa henne på traven. Årskort på Gym 1 i Visby, hopprep och hantlar att träna hemma med och ett introduktionspaket till Viktväktarna.

När det stod klart för Line vad presenten innehöll mörknade hennes ansikte och röda fläckar uppträdde på halsen. Långsamt lyfte hon huvudet och mötte sin mans blick.

– Och vad ska det här betyda?

Hennes ögon smalnade.

– Vad menar du? stammade han osäkert och började rabbla upp alla fördelar med sin gåva. Du vill ju bli smalare, här har du allt du kan önska. Har du inte tid en dag att gå på gymmet kan du träna hemma och viktväktarna har ett möte för nya medlemmar på tisdag i Säveskolan. Dessutom ingår en instruktör de fem första gångerna på gymmet så du lär dig att använda maskinerna rätt.

Knutas pekade ivrigt på en broschyr som satt fasthäftad vid presentkortet.

– Jaså, du tycker att jag är för tjock, att jag inte duger längre? Är det därför jag får de här sakerna? För att du vill att jag ska bli fastare?

Line satte sig käpprak upp i sängen och rösten gick upp i falsett. Barnen såg förskrämt från den ena föräldern till den andra.

– Jamen, du pratar ju inte om annat än att du vill gå ner i vikt. Jag ville bara hjälpa dig att komma igång.

– Är det sådant här man vill ha på sin födelsedag? Bli påmind om att man är fet? Kan man inte få njuta när man fyller år åtminstone?

Hon hade höjt rösten och tårarna kom. Barnen valde att lämna rummet.

Knutas ilsknade till.

– Men vad fan, först tjatar du om att du är för rund och sedan när du får saker som kan hjälpa dig att förlora några kilon blir du bara arg. Vad i helvete är det för ett sätt?

Han stolpade nerför trappan, började slamra med frukosten, och ropade upp till Line.

– Men strunta i det då, jag lämnar tillbaka hela klabbet. Glöm alltihop!

Han kallade på ungarna.

– Nu är det frukost för den som vill ha!

– Men du då, har du tänkt på hur du själv ser ut, skrek Line i trappan. Jag kan köpa en armmuskelstärkare åt dig i julklapp. Plus lite Viagra kanske, det skulle inte skada!

Knutas brydde sig inte om att svara. Han kunde höra Line fortsätta mumla argt från övervåningen. Ibland blev han rejält trött på hennes temperament.

Barnen kom ner och åt sina flingor under tystnad. Knutas spillde kaffe på bordsduken, men det struntade han i. Han såg på Petra och Nils. Alla tre skakade på huvudet i samförstånd. Reaktionen var det ingen som förstod sig på.

– Gå upp till mamma, sa Petra efter en stund. Det är i alla fall hennes födelsedag.

Knutas suckade, men lydde dotterns råd. En kvart senare hade han lyckats övertyga sin hustru om att hon inte alls var för tjock, att han älskade henne som hon var och dessutom var hon inte ett dugg rund. Nejdå.

**För** första gången hade hon blivit rädd för honom. Det började med att han upptäckte hennes skärsår.

De hade gjort det igen, på deras hemliga plats. Som vanligt innebar det sexuella mellan dem en plåga för henne. Smärta och obehag i våldsam förening. Det var som om hon njöt av att straffa sig själv. När han var klar och pustade ut bredvid henne tog han tag om hennes handled.

– Vad är det här? sa han och satte sig upp i soffan.

– Ingenting.

Hon drog undan handen.

Han ryckte tag i båda händerna och höll dem framför sig.

– Har du försökt ta livet av dig?

– Nej, sa hon skamset. Jag har skurit mig lite bara.

– Vad fan då för? Är du inte riktigt klok?

– Nej, men det är inget.

Hon försökte komma ur hans grepp utan att lyckas.

– Har du skadat dig själv bara för att det är kul?

– Nej, det är något jag gör bara. Jag har gjort det i flera år, jag kan inte sluta.

– Är du helt sjuk i huvudet?

– Ja, det kanske jag är.

Hon försökte skratta bort det, men skrattet fastnade i halsen. Rädslan spärrade vägen.

– Så här kan du ju inte hålla på fattar du väl? Tänk om någon upptäcker det? Din mamma eller någon lärare på skolan, ja vem som helst! Då kommer de att börja fråga en massa. Du kanske inte klarar av att hålla tyst om oss. De kan manipulera dig och lura dig att berätta. De kanske kopplar in psykologer och skit!

Han hade höjt rösten så mycket att han skrek. Saliven stänkte. Plötsligt verkade han farlig, oberäknelig. Hon drog filten hårt om sig och såg ängsligt på honom.

– Det är ingen som märker, invände hon tyst.

– Tror du, ja. Det är bara en tidsfråga innan någon upptäcker de där såren. Jag förbjuder dig att göra så igen. Hör du det?

Han spände ögonen i henne. De var svarta av vrede.

– Ja, jag lovar. Jag ska sluta.

Han skakade på huvudet och försvann ut på toaletten. Hon satt kvar i soffan, oförmögen att röra sig, medan paniken tryckte på. När han kom tillbaka hade han lugnat ner sig. Han satte sig bredvid henne och strök henne över armen.

– Så här kan du ju inte fortsätta, sa han med mjuk röst. Du kan skada dig på riktigt. Jag blir orolig för dig, förstår du väl?

– Jo, sa hon och tårarna brände innanför ögonlocken.

– Såja, gumman, tröstade han. Jag menade inte att ta i så hårt. Jag blev chockad när jag såg märkena och så är jag rädd att förlora dig. Jag är orolig för att du ska göra illa dig själv på riktigt. Det här vill jag inte se mer, okej?

Han tog ett lätt tag om hennes haka och såg henne djupt i ögonen.

– Lova mig det, min lilla prinsessa.

Hon rös inombords och nickade lydigt.

I bilen tillbaka var hon säker på att hon aldrig ville träffa honom igen. Om och om igen malde tankarna på om hur hon skulle lägga fram orden. Hon övade in fraserna som en skiva som hakat upp sig.

Han stannade ett kvarter från hennes hus som han brukade och slog av motorn. Han ville att hon skulle sätta sig i framsätet för den sedvanliga sista omfamningen innan de skildes. Nuförtiden fick hon alltid sitta i baksätet därför att han var rädd att de skulle bli sedda.

När hon hade hans näsa mellan sina bröst tog hon mod till sig.

– Det är nog bäst att vi inte ses mer.

Han lyfte långsamt på huvudet.

– Vad sa du?

– Jag tycker inte att vi ska ses mer. Vi måste sluta med det här.

Hans ögon mörknade och rösten blev frostig.

– Varför säger du så?

– För att jag inte vill längre, stammade hon fram. Jag vill inte längre.

– Vad i helvete säger du, väste han. Vill inte! Vad snackar du om? Vadå inte vill, det är ju du och jag!

– Men jag vill inte att vi ska träffas mer. Det går inte längre.

Nu ville hon bara ut ur bilen. Hans aggressiva ton skrämde henne. Hon försökte öppna bildörren.

– Din lilla slyna, vem fan tror du att du är?

Han vräkte sig över henne och tog ett hårt tag i armarna. Med munnen tätt tryckt intill hennes öra fräste han fram orden.

– Tror du att du bara kan göra slut med mig? Passa dig jävligt noga för nu ligger du risigt till. Du ska inte tro att du ska kunna komma här och ställa villkor. Jag kan göra så att du aldrig kan sätta din fot i stallet igen, fattar du det? Ett ord från mig och du kan inte visa dig där mer, är det så du vill ha det?

Hon försökte vrida sig ur hans grepp.

– En sak ska du ha förbannat klart för dig, vår relation tar slut när jag säger att den ska ta slut. Inte ett ljud om det här till någon enda människa för då kan du säga adjö till stallet för evigt. Kom ihåg det jävligt noga!

Han knuffade henne ifrån sig. Snyftande lyckades hon få upp bildörren och ramlade ut ur bilen.

En rivstart så var han iväg. Det sista hon hörde var hur däcken skrek när han vek om hörnet.

**Emma** såg på sin man över vinglaset. De satt kvar och pratade efter middagen som de brukade på helgkvällarna. Barnen tittade på Småstjärnorna på TV, fullt nöjda med cocacola och en stor skål popcorn. Olle verkade tillfreds. Anade han verkligen ingenting?

Han fyllde på hennes glas. Absurt, tänkte hon. I går satt jag på samma sätt med Johan.

– Vad gott det var, sa han.

Hon hade lagat lammfärsbiffar med yoghurtsås och gjort egen aubergineröra. Det fanns numera en libanesisk restaurang i Visby som de besökt under en av sina sällsynta utekvällar och kocken hade gett henne receptet när hon frågat.

Ytterligare en middag i den långa raden av måltider tillsammans. Han bad henne berätta om kursen, vilket hon gjorde. De hade knappt hunnit prata med varandra sedan hon kom hem.

– Hur länge stannade du på festen?

– Nja, inte särskilt länge, svarade hon svävande. Jag vet inte vad klockan kan ha varit. Ett, kanske.

– Gick du hem med Viveka?

– Ja, ljög hon.

– Jaså. Jag ringde dig på hotellet i morse. Då var du inte

där. Och mobilen var avstängd.

En brännande stöt genom kroppen. Nu skulle hon bli tvungen att ljuga igen.

– Jag var väl och åt frukost. Vad var klockan?

– Halv nio. Jag hittade inte Saras gymnastikskor.

Han såg oavvänt på henne. Emma tog ännu en klunk av vinet för att vinna tid.

– Då var jag i frukostmatsalen. Batteriet i mobilen var slut så den låg i rummet på laddning.

– På så vis, sa han och lät sig nöjas.

Fullständigt naturlig förklaring, klart att det förhöll sig på det sättet. Hans tillit till henne hade byggts upp under åratal, varför skulle han tvivla på den? Hon hade aldrig gett honom anledning att göra det.

Lögnen hettade i henne och den avslappnade stämningen var för hennes del bruten. Hon började duka av.

– Nej, men sitt, protesterade han. Det där kan väl vänta.

Samtalet började handla om annat och strax var hennes olustkänsla borta. De stoppade barnen i säng och såg en spännande thriller på TV. Hon uppkrupen i hans famn, precis som vanligt. Och ändå inte.

Nästa morgon kom kraschen. Emmas mobil pep när hon stod i duschen och Olle kollade meddelandet. "Hur mår du? Längtar efter dig. Puss/Johan".

När hon kom ut i köket satt han vid bordet. Ansiktet var vitt av raseri och han hade hennes mobiltelefon i handen.

Golvet sjönk undan. Hon förstod omedelbart att allt var avslöjat. Genom fönstret såg hon att barnen var ute och lekte i regnet.

– Vad är det? frågade hon med tunn röst.

– Vad fan är det här? sa han med rösten tjock av vrede.

– Vadå?

Hon kände hur underläppen darrade.

– Du har fått ett meddelande, skrek han. På den här! Han viftade med mobiltelefonen i luften. Från en viss Johan som längtar och hälsar med pussar. *Vem fan är Johan?*

– Vänta, så får jag förklara, vädjade hon och satte sig försiktigt ner på yttersta kanten av stolen mitt emot.

I samma ögonblick öppnades ytterdörren.

– Mamma, mamma, mina vantar är blöta, ropade Sara. Kan jag få nya?

– Jag kommer, ropade hon. Gick ut i hallen och rafsade fram ett par. Händerna skakade.

– Här gumman, gå ut och lek med Filip nu. Mamma och pappa vill prata själva en stund. Du kan väl se till att ni stannar utomhus ett tag. Jag ropar när vi är klara.

Hon gav sin dotter en puss på kinden och återvände till sin man i köket.

– Jag har velat säga något, men det har varit så svårt, sa hon och tittade vädjande på honom. Jag har träffat någon ett tag, men jag är så förvirrad, jag vet inte vad jag känner.

– Vad fan är det du sitter och säger?

Orden skar vasst. Hon hörde hur Olle försökte behärska ursinnet mellan käkarna. Vågade inte titta på honom.

– Det är bara inte sant, det är för jävla otroligt!

Han reste sig från bordet och ställde sig framför henne, fortfarande med mobiltelefonen i handen.

– Vad i helvete är det som pågår? Vem är han?

– Det är han som intervjuade mig efter mordet på Helena. Den där journalisten från TV, Johan Berg, sa hon tyst.

Olle skickade mobilen rakt ner i stengolvet med full kraft. Med ett kras förvandlades den till en splitterbomb i plast och metall. Så vände han sig mot henne.

– Har du träffat honom ända sedan dess? Bakom min rygg? I flera månader?

Hans ansikte var förvridet av ilska och han böjde sig ner över henne.

– Ja, men, sa hon svagt. Jag måste få förklara. Vi har inte träffats hela tiden.

– Förklara, skrek han. Förklara kan du göra för en advokat. Ut härifrån. Du ska ut nu!

Han tog ett hårt tag i hennes arm och slet upp henne ur stolen.

– Ut härifrån, du har inget här att göra längre. Stick så jag slipper se dig. Dra åt helvete, jag vill aldrig se dig igen. Hör du det, aldrig!

Barnen som hört bråket visade sig i dörröppningen. De stod först handfallna och började sedan storgråta båda två. Det hindrade inte Olle. Han knuffade ut Emma på förstukvisten i bara strumplästen och kastade jackan och stövlarna efter henne.

– Här har du, och bilen tar du inte! skrek han och tog hennes nyckelknippa.

Han drämde igen dörren.

Emma fick på sig stövlarna och jackan. Dörren öppnades igen och hennes handväska kom utflygande.

Så var hon ute i kylan. Gatan låg tom.

En söndagsmorgon i november och allt var över. Hon stirrade på den stängda dörren. Handväskan hade gått upp i fallet och innehållet låg spritt över förstukvisten och trappan. Hon samlade mekaniskt ihop sakerna. För bedövad för att gråta. Hon gick bort mot grinden och öppnade den, tog av åt höger utan att veta varför. Hon lade inte märke till grannfamiljen ett par villor bort som under prat och skratt satte sig i bilen och körde i väg. Kvinnan höjde handen till hälsning utan att få svar.

Hon var tom inombords, som förlamad. Ansiktet kändes stelt. Vad hade hon ställt till med? Vart skulle hon ta vägen? Hon kunde inte gå tillbaka till sitt eget hus.

Idrottsplatsen vid skolan låg öde. Det blåste från norr. Hon såg bort mot stora vägen där någon enstaka bil passerade.

Hur gick bussarna till stan på söndagar? Hon hade aldrig tidigare behövt ställa sig frågan.

**Bastun** hade en temperatur på åttio grader. Knutas fyllde på träsleven och kastade på mer vatten på de glödheta stenarna. Temperaturen steg ytterligare.

Femtonhundra meter hade de avverkat och var mer än nöjda. Någon gång i veckan försökte Knutas och Leif komma iväg och simma tillsammans, åtminstone under vinterhalvåret. Knutas simmade regelbundet på Solbergabadet alla årstider. Egentligen tyckte han bäst om att göra det ensam. Tankarna klarnade när han låg i vattnet, längd efter längd. Men det här var ett sätt att träffas. De fick utstå en del tråkningar från bekantskapskretsen för att de gick till simhallen, vilket var mest typiskt för kvinnor. Män spelade tennis, golf eller bowling ihop.

I bastun dryftade de allehanda vardagstrivialiteter eller satt bara mol tysta. Det var utmärkande för en god vän, tyckte Knutas. Han ogillade starkt människor som envisades med att hålla låda oupphörligen, även när de inte hade något vettigt att säga.

Knutas berättade om Lines födelsedagsutbrott och Leif skrattade gott. Kvinnor skulle de aldrig komma att förstå sig på fullt ut, det var de rörande eniga om.

De hade söner i samma ålder och diskuterade pubertetsproblemen som hade börjat dyka upp. Sönerna var klasskompisar och häromveckan hade Leif kommit på dem med att smygröka. Det visade sig att de hade tänt på gamla kvarblivna fimpar och Leifs son, som var långhårig till sina föräldrars fasa, hade bränt lockarna på ena sidan.

De talade om sin vånda över att bli äldre, om oro för putande mage och förslappning i musklerna, om gråa hår på bröstet. Knutas tänkte inte så ofta på ålderdomen och döden, men ibland kände han hur livet höll på att rinna ifrån honom och kunde fråga sig hur lång tid han hade kvar. Såg framför sig hur han blev äldre och äldre, med orörlighet och krämpor som följd. Hur länge skulle han kunna vara i stånd att njuta? Tills han blev sextiofem, sjuttio eller till och med åttio? När han tänkte i de banorna fick han ångest över sitt rökande, även om det var sparsamt. Han sög mest på pipan otänd, donade och pysslade med den, tände den bara några gånger per dag.

Leif brottades med samma oro, trots att han inte rökte. Han berättade att han köpt ett hemmagym och tränade en timme varje morgon. Resultatet var synligt konstaterade Knutas avundsjukt. Han uppskattade Leifs öppenhet och att ha honom att anförtro sig åt. När det handlade om jobbet gällde andra spelregler. Leif brukade heller aldrig fråga Knutas om hans arbete. Med det inte sagt att Knutas inte hade god lust att delge sin vän både ett och annat ibland. Ofta var det bra att tala med någon utanför polisens korridorer som hade ett annorlunda perspektiv. För det mesta blev det Line som fick agera bollplank. Hon hade hjälpt honom många gånger att tänka i nya banor.

Först klockan elva kom han till jobbet. På skrivbordet låg en handskriven lapp från Norrby och en förhörsutskrift från Uppsalapolisen. Den unga kvinna som varit tillsammans med vittnet i hamnen hade spårats till en adress i Uppsala. Det fanns bara en passagerare därifrån i rätt ålder som hade rest den dagen. Hon hette Elin Andersson och hade i förhöret som Uppsalapolisen tydligen hjälpt dem med under helgen medgivit att hon kände Niklas Appelqvist, att de varit tillsammans i hamnen på morgonen den tjugonde juli innan hon reste, men att hon inte lagt märke till någon särskild person i hamnen. Då var det alltså som de trodde, att det var Dahlströms unge granne som lämnat uppgifterna till Johan Berg. Det retade Knutas oerhört att ett så viktigt vittne vägrade prata med polisen. Och inte berodde det på att han varit i bryderi med polisen tidigare, en slagning i brottsregistret hade gett negativt resultat.

När han steg in i möteslokalen en halvtimme senare noterade han genast att det låg en iver i luften. Karin och Kihlgård hade gått igenom Dahlströms papper över helgen och det syntes i deras ansikten att de hade något de var sprickfärdiga att delge sina kolleger. Kihlgård hade två dubbelfrallor på en tallrik framför sig tillsammans med en stor mugg kaffe. Han åt, samtidigt som han plockade med papperen. Stora brödsmulor föll ner på bordet. Knutas suckade.

– Och ni två har något att berätta?

– Det må du tro, sa Kihlgård. Det visar sig att Dahlström förde bok över sina kunder. Vi har en diger lista med namn, datum, vad han byggt och hur mycket han fått betalt.

– Omfattningen är större än vi trott, tillade Karin. Han har snickrat åt folk i över tio år. Det första jobbet gjordes 1990. Några som utnyttjat Dahlströms tjänster är välkända personer i Visby.

Alla tittade uppmärksamt på Karin när hon höll upp en namnlista.

– Vad sägs om... Håll i er nu... Kommunstyrelsens ordförande, socialdemokraten Arne Magnusson?

Det gick ett förvånat sus genom rummet.

– Gråsossen Magnusson, skrattade Wittberg. Det är inte sant! Som alltid försvarar de höga skatterna och precis som Mona Sahlin tjatar om att det är häftigt att betala skatt. Det är ju bara för kul! Dessutom är han Visbys värsta moralpredikant.

– Ja, han propagerar så ihärdigt för att krogarna ska stänga klockan ett på sommaren och att rökning ska förbjudas, flinade Sohlman.

– Om det här kommer ut... Det är rena julbordet för journalisterna. Norrby slog ut med händerna.

– En friggebod 1997 läste Karin från listan. Femtusen svart plus en del sprit som betalning. Kan ni fatta?

Knutas blev allvarlig.

– Det är ju helt sanslöst.

– Vänta bara, här finns mer godsaker, fortsatte Karin. Bernt Håkansson, överläkaren på lasarettet och Leif Almlöv, krögare och god vän till dig, Anders!

– Vad fan?

Knutas blev högröd i ansiktet.

– Är han med?

– En bastu på landet för tiotusen – det var ju bra betalt.

Okynnet glittrade i Karins ögon. Hon njöt av att reta honom. Kihlgård såg inte mindre nöjd ut han. Nu hade de fått något att gotta sig åt. Vad roligt för dem då.

– Han är i alla fall inte ensam. Här finns ett tiotal namn.

– Ingen här i huset väl? frågade Wittberg oroligt. Säg inte det, för guds skull.

– Nej, ingen polis som tur är. Däremot en namne till dig, Roland Wittberg, är du släkt med honom?

Wittberg skakade på huvudet.

– Få se, bad Knutas.

Han kände igen en del av namnen.

– Vad gör vi med de här?

– Vi kollar upp dem och ser om det finns andra koppling-
ar till Dahlström till att börja med, sa Karin och nappade åt
sig listan.

Knutas ringde Leif så fort han var tillbaka på rummet. Han
kände sig oerhört irriterad.

– Varför har du inte sagt att du anlitade Dahlström?

Det blev tyst.

– Är du kvar?

– Ja.

En djup suck hördes i luren.

– Varför har du inte sagt något om bastun? envisades
Knutas.

– Du vet hur det är med allt fiffel i krogbranschen. Jag
tänkte att om det kom ut att jag anlitat svart arbetskraft för
privat räkning så skulle folk tro att jag gör det i jobbet ock-
så. Jag skulle bli misstänkliggjord direkt och sedan få ett
helsike med myndigheterna.

– Kunde du inte ha tänkt på det innan du lät honom byg-
ga bastun?

– Jo, det var jävligt korkat. Just då var det svinkörigt på
restaurangen och Ingrid tjatade om den där förbannade
bastun. Det är ingen ursäkt, men kanske en förklaring. Jag
hoppas att jag inte har försatt dig i en pinsam sits nu?

– Jag klarar mig nog. Förresten finns det fler som har an-
ledning att vara oroliga. Vi har en lista på en massa folk
som har gjort samma sak. Du skulle inte tro dina öron.

Knutas lutade sig tillbaka i stolen efter samtalet och börja-
de stoppa pipan. Han var tacksam över att ingen polis
fanns med på listan och han godtog sin väns förklaring.

Herregud, vem hade inte gjort något dumt? En gång för många år sedan hade han själv snattat ett paket kalsonger i en affär på Adelsgatan. När han stod i butiken och höll i kartongen hade han plötsligt gripits av en vild lust att uppleva hur det skulle kännas att bara ta något. Han gick raka vägen ut med förpackningen under armen. Han hade varit så nervös att han darrade men när han passerat utgången infann sig en hisnande känsla av lycka. En sorts oåtkomlighet. Det var som om handlingen i sig gjorde honom onåbar. När han var så långt utanför butiken att han insåg att han kommit undan tittade han på förpackningen bara för att upptäcka att han valt fel storlek.

Knutas skämdes fortfarande vid tanken på gärningen. Han snurrade ett halvt varv på stolen och såg ut genom fönstret. Nånstans där ute gick mördaren omkring.

Inget pekade på att det var i Dahlströms vanliga bekantskapskrets de skulle hitta honom. Tvärtom. Dahlström var uppenbarligen inblandad i något de inte visste ett dyft om. Vad han än hållit på med hade han dolt det väl. Frågan var hur länge det pågått. Troligen inte mycket längre än datumet för den första inbetalningen på banken, gissade han. Den tjugonde juli. Samma dag som Niklas Appelqvist hade sett Dahlström tillsammans med en man i hamnen. Det låg nära till hands att anta att mannen vid det tillfället lämnat över pengarna till Dahlström som senare samma dag gått iväg till banken för att sätta in dem. Tjugofem tusen. Nästa insättning i oktober var exakt lika stor. Kunde det vara så att insättningarna egentligen inte hade med varandra att göra? Från början hade Knutas tagit för givet att de hörde ihop, men nu var han inte så säker längre. Det kanske var så enkelt att det rörde sig om betalning för olika snickeriarbeten. Men varför skulle en person som anlitat Dahlström för något så

trivialt stämma träff med honom nere i hamnen klockan
fem på morgonen? Mannen ville uppenbarligen inte bli
igenkänd.

Hon var behagligt trött i musklerna. Calypso hade varit underbar. Hon hade ridit ut på sin favoritväg i skogen även om den egentligen var lite för lång för den känsliga tävlingshästen. Men vad sjutton. Det var så sällan hon kom ut så hon kunde inte låta bli.

Hästen var mjuk och lydde hennes hjälper utan minsta ansträngning. Han fick henne att känna sig skicklig. De hade galopperat långa sträckor på den mjuka skogsstigen. Inte en levande varelse så långt ögat nådde. För första gången på länge hade hon känt något som påminde om lycka. Det bubblade i bröstet när de for fram. Hon reste sig halvvägs i sadeln och tryckte till med skänklarna. Ögonen tårades av farten, och vetskapen om att det gick fortare än vad hon egentligen klarade av gjorde det hela än mer kittlande. Det här var livet. Att se hästens öron peka rakt fram, höra hovarnas dova stampande i marken, känna djurets kraft och energi.

När hon skrittade tillbaka till stallet på långa tyglar kände hon sig avslappnad. Hon förnam en spirande förhoppning om att allt skulle bli bra. Först och främst skulle hon göra slut med honom en gång för alla. Han hade ringt på hennes mobil säkert tjugo gånger under dagen men hon hade avstått från att svara. Han ville be om ursäkt. Meddelandena hade hon lyssnat av och han lät ledsen och ångerfull. Försökte övertyga henne om att han inte menade ett ord av vad han sagt. I morse hade han skickat bild-sms med blommor och hjärtan. Inget av det där bet på henne längre.

Det var över nu, vad han än sa. Inget kunde få henne att ändra sitt beslut. Hon hade bestämt sig för att strunta i hans hot om att se till att få henne utslängd från stallet. Hon hade jobbat där i ett års tid och alla kände henne. De skulle inte bry sig om honom. Och om han försökte, tänkte hon avslöja allt. Det var enligt lag förbjudet att ha sex med henne, det kände hon minsann till. Dummare var hon inte. Och han var en gammal gubbe. Han kanske till och med skulle hamna i fängelse. Rätt åt honom i så fall. Det skulle bli så skönt att bli av med honom, att få ha sin kropp ifred och slippa ställa upp på all skit han ville. Hon längtade efter att få tillbaka sig själv. Mamma var som hon var, men Fanny skulle snart fylla femton och behövde inte bo hemma så länge till. Hon kanske kunde flytta redan nästa år när hon skulle börja i gymnasiet. Det var det många ungdomar ute på landsbygden som gjorde. De bodde i stan i veckorna och åkte hem på helgen. Så kunde väl hon också göra. Bara hon berättade för kuratorn på skolan eller skolsköterskan om hur hon hade det skulle hon säkert få hjälp.

När hon kramade om Calypso i boxen kände hon en tacksamhet mot hästen. Det var som att han gav henne styrka och självförtroende. En förtröstan om att allt skulle ordna sig.

Hon hade bara hunnit trehundra meter när hon såg billjusen. Han kom körande på motsatta sidan av vägen, saktade in och hissade ner rutan.

– Hej, är du på väg hem?

– Ja, ropade hon till honom och stannade.

– Vänta lite, sa han. Jag ska bara åka bort och vända bilen. Stanna där så länge.

– Okej.

Tvekande klev hon av cykeln och ställde sig vid vägkanten. Hon såg honom försvinna och hade god lust att göra detsamma. Bara cykla hem så fort hon kunde så hon slapp undan. I nästa sekund ångrade hon sig. Hon skulle göra slut nu. En gång för alla.

När han kom tillbaka ville han snabbt ha in henne i bilen.

– Vad ska jag göra med cykeln? frågade hon uppgivet.

– Lämna den i diket, det är väl ingen som bryr sig om den. Vi kan hämta den senare.

Hon vågade inte annat än att göra honom till viljes. Benen skakade när hon satte sig i bilen.

– Jag måste hem snart. Mamma jobbar och Pricken behöver rastas.

– Det hinner du. Jag ville bara träffas och prata en stund, vill inte du?

Han ställde frågan utan att se på henne.

– Jo, sa hon och sneglade på honom.

Hans röst lät forcerad och han verkade spänd. Käkarna rörde sig som om han gnisslade tänder.

Hon tyckte att han körde för fort, men vågade inte protestera. Det var mörkt ute och få bilar på vägen. Han tog av söderut mot Klintehamn.

– Vart ska vi?

– Det är inte långt. Du är hemma snart.

Rädslan kom krypande. De kom allt längre bort från stan och nu insåg hon vart de var på väg. Hon överlade med sig själv och kom fram till att det inte var någon idé att protestera. Den spända stämningen i bilen sa henne att hon gjorde bäst i att låta bli.

När de var framme vid huset uppmanade han henne att ta en dusch.

– Varför då? invände hon.

– Du stinker häst.

Hon vred på kranen och det varma vattnet träffade hennes nakna hud utan att det kändes. Hon tvålade mekaniskt in sig medan tankarna for i sicksackmönster i hjärnan. Varför var han så konstig? Hon torkade sig med ett badlakan och försökte skaka av sig obehaget som kom krypande. Intalade sig själv att han bara var spänd efter det som hände sist. För säkerhets skull klädde hon på sig alla kläderna. Om hon skulle behöva sticka därifrån.

Han satt i köket och läste tidningen när hon kom ner igen. Det lugnade henne.

– Jaså, du har klätt på dig? frågade han stelt. Han tittade frånvarande på henne – hans glasartade blick var riktad mot henne men det var som om han inte såg.

Lättnaden var som bortblåst. Vad var det med honom? Var han drogad? Hans fråga hängde kvar i luften.

– Ja, sa hon osäkert. Jag tänkte...

– Ja vad tänkte du, lilla vännen?

– Jag vet inte, jag måste ju tillbaka...

– Tillbaka? Så du tänkte att vi åkte ända ut hit bara för att du skulle ta en dusch?

Han talade lent till henne nu, samtidigt som han reste sig.

– Nej, jag vet inte.

– Du vet inte, nej det är mycket du inte vet, lilla hjärtat. Men det var kanske lika bra att du klädde på dig. Det kan bli roligare då. Vi ska leka en liten lek, förstår du. Det blir väl skoj? Du som är så ung tycker väl om att leka?

Vad hade flugit i honom? Hon försökte pressa tillbaka rädslan som sköt upp inom henne och ansträngde sig för att se naturlig ut. Det hade hon inte mycket för. Han tog tag i håret och tvingade ner henne på knä.

– Vi ska leka vovve och husse förstår du. Du som tycker så mycket om hundar. Du kan låtsas vara Pricken. Är Pricken hungrig? Vill Pricken ha något riktigt gott att bita i?

Medan han talade knäppte han upp gylfen med sin lediga hand, den andra höll ett stadigt tag om hennes hår. Hon blev alldeles kall när hon insåg vad det var han ville. Han pressade henne hårt emot sig. Hon fick kväljningar men kom inte undan.

Efter en stund tycktes han tappa koncentrationen för ett ögonblick. Greppet lossnade och då passade hon på. Hon sköt undan honom och lyckades slita sig. Snabbt kom hon på fötter och stapplade ut i hallen. Hon fick upp dörren och rusade ut. Den hårda vinden slog emot henne. Det var kolsvart och isande kallt. Havet dundrade i mörkret. Hon sprang upp mot vägen men han kom ikapp. Han knuffade omkull henne och gav henne ett slag rakt över ansiktet. Det var så hårt att det svartnade för ögonen.

– Förbannade lilla hora, väste han. Nu ska du få så du tiger.

Han tog ett nytt tag om håret på henne och släpade henne över gårdsplanen. Den jordiga marken var plaskblöt och vätan trängde igenom kläderna när hon kröp efter honom på alla fyra. Hon rev hål på byxorna, händerna skrapades sönder och blodet rann från näsan. Ljudet av hennes gråt dränktes i den tjutande vinden.

Han fumlade fram nyckeln till det lilla huset. Dörren gick upp med ett gnissel. Bryskt knuffade han in henne i mörkret.

När Majvor Jansson kom hem till lägenheten efter sitt nattskift upptäckte hon att hunden hade kissat på hallmattan. Han hoppade upp på hennes ben och gnällde när hon öppnade ytterdörren. Vattenskålen i köket var tom. Genast insåg hon att något var fel. Dörren till Fannys rum stod på vid gavel och sängen var bäddad. Klockan var närmare sju denna tisdagsmorgon och det var uppenbart att Fanny inte varit i lägenheten sedan föregående kväll.

Hon satte sig ner i soffan i vardagsrummet för att tänka. Inte gripas av panik nu. Vad var det Fanny skulle göra i går? Säkert till stallet efter skolan, hon var jämt där nuförtiden. De skulle inte hinna ses hemma eftersom hon var tvungen att gå till jobbet klockan fem. Pricken hade alltså varit ensam i fjorton timmar! Ilskan bubblade upp inom henne. Lika fort sjönk den undan. Medan hon försökte samla tankarna grep oron tag i henne.

Fanny skulle aldrig strunta i att komma hem om hon visste att Pricken var ensam. Inte av fri vilja. Hade hon sovit över hos en kompis? Sannolikheten var minimal, men hon började ändå titta i lägenheten efter en kvarlämnad lapp. Meddelande på mobilen då? Hon skyndade ut i hallen och grävde i kappfickorna. Inte det heller. Pricken hade ätit färdigt och gnällde högljutt. Han måste ut.

När hon gick mellan husen funderade hon på vilka alternativ som fanns. Var Fanny arg på henne? Nej, det trodde hon inte, det var länge sedan de bråkade. Innerst inne var hon medveten om att hon kanske inte var den mamma dottern behövde alla gånger. Men hon kunde inte hjälpa det. Hon var som hon var och hade inte ork till något annat. Det var inte lätt att vara ensam mor.

Var det här tecken på någon sorts revolt? Hade Fanny stuckit iväg med någon kompis hon inte kände till? Eller en kille? Majvor skyndade hem med hunden som verkade betydligt lättare till mods. Hon började med att ringa runt.

En timme senare var hon fortfarande lika villrådig. Ingen av deras släktingar eller bekanta kunde svara på vart Fanny tagit vägen. Hon ringde till skolan. Där var Fanny inte heller, fick hon veta. Oron gjorde henne torr i munnen. Hon letade fram en flaska vin och slog upp ett glas. Måtte det inte ha hänt något. Stallet då? Hade hon numret dit? En lapp satt fast på kylskåpet. Ordentliga Fanny. Hon höll krampaktigt i luren medan hon väntade på att någon skulle svara.

– Hallå, hördes äntligen en grov mansröst efter ett tiotal signaler.

– Ja, hej, det här är Majvor Jansson, Fannys mamma, presenterade hon sig. Är Fanny där?

Samtidigt som hon uttalade orden insåg hon att hon inte visste vem hon talade med eller hur det såg ut där han stod. Fanny hade hållit till i stallet i över ett år, men hon själv hade inte satt sin fot där. Varför hade hon aldrig tagit sig dit? Nu bannade hon sig själv och greps av en glasklar insikt om hur lite intresse hon hade ägnat sin dotter. När förhörde hon Fanny på en läxa sist? Det vågade hon inte ens tänka på.

– Nej det är hon inte, svarade mannen vänligt. Hon var här i går eftermiddag, men nu borde hon väl vara i skolan?

– Hon är inte där och har inte sovit hemma i natt heller.

Nu lät mannen i andra änden orolig.

– Det var konstigt. Vänta lite, bad han och hon hörde hur han lade ifrån sig luren. Röster i bakgrunden, han ropade på någon. Efter någon minut återkom han.

– Nej, det är tyvärr ingen som vet. Jag är ledsen.

Inte heller ett samtal till lasarettet gav något resultat.

Hennes rum då? Vanligtvis gick Majvor inte in där, eftersom det var en outtalad överenskommelse dem emellan att det var privat område.

Vid första anblicken såg allt ut som vanligt. Sängen var prydligt bäddad, på nattduksbordet låg en bok bredvid väckarklockan. Skrivbordet var rörigt med pennor, diverse skolböcker, hårsnoddar, lappar och tidningar. Hon rafsade bland sakerna, drog ut alla lådor, letade i bokhyllan och i garderoben. Hon vände upp och ner på hela rummet utan att hitta någon lapp, meddelande, adressbok eller telefonnummer som kunde ge en vink om vart Fanny tagit vägen.

Dolt under några prydnadskuddar på sängen fann hon tydliga fläckar av blod högst uppe vid huvudändan på överkastets ovansida. Hon rev upp alla sängkläder. Inget blod på vare sig lakanet eller täcket, men under sängen fanns fler blodspår. Hon skakade i hela kroppen när hon slog numret till polisen.

Redan i tamburen kände Knutas en tyngd i bröstet. Han var glad att Sohlman hade följt med. Hela lägenheten var deprimerande med sina trånga rum och dova färger. Den låg i ett trevåningshus på Mästergatan i kvarteret Höken i nordöstra delen av Visby, en knapp kilometer utanför ringmuren.

Majvor Jansson var rödgråten när hon öppnade dörren. Eftersom Fanny inte heller befann sig hos sin pappa tog polisen anmälan om försvinnandet på allvar. Blodbesudlingarna på överkastet gjorde att det fanns skäl att misstänka våld eller våldtäkt – därför togs beslut om att göra en regelrätt brottsplatsundersökning av flickans rum. Sohlman tog omgående itu med saken.

Knutas anade en svag lukt av sprit från Majvor Janssons andedräkt.

– När träffade du Fanny senast? frågade han när de slagit sig ner vid köksbordet.

– I går morse. Vi åt frukost innan hon gick till skolan. Jag skulle inte börja jobba förrän klockan fem, men hon åker ju jämt till stallet efter skolan så vi träffas ganska sällan på eftermiddagarna.

– Hur verkade hon?

– Trött. Hon är alltid trött och särskilt på sistone. Det är nog för att hon inte äter ordentligt, hon är så himla smal.

– Vad pratade ni om?

– Inget särskilt, det blir inte så mycket prat på morgnarna. Hon åt sin rostade brödskiva till frukost som hon brukar, sedan gick hon.

– Hur var stämningen mellan er?

– Som vanligt, svarade Majvor Jansson tonlöst, samtidigt som hon såg vädjande på honom, som om han skulle kunna berätta var hennes dotter höll hus.

– Vad sa hon när hon gick?

– Hej då, bara.

– Saknas något hemma hos er, kläder, necessär, pengar?

– Jag tror inte det.

– Och Fanny har inte lämnat något meddelande, det är du säker på?

– Ja, jag har letat i vartenda skrymsle.

– Berätta om hur Fanny har det, hur mår hon?

– Tja, jag vet inte, hur mår ungdomar i den åldern? Hon säger inte så mycket, men hon trivs väl inte så bra i skolan, hon har börjat skolka en del. Hon kanske är ensam, jag vet inte, hon tar aldrig hem kompisar.

– Vad beror det på?

– Ingen aning, hon är väl för blyg.

– Pratar du om de här problemen med din dotter?

Majvor Jansson verkade ställd. Som om det aldrig slagit henne att det var hon som hade ansvar för sin dotter och inte tvärtom.

– Det är inte så lätt att hinna prata minsann när man är ensam och jobbar heltid och allting. Jag har ingen man som kan stötta mig, jag får göra allting själv.

– Det kan jag gott förstå, sa Knutas avvärjande

Nu brast det för henne och hon gömde ansiktet i händerna.

– Ska vi ta en paus? frågade Knutas försynt.

– Nej, det är lika bra att få det här överstökat så att ni kan börja leta efter henne.

– Har du talat med skolan om det här med skolkandet?

– Ja, en lärare ringde hem, det var bara några dagar sedan. Han sa att hon inte hade varit på hans lektioner på flera veckor. Vi pratade om saken, men han verkade tro att det bara var skoltrötthet. Jag sa till Fanny att hon måste gå till skolan och hon lovade att bättra sig.

– Har Fanny berättat om något nytt i hennes liv, en ny person hon har träffat kanske?

– Nej, svarade modern eftertänksamt. Det tror jag inte.

– Finns det någon som hon umgås särskilt mycket med?

– Nej, vi har inget större umgänge om man så säger.

– Släktingar då?

– Min gamla mamma är på servicehuset Eken, men hon är så vimsig så henne går det knappt att prata med. Sedan har jag en syster i Vibble.

– Lever hon ensam?

– Nej, hon är gift och har två barn. Ja, sonen är hennes mans från ett tidigare äktenskap.

– De är alltså Fannys enda kusiner? Hur gamla är de?

– Lena bor i Stockholm, hon är trettiotvå tror jag, och Stefan är fyrtio. Han bor här på Gotland, i Gerum. Jag hade hoppats att Fanny kanske var hos min syster.

Majvors snyftningar tilltog. Knutas klappade henne på armen.

– Såja, tröstade han. Vi ska göra allt för att hitta henne. Hon kommer nog tillrätta snart ska du se.

Meddelandet på telefonsvararen var långt. Emmas spruckna röst berättade entonigt att Olle visste allt och att hon bodde hos sin väninna Viveka tills vidare. Hon bad honom att inte höra av sig, och lovade att ringa när hon orkade. Johan luskade reda på Vivekas telefonnummer bara för att höra väninnan förklara att han måste respektera att Emma ville vara ifred.

Det var en psykologisk terror han hade svårt att stå ut med. Han spelade innebandy och hade Emma i tankarna hela tiden. Han gick på bio och lämnade salongen utan att veta vad filmen handlat om.

På tisdagskvällen ringde hon.

– Varför vill du inte prata med mig? frågade han.

– Hela mitt liv har brakat samman, räcker det som förklaring? sa hon argt.

– Men jag vill ju hjälpa dig. Jag förstår att det måste vara fruktansvärt jobbigt. Jag blir bara så orolig när vi inte har kontakt.

– Just nu kan jag inte ta ansvar för din oro. Jag har nog med mitt eget.

– Hur fick han reda på det?

– Ditt sms. Du skickade det när jag stod i duschen och han kollade.

– Förlåt, Emma. Jag är verkligen ledsen – jag borde inte ha sms:at dig en söndagsmorgon. Det var idiotiskt.

– Det värsta är att jag fortfarande inte har fått prata med barnen. Han svarar inte i telefon och han har stängt av telefonsvararen. Jag har åkt dit, men det var ingen hemma. Han har tagit mina nycklar också så jag kan inte komma in i huset ens en gång.

Hennes röst bröts.

– Ta det lugnt, tröstade han. Han måste väl få avreagera sig antar jag. Han har nog fått en chock. Kan ingen annan prata med honom då, dina föräldrar till exempel?

– Mina föräldrar! Inte en chans. Vet du vad han har gjort? Han har ringt runt till alla våra vänner och hela släkten och berättat att jag har träffat en annan. Till och med till min mormor i Lycksele! Mina föräldrar är skitförbannade på mig. Jag har försökt prata med dem, men de tar bara Olles parti. De kan inte förstå hur jag kan ha behandlat honom så illa. Och barnen, varför jag inte har tänkt på Sara och Filip? Jag har alla emot mig, jag begriper inte hur jag ska orka.

– Kan du inte åka hit? Så du kommer bort från alltihop?

– Nej, det går inte.

– Ska jag komma till dig då? försökte han. Jag kan ta ledigt.

– Vad hjälper det? Nu måste jag försöka få kontakt med mina barn först och främst. Fattar du inte hur det känns att inte få prata med sina barn? Jag sa ju till dig att jag måste få vara i fred och tänka i två månader. Men det kunde du inte respektera, den tiden kunde du inte ge mig. Du ringde och höll på, fast jag sa till dig att du inte fick. Och se nu hur det har gått! Tack så jävla mycket!

– Så det är mitt fel alltihop? Du då? Är du helt oskyldig? Har jag tvingat mig på dig kanske? Du ville ju också träffas.

– Du bara tänker på dig själv, för du har ingen annan att ta hänsyn till. Men det har jag. Jag måste få vara ifred nu, sa hon och lade på luren i örat på honom

Han konstaterade att det var andra gången på kort tid.

**Arbetet** med att kartlägga Fanny Janssons förehavanden de sista dagarna innan hon försvann kom igång ordentligt på eftermiddagen och bedrevs på bred front. Polisen förhörde samtliga i stallpersonalen och de släktingar som fanns. Man besökte skolan, talade med klasskamrater och lärare. Bilden av Fanny framträdde allt tydligare.

En mycket ensam flicka som skulle fylla femton på julafton. Klasskamraterna tyckte inte att hon verkade vara intresserad av att ha kontakt. I början av högstadiet hade några av dem försökt få med henne på olika saker men hon tackade jämt nej och till sist tröttnade de. Hon verkade alltid ha bråttom hem efter skolan ända tills hon började vara i stallet och då hade hon bråttom dit istället. Ingen hade egentligen något ont att säga om henne, hon var säkert schysst menade de, men hon tog aldrig egna initiativ till kontakt och därför blev hon ensam. Hon fick skylla sig själv. Hon tycktes inte bry sig och det provocerade också en del. Man kom liksom inte åt henne.

Lärarna beskrev henne som tystlåten, men duktig. Den senaste tiden hade dock en förändring inträtt. Hon var frånvarande utan anledning och hade blivit ännu mer inbunden. Samtidigt var det inte lätt att tolka ungdomar i den här åldern. Det var så mycket känslor i luften; nya mönster framträdde, de började bli uppkäftiga, blev ihop med varandra och gjorde slut, killarna började snusa, tjejerna sminka sig och puta med brösten och hormonerna formligen sprutade ur dem. Irritation och aggression var vanligt och det var inte alltid så enkelt att följa med i svängarna när det gällde enstaka elevers utveckling.

Släktingarna hade inte så mycket att säga. Fanny träffade de sällan, mamman drack och var extremt ojämn i humöret vilket lade hinder i vägen för normalt umgänge. Visst förstod de att situationen för Fanny måste vara problematisk, men det hade inte blivit av att de engagerat sig. De hade nog med sitt, slog de ifrån sig.

Vuxenansvar, tänkte Knutas. Det finns något som heter vanligt hederligt vuxenansvar. Fanns det ingen kollektiv känsla bland människor längre? Inte ens inom familj och släkt var folk beredda att ta hand om barn som for illa.

Grannarna hade alla samma uppfattning om Fanny: en ensam, blyg flicka som tycktes bära på ett tungt ansvar hemma. Att mamman hade alkoholproblem var allmänt känt.

Den som senast sett Fanny innan hon försvann var en man i stallet vid namn Jan Olsson. Enligt honom hade hon kommit till stallet som vanligt vid fyratiden och arbetat med hästarna. Sedan hade hon fått tillåtelse att ta ut en av de hästar som ridtränades på en tur. Hon hade varit ute i en dryg timme och varit fylld av hänförelse när hon kom tillbaka. Det var inte så ofta hon fick rida, så varje gång hon fick chansen blev hon överlycklig. Både hon och hästen var genomsvettiga och Jan Olsson berättade att han anat att hon galopperat mer än hon egentligen fick. Han sa inget eftersom han tyckte synd om flickan och unnade henne att ha lite roligt.

Under sin rökpaus på stallbacken hade han sett henne trampa i väg i mörkret i riktning hemåt. Efter det fanns inga spår av flickan.

Knutas bestämde sig för att åka ut till travbanan och träffa både kusken som ägde stallet och Jan Olsson personligen. Klockan var över sju och när Knutas ringde stallet hade båda gått. På deras hemnummer svarade ingen. Det fick bli det första han tog tag i nästa dag.

Travbanan låg någon kilometer utanför stadskärnan. När Knutas och Karin svängde upp på stallbacken var de en hårsmån från att kollidera med ett ekipage. Den storvuxna valacken frustade och ryggade åt sidan. Kuskens förmanande ord lugnade den. Knutas klev ur bilen och drog in lukten av häst och dynga i näsborrarna. Han såg bort mot travbanan som var dold till hälften i det fuktkalla diset. Läktaren syntes knappt bakom dimslöjorna.

På båda sidor om stallbacken låg stallen på rad. I en inhägnad lunkade en ensam häst runt på en volt. En sorts järnkonstruktion höll den på spåret och reglerade takten.

– Den kallas "horsewalker", sa Karin som såg Knutas fundersamma min. Hästar som inte ska ut och köras kan motioneras i den. De kan ha haft en skada, förkylning eller något annat som gör att de inte kan köras lika hårt som vanligt. Fiffigt va?

Hon gick före in i stallet.

Hästarna hade just fått sitt lunchfoder och allt som hördes var det trivsamma mumsandet och ett och annat stamp. Ordning verkade råda. Golvet var rensopat och de grönmålade boxarna var ordentligt stängda med lås. Grimmor hängde på krokar på dörrarnas utsida. Hyllor var täckta med föremål i prydliga rader: flaskor med liniment och babyolja, saxar, tejprullar, hovkratsar. Benskydd låg uppstaplade i korgar, liksom lindor i rullar, borstar och andra ryktdon. En tunna med spön stod i ett hörn på golvet. På en foderlåda låg en svart kattunge och sov. En radio i ett fönster skvalade på låg volym.

Kusken och tillika stallägaren som de stämt träff med, Sven Ekholm, syntes inte till. En stallflicka dök upp och tog med dem till en stängd dörr som ledde till fikarummet.

Ekholm satt med benen uppslängda på det runda fikabordet och talade i telefonen. Han vinkade åt dem att sätta sig. Dagsljuset gjorde sitt bästa för att tränga in genom de dammiga fönstren. Den röda plastduken hade intorkade kaffefläckar. På bordet låg papper, buntar med hästtidningar, burkar med vitaminer, muggar, glas, skitiga ridskor, gummistövlar och pärmar. Taket var fullt av spindelnät. I en hörna fanns ett pentry med ett par kokplattor, en smutsig mikro och en dammig kaffebryggare. Väggarna var täckta med målfoton på olika hästar och på ett skåp låg en hög med torkade rosor. Det var inte svårt att se vad som prioriterades i de här människornas värld.

Ekholm tog ner fötterna från bordet och avslutade samtalet.

– Hej och välkomna. Vill ni ha kaffe?

De tackade ja. Ekholm var en stilig man i fyrtioårsåldern. Han var muskulös och rörde sig smidigt. Det mörka håret var rufsigt. Han var klädd i svarta byxor och en grå polotröja. Med visst besvär fick han fram rena koppar, och efter en stund satt de med varsin kopp och en plastburk med pepparkakor framför sig.

– Kan du berätta om Fanny Jansson? började Karin. Vi har förstått att hon tillbringar en stor del av sin lediga tid i stallet.

Sven Ekholm lutade sig bakåt i stolen.

– Hon är en duktig tjej som jobbar hårt. Inte så pratsam, men hon har god hand med hästarna.

– Hur ofta är hon här? frågade Knutas.

– Hur ofta här i stallet menar du? frågade kusken utan att vänta på svar. Det är nog fyra, fem gånger i veckan skulle jag tro.

– När var hon här senast?

– Ja, när var hon här senast, upprepade Sven Ekholm. Sist jag såg henne var nog förra veckan, kanske i torsdags eller i fredags.

– Hur verkade hon då?

– Ja, hur verkade hon? Ekholm gned sig om hakan. Jag hade fullt upp med att köra så jag hälsade bara på henne som hastigast. Det är kanske bättre att ni pratar med de andra i stallet, de umgås mer med henne än jag.

– Får Fanny något betalt för att hon jobbar här?

– Om hon får något betalt? Nej, det är så där med stalltjejerna vet du, de kommer hit för att de tycker att det är roligt att hålla på med hästarna. Pyssla och sköta om och så. Tjejer i den åldern är ju sådana.

Sven Ekholm tog en snabb klunk kaffe.

– Hur länge har Fanny hållit till här i stallet?

– Hur länge hon har hållit till här? Tja, ett år kanske.

– Är det någon av de anställda som hon har särskilt bra kontakt med? undrade Knutas som började bli rejält irriterad på mannens benägenhet att idegligen upprepa frågorna.

– Om det är det någon hon har särskilt bra kontakt med, ja det ska väl vara Janne då, de verkar komma bra överens. Annars är hon ganska blyg, som sagt.

– Hur ofta är du själv här? frågade Karin.

– Ja, vad ska man säga, tjugofem timmar om dygnet, flinade han. Nej, men i stort sett varje dag. Jag har börjat försöka ta ledigt åtminstone en dag varannan helg. Man har fru och ungar också, kan inte bara leva i stallet.

– Hur väl känner du Fanny?

– Inte särskilt bra. Hon bjuder inte direkt in till kontakt själv. Jag har alltid så mycket att göra, jag hinner inte hålla på och snacka med alla småtjejer som springer här.

Varför tog Ekholm inte om frågorna när Karin ställde dem? Det störde Knutas ofantligt.

– Var bor du? fortsatte Karin.

– Alldeles här intill. Vi har övertagit farsans gård. Ja, farsgubben bor kvar, i lillstugan.

– Arbetar din fru också i stallet?

– Ja, det gör hon. Vi är sex heltidare och hon är en av dem.

– Hur fördelar ni arbetet?

– Vi hjälps åt, tränar hästarna och sköter om dem och tar hand om stallet. Det är heltidsjobb året runt även när det inte är tävlingssäsong.

– Vi vill gärna prata med var och en. Går det att ordna?

– Visst, inga problem. Just nu är det bara jag och Janne här, är jag rädd. Men senare i dag eller i morgon.

Knutas kände att han måste ställa en fråga till, bara för att se om kusken helt enkelt slutat upp med att repetera frågorna.

– Hur många fler är det som hjälper till i stallet, tjejer som jobbar gratis efter skolan och så?

– Tjejer som jobbar gratis efter skolan och så, ja det har vi ett par stycken. Vi hade fler förr, men det verkar som det inte är lika populärt längre. Eller också har de väl för mycket läxor nuförtiden, sa kusken och log mot Knutas.

När de gick ut från fikarummet lade Karin märke till att hennes kollega såg ut som ett åskmoln i ansiktet.

Förhöret med stallkarlen Jan Olsson gick bättre.

Mannen var lite äldre än kusken, kanske fyrtiofem, gissade Knutas. Han var mörk för att vara svensk. Bruna ögon som var nästan svarta, markerade ögonbryn som växte ihop i pannan och skäggstubb som såg ut att vara några dagar gammal. Senig och muskulös av åratals arbete med hästarna. Inte ett gram av överflödigt fett satt på den kroppen, det syntes genom tröjan och de skitiga brallorna han hade på sig. Han bar ingen vigselring. Knutas undrade om han levde ihop med någon, men beslutade sig för att vänta med den frågan. Istället bad han honom att ännu en gång berätta hur det gått till när Fanny lämnade stallet. Olsson redogjorde för det på samma sätt som fanns beskrivet i förhörsprotokollet.

– Försök dra dig till minnes detaljer nu, bad Knutas. Sådant som kan tyckas som oväsentligheter kan vara viktigt.

Jan Olsson kliade sig över skäggstubben. Han gav ett öppet och sympatiskt intryck.

– Nej, jag kan faktiskt inte komma på något. Hon pysslar med hästarna och brukar inte prata särskilt mycket. När hon kom tillbaka från ridturen var hon gladare än jag sett henne på länge. Ögonen verkligen lyste på henne. Efter att hon ryktat Calypso och gjort i ordning seldonen sa hon hejdå och stack iväg på cykeln.

– Vad tror du kan ha hänt henne?

– Självmord tror jag i alla fall inte på. Hon var alldeles för glad och upprymd när hon åkte härifrån. Jag har svårt att tänka mig att hon gick iväg och tog livet av sig.

– Hur väl känner du henne?

– Ganska bra, tycker jag. Hon verkar trivas här, men jag har förstått att hon inte har det så lätt hemma. Hon har alltid bråttom hem, måste gå ut med hunden och så. Mamman är nog rätt jobbig har jag förstått, men jag har aldrig träffat henne.

– Har hon berättat om kompisar eller någon hon umgås med?

– Hon verkar inte ha egna kompisar eftersom hon är här nästan jämt. Vi som jobbar i stallet är mycket äldre. Fast hon brukar prata med Tom som jobbar i stallet här intill.

– Jaha?

– Jag har sett att de har stått och snackat på stallbacken ibland. De verkar ha rätt kul ihop. Fanny är ju inte den mest öppna personen direkt, så man lägger liksom märke till när hon pratar med någon.

– Är de jämnåriga?

– Gud nej. Han måste vara trettio, minst. Han är amerikan, men har nog bott länge i Sverige. Det hörs på språket.

– Vad heter han mer än Tom?

– Kingsley.

– Och hur länge har han jobbat här?

– Det är nog ett år i alla fall, kanske mer.

Tom Kingsley var upptagen med att linda en hästs bakben när de klev in i grannstallet. Hästen upptog nästan hela mittgången. Knutas och Karin höll sig på behörigt avstånd.

– Vi har hört att du känner flickan som har försvunnit, Fanny Jansson. Stämmer det? började Knutas.

– Tja, känner och känner. Jag har bara pratat lite med henne.

Han såg inte upp utan fortsatte sitt arbete.

– Vi behöver fråga ett par saker.

– Visst, ska bara bli färdig med det här. Jag är inne på sista benet nu.

Trots en tydlig amerikansk brytning flöt orden lätt. När han var klar reste han sig med en grimas och sträckte på ryggen.

– Vad vill ni veta?

– Hur väl känner du Fanny Jansson?

– Inte särskilt bra. Vi pratar lite ibland.

– Hur kommer det sig att ni har fått kontakt?

– Herregud, vi jobbar här båda två, det är klart att man ses på stallbacken, man springer ju om varandra.

– Vad pratar ni om?

– Mest är det hästarna förstås. Men annat också, hur hon har det i skolan och hemma och sådant.

– Hur uppfattar du att hon har det?

– Inte så bra, faktiskt.

– Hur menar du då?

– Nej, men hon klagar över sin mamma, att det är jobbigt hemma.

– På vilket sätt?

– Hon har berättat att hennes mamma dricker alldeles för mycket.

– Då har hon varit ganska förtrolig med dig då?

– Nja, det vet jag inte.

– Har ni träffats utanför stallet också?

– Nej, nej. Bara här.

– Känner du till om hon har träffat någon ny person på sistone. En pojkvän kanske?

– Ingen aning.

– När träffade du henne senast?

– Det var i lördags.

– Var?

– Här, utanför.

Han nickade mot stallbacken.

– Hur verkade hon då?

– Som vanligt.

– Har du någon idé om var hon kan vara?

– Jag vet inte alls.

Det fanns ingen mer i stallet att fråga. De lämnade Tom Kingsley och återvände till bilen.

– Vad tror du har hänt? frågade Knutas på väg tillbaka till polishuset.

– Möjligheten finns ju att hon har tagit livet av sig.

– Jag har svårt att tänka mig det, hon är för ung. Tjejer i fjortonårsåldern som begår självmord är ovanliga, de brukar vara åtminstone ett par år äldre. Dessutom verkade hon inte särskilt deprimerad, fast det kan förstås vara värre än vad som märks utanpå. Alla tre i stallet känns trovärdiga tycker jag, även om kusken var förbannat irriterande.

– Ja, höll Karin med. Jag kände inga konstiga vibbar med någon av dem.

På eftermiddagen hade Fanny ännu inte kommit tillrätta. Hennes mamma ringde till Knutas för att höra hur sökandet fortskred. Hon var förtvivlad och hade tagits om hand av systern i Vibble, strax söder om Visby. Knutas fattade beslut om att inleda genomsökning av omgivningarna kring bostaden, skolan och stallområdet. En efterlysning gick ut i lokalradions sändningar och drog genast till sig de lokala mediernas intresse. Radio Gotland och de båda lokaltidningarna Gotlands Tidningar och Gotlands Allehanda bad att få träffa honom.

Knutas försökte vara generös mot pressen och accepterade korta intervjuer.

Han avverkade den ena journalisten efter den andra som ställde i stort sett samma frågor. Höll det hela kort, berättade bara om när Fanny försvann, var hon senast setts och hennes signalement. Han bad journalisterna att informera om att polisen vädjade om allmänhetens hjälp.

Genomsökningen gav resultat. Fannys cykel hittades slängd av en förbipasserande i ett dike, en dryg kilometer från stallet. Den togs omgående in för en teknisk undersökning.

Även Johan Berg ringde.

– Hej, stör jag?

– Jag är ganska upptagen för tillfället.

– Jag ringer om den här tjejens försvinnande, det kom på TT nyss. Vad är det som har hänt?

Knutas drog samma information som han gjort till de andra journalisterna, men berättade också om cykeln. Det tyckte han att han var skyldig Johan.

– Misstänker ni brott?

– Inte för ögonblicket.

– Tror ni att hon har tagit livet av sig?

– Den möjligheten kan vi naturligtvis inte utesluta.

– Hur är hennes hemförhållanden?

– Hon bor ensam med sin mamma i en lägenhet här i Visby.

– Är hon enda barnet?

– Ja.

– Signalementet säger att hon är mörkhyad. Är hon adopterad eller är mamman från något annat land?

– Det är hennes pappa som är från Västindien.

– Var finns han?

– Han bor i Stockholm med sin familj. De har ingen kontakt.

– Kan hon ha åkt dit?

– Vi har förstås pratat med pappan, och där finns hon inte.

– Hon kan ju ha tagit sig till Stockholm i alla fall, försökte Johan.

– Visst.

– Har hon tagit med sig pengar eller pass?

– Inget tyder på det. Alla hennes tillhörigheter finns kvar hemma, svarade Knutas otåligt. Varför kunde aldrig Johan Berg nöja sig med samma information som alla andra journalister? Han slutade aldrig att fråga vidare.

– Att cykeln hittades slängd åt sidan kan man förstås tolka som att hon klivit in i en bil. Hittades den vid en bilväg?

– Det stämmer. Nu måste jag sluta.

– Jag förstår att du har häcken full. Ni har ju mordet att reda ut samtidigt. Finns det något som tyder på att hon har råkat ut för samma gärningsman som Dahlström?

– Inte i nuläget.

Knutas skakade på huvudet när han lade på luren. Envisa människa.

Strax ringde det igen. Växeln meddelade att en kvinna från ungdomsmottagningen i Visby ville tala med honom. Han tog emot samtalet.

– Hej, jag heter Gunvor Andersson och är barnmorska. Flickan jag tror ni söker har varit här nyligen.

– Jaså? Hur vet du att det var hon?

– Jag kände igen henne från beskrivningen på radio. Hon var här för två månader sedan och ville ha p-piller.

– Berättade hon varför?

– Hon sa att hon hade en fast pojkvän. Jag frågade henne om hon verkligen kände sig mogen för att ha samlag, att vi i vanliga fall inte rekommenderar p-piller för så unga flickor. Hon sa att de redan hade haft det. Jag upplyste henne om att hon är under femton år och att det därmed är brottsligt att ha sexuellt umgänge med henne, men däremot kan vi ju inte neka en flicka som vill skydda sig att få p-piller. Vi brukar kräva föräldrarnas samtycke när det gäller så unga flickor, men när vi sa att vi måste ringa hennes mamma så ville hon inte vara med längre. Hon reste sig faktiskt bara och gick. Ja, jag försökte hindra henne och sa att vi kunde prata mer om saken, men hon försvann ut genom dörren innan jag visste ordet av.

– Hann ni få veta vem som var hennes pojkvän?

– Tyvärr, hon ville inte berätta något om honom.

När Knutas avslutat samtalet ringde han upp Majvor Jansson.

– Visste du att Fanny har en pojkvän?

– Nej, det tror jag verkligen inte att hon har.

– Hon har varit på ungdomsmottagningen och bett att få p-piller.

– Är det sant?

– Ja, jag har just fått ett samtal därifrån. Hon var där för ett par månader sedan och ville ha p-piller utskrivna, men när de sa att de måste kontakta dig så gick hon bara därifrån. Jag ber dig tänka efter en gång till. Fanns det något som tydde på att hon skaffat pojkvän? Umgicks hon med någon?

Det blev tyst i luren en stund.

– Hon har inte sagt något om det. Sedan är det ju svårt att ha kontroll, eftersom jag jobbar natt och är ensamstående. Hon har alla möjligheter att träffa någon på kvällarna, jag måste ju arbeta då.

Det hördes att Majvor Jansson var på väg att börja gråta.

– Jag hade tänkt att ansöka om att få andra tider nu när hon börjar bli större. Men jag trodde inte att det var någon fara än. Hon är ju bara fjorton år.

– Tack så länge, sa Knutas. Vi ska nog hitta henne snart, ska du se. Hon kanske bara har rymt med sin kille.

Samtidigt pågick sökandet. Ett hundratal frivilliga hade ställt upp i de skallgångar som anordnats på olika platser. Oron för vad som hänt Fanny växte för varje timme som gick.

Klockan åtta på kvällen samlades spaningsledningen till ett möte i polishuset. Stämningen var spänd. Knutas redogjorde för samtalet från ungdomsmottagningen och Fannys misslyckade försök att få ut p-piller. Sohlman, som såg sliten ut, berättade vad undersökningen av Fannys rum gett.

– Vi har hittat tre förpackningar med dagen-efter-piller undangömda bland kläderna i Fannys garderob. Två som är tomma och en med båda pillren kvar. Det bevisar att hon haft samlag med någon.

– Ja, den slutsatsen är väl inte särskilt avancerad, avbröt Karin syrligt. Men dagen-efter-piller? Är inte det sådana man tar i yttersta nödfall? Det är väl inget man använder som ett vanligt preventivmedel?

Hon tittade sig frågande omkring och insåg när hon iakttog kollegernas nollställda ansikten att hon jobbade med en bunt medelålders män som alla var stöpta i samma form och som säkerligen inte visste ett dyft om hur pillren fungerade.

– Hur många piller har hon tagit? frågade Karin vänd emot Sohlman.

– Det är två i varje förpackning och det räknas som en dos, vad jag förstår. Hon har alltså tagit fyra piller, det vill säga två doser.

– Var får man tag i sådana där? På apoteket? Kan en fjortonåring gå in och köpa dem? Måste man inte vara femton åtminstone?

Ingen runt bordet kunde svara på Karins fråga.

– Äsch, suckade hon. Jag ringer ungdomsmottagningen.

Kollegerna såg lättade ut över att slippa fortsatta pinsamma frågor de inte visste svaret på. Sohlman fortsatte:

– Blodfläckar och hår, som inte kan vara hennes, har spårats på överkastet till sängen. Det är korta, mörka strån som är grova. I sängen har vi också hittat sperma och könshår, men vem de kommer ifrån går inte att säga nu. Allt har skickats till SKL. Likadant är det med saker som hennes mamma inte känner igen och som hon inte vet var Fanny har fått ifrån.

Han läste från en lista.

– En parfymflaska, ett halssmycke, ringar, en tröja, en klänning och två par underkläder. Ganska raffinerade sådana, tillade han och harklade sig. På cykeln har vi inte hittat ett enda spår av intresse.

När Sohlman tystnade vilade en tung stämning i rummet. Farhågorna om att Fanny Jansson råkat illa ut hade förstärkts betydligt under hans rapport. Wittberg bröt tystnaden.

– Vad fan gör vi? suckade han uppgivet. Vad har vi att gå på?

– Det finns massor att göra, invände Knutas. Medan vi väntar på provsvaren får vi utöka området som genomsöks. Det kommer in tips från allmänheten och de måste bearbetas.

– Hur delar vi upp arbetet mellan Dahlströmutredningen och det här? frågade Norrby.

– Vi får arbeta parallellt, det har vi gjort förr. Glöm inte heller att vi inte vet hur det står till med Fanny Jansson. Hon kanske kommer tillrätta i morgon.

**När** Johan kom hem från jobbet på onsdagskvällen fann han till sin förvåning Emma sittande i trappan. Hon såg blek och hålögd ut i sin gula täckjacka.

– Emma, vad gör du här? utbrast han.

– Förlåt att jag blev så arg i går, Johan. Jag vet bara inte vad jag ska ta mig till.

– Kom in.

Hon följde efter honom in och sjönk tyst ner i soffan.

– Jag håller på att tappa fotfästet fullständigt. Olle låter mig fortfarande inte prata med barnen. Jag hade tänkt gå till deras skola i går, men kuratorn i skolan avrådde mig. Hon tycker att jag ska avvakta. Jag har pratat med deras lärare och barnen verkar må ganska bra. Allt de tycks känna till är att vi har en kris och att jag är sjukskriven.

Hon strök luggen ur pannan.

– Är det okej att jag röker?

– Visst, rök du. Vill du ha något att dricka?

– Gärna, ett glas vin eller en öl om du har.

Johan hämtade två öl från kylskåpet och satte sig bredvid henne.

– Vad tänker du göra?

– Det är ju precis det jag inte vet, sa hon irriterat.

Han snuddade vid hennes kind.

– Vad har du sagt på jobbet?

– Jag har ringt mig sjuk. Orkade inte ge någon förklaring. Jobbet känns som det minst viktiga just nu.

– Olle lugnar ner sig ska du se. Oroa dig inte för det. Tids nog kommer ni att kunna prata med varandra.

– Jag fattar bara inte att han reagerar så fruktansvärt starkt. Så lite som han har intresserat sig för mig och vårt förhållande de senaste åren borde han inte bli så förvånad. Jag skiter i honom, det enda jag kan tänka på är Sara och Filip. Du anar inte vad jobbigt det är.

Han sträckte ut armen och smekte hennes kind.

Hon fattade tag om hans hand, kysste den och förde den till bröstet. När han kysste henne var hennes gensvar våldsamt. Det var som om hon hungrade efter honom, efter fysisk beröring, tröst. Han ville låta sin egen styrka föras över till henne och ge henne den energi hon så väl behövde. Det fanns något förtvivlat och desperat i hennes sätt att älska med honom den natten.

Efteråt somnade hon, ihopkrupen som ett barn på hans arm. Johan låg länge i mörkret, betraktade hennes silhuett och lyssnade till hennes andetag.

**Journalisternas** intresse för Fanny Janssons försvinnande ökade allteftersom timmarna gick. Fler och fler människor engagerades i skallgångarna och polisens sökande med helikopter och värmekamera i skogarna kring Visby intensifierades. På torsdagsmorgonen hade de båda kvällstidningarna stora uppslag om den försvunna flickan. Hennes bild täckte framsidorna.

När Johan klev in på Regionalnytts redaktion möttes han av Grenfors som viftade med tidningarna i händerna.

– Vad fan är det här? röt han. Han var eldröd i ansiktet. Både Aftonbladet och Expressen har hela uppslag om tjejen som är borta. Skulle inte du hålla koll?

– Får jag ta av mig jackan först? fräste Johan tillbaka. Han hade väntat vid Hornstulls tunnelbanestation i tjugo minuter på ett tåg som inte kom. Röda linjen krånglade igen. Och så hade SL mage att höja avgiften för månadskortet.

Grenfors följde honom i bakhasorna när han gick till sin plats.

– Hur kommer det sig att vi inte har kunnat berätta något? fortsatte han bakom Johans rygg.

Eftersom Johan var pinsamt medveten om att han hade

fokuserat för mycket på Emma och för lite på jobbet den senaste tiden hade han inget bra svar att ge. Hon hade flugit hem på morgonen och nu skulle det väl dröja innan de sågs igen.

– Jag ringer och kollar, sa han.

– Det kan ju finnas ett samband med mordet på den där alkisen också. Mördaren går faktiskt fortfarande lös.

– Tycker du att jag ska åka dit? frågade Johan förhoppningsfullt.

– Det beror på vad du får fram.

Han hämtade lokaltidningarna från dagens tidningsbunt och lyssnade på Radio Gotlands morgonnyheter via Internet. Mycket riktigt meddelade de att Fanny Jansson fortfarande var borta, men att det fanns en hel del nya spår som polisen arbetade efter. Samma sak med tidningarna som berättade hur sökandet bedrevs och att cykeln var upphittad.

Fan också att han varit så dålig på att hålla koll på utredningen, nu hade Regionalnytt hamnat ordentligt i bakvattnet. Det var en stor nackdel att inte vara på plats på Gotland och följa händelseutvecklingen. Kvällstidningarna spekulerade förstås båda två om det kunde vara alkoholistmördaren som slagit till igen.

Han lyfte luren med en suck och slog numret till Knutas. Inget svar och mobilen var avstängd. Fan också. Han försökte med Karin Jacobsson som han också haft en del kontakt med i somras. Hon lät stressad.

– Jacobsson här.

– Hej, det är Johan Berg på Regionalnytt. Jag undrar hur det går med sökandet efter Fanny Jansson.

Rösten i andra änden mjuknade. Johan förstod att han låg bra till hos Visbypoliserna, åtminstone för tillfället.

– Vi arbetar på bred front. Sökandet pågår just nu i området kring skolan, hennes bostad och så travbanan där hon sågs senast, men hittills har resultatet varit skralt. Cykeln har vi hittat, det känner du väl redan till.

– Ja, finns spår på den?

– Du får nog ta det där med Anders Knutas. Det är bara han som kan avgöra vad vi kan gå ut med.

– Jag har försökt nå honom, men han svarar inte.

– Nej han sitter i möte med de nya från rikskriminalen just nu. Det blir väl någon timme till.

– Har fler personer från rikskriminalen kommit ner? Hur kommer det sig?

– Som sagt, du får prata med Knutas.

– Okej, tack i alla fall. Hej.

Han lutade sig tillbaka i stolen. Att polisen tagit hjälp av fler personer från rikskriminalen betydde att de såg allvarligt på fallet. Det måste ha kommit fram något mer som talade för att ett brott låg bakom. Han reste sig och gick bort till desken där Grenfors som vanligt satt med en lur i örat.

Ibland undrade Johan hur mycket tid han slösade med att vänta på att folk skulle prata klart i telefon. Grenfors hade färgat håret igen, noterade han. Redaktören var strax över femtio och noga med sitt yttre, alltid sportigt och ungdomligt klädd. Lunch åt han i princip aldrig med sina arbetskamrater, han föredrog ett pass i TV-husets gymlokal i stället. Han var lång, smärt och vältränad och såg bra ut för sin ålder. Max Grenfors var gift med en attraktiv kvinna som var femton år yngre och aerobicsinstruktör.

När han äntligen lagt på luren berättade Johan vad Karin sagt.

– Vi avvaktar och ser vad Knutas kommer med. I dag är det ändå för sent att ta sig dit, om de inte har något väldigt anmärkningsvärt att berätta. Du får sätta ihop en speaker-text härifrån så att vi åtminstone håller grytan kokande. Du och Peter kan åka i morgon om det visar sig vara värt det.

På kvällen gick han ut med sin kompis Andreas. De började på Vampires Lounge på Östgötagatan där drinkarna var billiga och atmosfären avspänd. Tjejen i baren var klädd helt i svart med kortklippt frisyr och stora ringar i öronen. När hon vände sig om för att skölja av glas syntes en tatuering vid ryggslutet. Hon blandade dem varsin Frozen Margarita i glas med skruvad fot. Kring baren trängdes en förhållandevis ung publik, de flesta med små paket Marlboro Lights bredvid sig på bardisken. Stockholmarna var ett feströkande släkte. På lunchrestaurangerna såg man knappt någon som rökte, men på kvällarna satt en tagg i var och varannans mun.

– Du verkar lite hängig, sa Andreas efter att de avverkat det gamla vanliga tugget om jobbet och olika sporthändelser.

– Nejdå, lite trött bara, sa Johan och gjorde som de andra i lokalen, tände en cigg.

– Hur går det med den där gotlandsbruden, Emma?

– Bra, men det är jobbigt också, du vet, med hennes man och barn och allt.

Andreas skakade på huvudet.

– Vad ska du trassla in dig med en gift småbarnsmamma för? Och som dessutom bor på Gotland! Kunde du inte komplicera livet ännu mer?

– Jag vet, suckade Johan. Du fattar inte därför att du aldrig har varit tillräckligt kär i någon.

– Vad fan då, det har jag visst. Ellen var jag ihop med i fem år, invände Andreas.

– Visst, men vad kände du egentligen? Du var ju tveksam

hela tiden. Du gnölade alltid om än det ena än det andra; att hon var vegetarian, att hon alltid kom för sent, att hon var slarvig och att hon inte fick ordning på sitt liv. Att hon bara pluggade och pluggade utan att det ledde någon vart och att hon aldrig hade pengar. Har du glömt det?

Andreas brast ut i ett gapskratt.

– Nej visst, men vet du vad som har blivit av henne? Jag stötte på henne på stan för någon månad sedan. Nygift med ett barn på väg, bor i villa i Saltsjöbaden och har blivit chef på en stor reklambyrå. Och dessutom var hon skitsnygg!

– Där ser du, vad vet man om människor? skrattade Johan.

De började prata med tre glada tjejer från Västberga och drog vidare till den anrika södermalmskrogen Kvarnen. Johan träffade på några journalistkolleger och hamnade i så djupa diskussioner om nyhetsläget i världen att både Andreas och tjejerna tröttnade och dröp av.

När Johan tog en taxi hem vid tretiden på natten var Emma tillbaka i hans tankar. Vad gjorde hon nu? Han ville skicka ett sms, men behärskade sig. De hade kommit överens om att hon skulle ringa nästa gång.

Olle hade plötsligt ringt och bjudit hem henne på middag. Äntligen skulle hon få träffa barnen. Knappt en vecka hade gått sedan hon såg dem sist men det kändes som en månad. Minst. Han hade ringt kvällen före och då hade hon fått prata med dem för första gången sedan hon blev utkastad hemifrån. Båda lät glada och märkligt oberörda trots allt som hänt. Hon undrade vad som rörde sig i deras små huvuden.

Under veckan hade olika scenarion flaxat runt i hennes huvud. Den ena stunden var det rätt att skiljas, den andra ville hon inget hellre än att de skulle vara en familj igen och önskade att hon aldrig träffat Johan.

Mitt uppe i alltihop framträdde tillvarons bräcklighet för henne. Hon omgavs av kulisser av skenbar beständighet som kunde raseras när som helst och förändra livsvillkoren fullständigt.

Samtidigt kunde hon slås av sin egen dumhet. Vad hade hon trott? Att hon kunde ha en affär vid sidan om bara för att tillfredsställa sitt eget behov av bekräftelse? Hon hade inte insett att hon lekte med elden.

Var hon beredd att offra allt för Johan? Den frågan borde hon ha ställt sig redan vid första kyssen.

Hennes man hade gett henne sin kärlek, han hade tagit sitt ansvar, han hade hållit vad han lovat när de gifte sig. Men hon?

När han reagerade genom att slänga ut henne rämnade marken.

Just nu visste hon varken ut eller in. Bara att hon var angelägen om att mötet med Olle skulle bli bra. Hon var livrädd att han skulle göra något definitivt, som att sträcka fram skilsmässopapperen. Det hade varit någonting i Olles röst när han ringde, en skiftning som vittnade om att något förändrats. Den oroade henne.

Hon kände sig som en främling inför besöket – en gäst i sitt eget hem. Han såg glad ut när han öppnade dörren. Tog hennes kappa och hängde upp den som om hon vore där för första gången. Situationen var befängd. Irritationen låg millimeter ifrån att synas i hennes ansikte. Barnen kom stormande ut i hallen.

Hon överöstes av blöta pussar och hårda kramar. Hon njöt av att hålla deras varma kroppar emot sig och känna doften av dem. Båda var ivriga att visa pepparkakshuset som de byggt med pappa.

– Åh, vad fint, sa hon till barnen som pekade på tinnarna och tornen. Det ser ju ut som ett riktigt slott!

– Det är ett pepparkaksslott, mamma, sa Filip.

Olle kom och ställde sig i dörröppningen. Han hade förkläde, håret var rufsigt och han såg så där skönt hemmamanlig ut. Instinktivt fick hon lust att krama honom, men behärskade sig.

– Maten är klar. Kom så äter vi.

När middagen var undanstökad och barnen placerats framför en tecknad film fyllde Olle på deras vinglas.

– Jo, det var så att jag ville prata med dig ordentligt, det

245

var därför jag bad dig komma i kväll. Jag ville inte ta det på telefon.

– Okej, sa hon vaksamt.

– Jag har tänkt och tänkt. Först blev jag bara så förbannad. Jag trodde aldrig att du skulle kunna göra så här mot mig. När jag upptäckte det där sms:et såg jag rött. Det kändes verkligen som om jag hatade dig och jag ville tala om för hela världen vad du hade gjort. Det var som om jag levat i en lögn. Hur jag kunde vara så jävla dum och inte ana något, det var så förbannat korkat alltihop. För att inte tala om hur jag kände för den där TV-tönten. Jag har varit på väg flera gånger att åka upp till Stockholm och slå honom sönder och samman.

Han tog en klunk av vinet.

– Hur som helst insåg jag att det inte fanns något att vinna med att slå honom på käften. Möjligen en dom för misshandel, men det skulle säkert göra honom gladare än mig.

Emma kunde inte låta bli att le.

– Ilskan lade sig efter några dagar och då kunde jag börja tänka klart. Jag funderade på oss, hur vi har det. Jag har spelat upp hela vårt liv här inne.

Han knackade med två fingrar mot tinningen.

– Allt vi gjort tillsammans och vad jag känner för dig. Jag har kommit fram till att jag inte vill. Att vi skiljer oss menar jag. Trots att du har sårat mig något fruktansvärt, för det har du verkligen. Hur svårt det än är inser jag att jag också har mitt ansvar i det hela. Jag har inte brytt mig särskilt mycket om dig, struntat i att lyssna när du har velat prata och så. Inte för att det ursäktar vad du har gjort, men det kanske har bidragit. Det kommer dröja innan jag vågar lita på dig igen, men jag är beredd att försöka.

Emma blev helt perplex. Det här hade hon inte förväntat sig.

– Olle, jag vet inte. Det kom så plötsligt. Jag vet inte vad jag ska säga.

– Du behöver inte säga något. Nu vet du i alla fall vad jag vill, sa han och reste sig för att sätta på kaffe.

De fikade med barnen och stoppade dem sedan i säng. Så lämnade hon huset utan att ha gett något besked, varken till sig själv eller Olle.

Söndag den 2 december

Fem dagar hade förflutit sedan Fanny Jansson försvann och man hade inte kommit någon vart. Flickan var och förblev borta. För varje dag som gick blev polisen mer och mer övertygad om att hon utsatts för brott. Knutas frustration växte. Förutom att hans humör blev allt sämre påverkades också sömnen. Det var söndag och första advent och han vaknade redan klockan sex. Han hade sovit oroligt och upplevt ett sammelsurium av drömmar. Drömbilderna hade flutit in i varandra: den dödade Henry Dahlström, Fanny Jansson irrande omkring i Botaniska trädgården, Martin Kihlgård från rikskriminalen mumsande på fläskkotletter serverade av åklagare Birger Smittenberg. Allt blandades i hans omtöcknade huvud och han vaknade utpumpad, vilse i tid och rum. Stirrade rakt in i sin hustrus öra och insåg att allt bara hade varit en dröm. Kanske var det blåsten som oroade. Den tjöt och ven över taket, visslade i hängrännorna.

Vädret hade slagit om under natten. Vinden hade vänt till nordlig och temperaturen fallit flera grader. Ute var det kolmörkt och snön yrde i den hårda blåsten. Line sträckte på sig i sängen.

– Är du vaken? frågade hon sömndrucket.

– Ja. Jag drömde så konstigt.

– Vadå?

– Jag minns knappt, det var ett enda mischmasch.

– Min stackars gubbe, mumlade hon i hans nacke. Det är väl jobbet som fräter på dig. Vilket väder. Är du sulten?

Hennes danska hade blandats upp med svenskan, men han brukade reta henne för att hon fortfarande lät som om hon hade havregrynsgröt i strupen när hon pratade. Själv tog han efter en del danska ord och uttryck och barnen talade en lustig blandning av gotländska och danska.

När de slagit sig ner vid frukostbordet kände han värken tydligt. En molande, kittlande smärta i armveck, kring handleder och baksidan av knäna som vittnade om väderomslag. Det var besvär han levt med så långt tillbaka han kunde minnas. Sedan, när den nya vädertypen hållit i sig någon dag, försvann värken lika fort. Någon förklaring fanns inte och ingen i släkten led av något liknande. Knutas var så van att han knappt reflekterade över det längre. Det var värst när det slog om från varmare till kallare väder, som nu.

Han slog upp ännu en kopp kaffe. Ovissheten om Fanny Jansson gnagde inom honom.

Vissa kolleger glunkade om självmord. Det var en teori han inte trodde på, men rutinmässigt hade han låtit kontrollera några utvalda platser. En av dem var Högklint utanför Visby, en klippa som stupade brant ner mot havet och som självmordskandidater brukade använda. Sökandet var resultatlöst.

När det gällde mordet på Dahlström hade de inte heller kommit längre. Utredningen hade gått i stå och det enda positiva det förde med sig var att journalisternas intresse svalnade.

Dödläget gjorde att Knutas kunde kosta på sig en dag

ledigt med familjen. Julen stod för dörren. Det var skyltsöndag och de hade stämt träff med Leif och Ingrid Almlöv för att promenera på stan.

Knutas hade sett fram emot att få koppla av utredningen, men paret Almlöv började genast prata om den.

– Det är så läskigt med den där flickan som är försvunnen, började Ingrid efter att de hälsat. Hon arbetar ju i det stall där pappa har Big Boy. Ja, vi äger faktiskt halva hästen.

– Vi har den tillsammans ja, men det är bara din pappa som är intresserad. Det var ju han som ville ha den.

– Otäckt är det i alla fall. Vad tror ni har hänt henne? frågade Ingrid vänd till Knutas.

– Det kan vara vad som helst. Hon kan ha råkat ut för en olycka, tagit livet av sig eller helt enkelt rymt hemifrån. Det behöver inte röra sig om ett brott.

– Fast det är vad ni tror? gissade Ingrid.

Knutas undvek att svara. Line ryckte in och började prata om alla juldekorationer som satts upp i stan.

Handlarna hade ansträngt sig för att skapa julstämning. Vinden hade mojnat och snön som föll gav omgivningen ett trolskt utseende. Ovanför deras huvuden satt girlander av granris uppspända mellan husen och lyktor i kvistarna spred en varm glans över gatorna. På Stora torget såldes julgotter och hemslöjd i de provisoriska stånd som byggts upp för dagen. Det bjöds på varm glögg och pepparkakor. Ur högtalarna skränade julsånger och på eftermiddagen skulle det bli dans kring den stora julgranen mitt på torget. En tjock tomtefar med långt vitt skägg delade ut tomtebloss till barnen. Minsta butik höll öppet, och så mycket människor på det största affärsstråket, Adelsgatan, hade de inte sett sedan högsäsongen i somras.

Vart de än vände sig fanns bekanta ansikten; de stannade och pratade med folk i vartenda gathörn. Alla fyra var väl kända i Visby, Knutas i egenskap av kriminalkommissarie, Line som barnmorska och paret Almlöv som krögare. Inne på ett café njöt de av varm choklad med vispgrädde och saffransbullar.

Knutas mobiltelefon ringde. Det var Karin.

– Agneta Stenberg har hört av sig. Hon som jobbar i samma stall som Fanny Jansson och har varit borta på semester. Hon kom hem i dag och hon säger att Fanny har ett förhållande med den där Tom Kingsley.

– Vad har hon för belägg för det?

– Jag bad henne komma hit och berätta. Du kanske vill vara med?

– Visst, jag är där om tio minuter.

**Agneta** Stenberg slog sig ner i soffan i Knutas tjänsterum, mitt emot Knutas och Karin. Hennes mörka solbränna accentuerades av den vita polotröjan. Hur i hela friden har människan lyckats få en sådan färg på bara en vecka, tänkte Karin. Agneta gick rakt på sak:

– Jag tror att de är mer än vänner. Jag har sett dem kramas och hålla på flera gånger.

– Är du säker?

– Javisst.

– Vad menar du med "hålla på"? undrade Karin.

Agneta Stenberg skruvade besvärat på sig. Hon såg generad ut.

– Sådant där ser man. De stod liksom tätt ihop. Man kunde se honom stryka henne över armen. Intima gester som bara förekommer mellan två personer där det har hänt något, om ni fattar vad jag menar?

– Jodå, det gör vi nog, sa Knutas. När började det?

– Träffats på stallbacken och pratat med varandra har de gjort under ganska lång tid. Det var kanske i oktober som jag såg att de kramades första gången. Det var vid en av uteboxarna en bit ifrån stallet. Jag blev rätt obehagligt berörd faktiskt. Jag menar, han är ju minst dubbelt så gammal.

– Vad är det som gör att du tycker det är konstigt? Det kan väl ha varit en kram i all vänsklighet?

– Jag tror inte det. När de fick syn på mig släppte de taget. Och efter det har jag sett dem kramas igen vid olika tillfällen.

– Gjorde de något annat?

– Nej, inte som jag såg.

– Pratade ni om det här i stallet?

– Jag nämnde det för ett par stycken, men de trodde att det bara var vanliga kompiskramar, att de var vänner helt enkelt.

– Hur kommer det sig, tror du?

– Det är bara för att hon är så ung. Ingen kunde tänka sig att bussiga Tom skulle ha ihop det med henne. Alla tycker att han är så himla schysst.

– Men inte du?

– Jo, det är inget fel på honom fast det hindrar ju inte att han skulle kunna utnyttja Fanny. Hon ser äldre ut än hon är.

– Har du frågat Fanny om hennes relation med Tom?

– Nej.

– Tom då?

– Nej, men det kanske jag borde ha gjort.

Hon såg allvarligt på dem.

– Vad tror ni har hänt henne?

Knutas ansikte var bekymrat när han svarade.

– Vi vet inte, sa han. Vi vet faktiskt inte.

Knutas ringde till Tom Kingsley och uppmanade honom att infinna sig på stationen. Han verkade motvillig, men lovade att komma inom en timme.

– Kingsley kanske är den hemlige pojkvännen, sa Knutas till Karin när de satt med kaffe och varsin smörgås i väntan på att han skulle dyka upp.

– Inte omöjligt, sa Karin mellan tuggorna. Varför sa han inget om hur nära de står varandra när vi pratade med honom i stallet?

– Han kanske skämdes. Det skulle jag göra om jag hade ihop det med en fjortonåring.

– Om det stämmer att de har ett förhållande, så gör ju bara det honom misstänkt. Är man trettio år och inleder en affär med en fjortonåring, då är det något gravt fel, den saken är klar.

Tom Kingsley verkade spänd och forcerad när han till sist dök upp efter nästan två timmar. Han var klädd i stallkläder och Knutas besvärades av hästlukten.

– Ursäkta klädseln, men jag kommer direkt från jobbet, sa Kingsley som om han var tankeläsare.

– Det är okej, ljög Knutas. När vi träffades i stallet här-
omdagen beskrev du din och Fannys relation som ytlig. Du
sa att ni inte känner varandra särskilt väl. Håller du fast vid
det?

Kingsley drog på svaret.

– Ja... det kan man väl säga.

– Du verkar inte så säker längre?

– Det beror på vad man menar.

Knutas kände en stigande irritation. Människor som ljög
honom rätt upp i ansiktet provocerade honom oerhört.

– Hur då?

– Vad är det att känna någon väl? Inte vet jag.

– Du sa att ni bara brukar småprata lite.

– Det stämmer.

– Så ni har ingen närmare relation?

– Det tycker jag inte.

– Nu är det så att vi har fått uppgifter som pekar på mot-
satsen. Vi har hört att ni är tillsammans. Alltså att ni har ett
förhållande.

Tom Kingsleys ansikte mörknade.

– Vem fan är det som sprider sådana lögner?

– Det kan vi inte säga, men är det så?

– Vem i helvete påstår något sådant? Det är för fan inte
klokt!

– Svara på frågan istället. Har du eller har du haft ett för-
hållande med Fanny Jansson?

– Det här är helt sjukt. Kingsley skakade på huvudet. Sit-
ter ni och undrar om jag har ett kärleksförhållande med
Fanny? Hon är ju bara ett barn, för i helvete.

Knutas höll på att tappa tålamodet.

– Ja, det är precis det vi vill veta och vi har våra skäl, sa
han sammanbitet. Svara på frågan.

– Det är väl självklart att jag inte har. Fanny och jag är

goda vänner, inget annat. Ingen ska sprida ut en massa lögner om att vi är ihop.

– Varför sa du inget om att ni brukar kramas när vi pratade med dig första gången?

– Vi brukar för i helvete inte kramas.

– Men har ni gjort det någon gång?

– Det har väl hänt att jag har gett henne en liten kram men det har handlat om tröst. Hon har behövt stöd. Tjejen har det jävligt jobbigt hemma. Mamman super och hon har varken pappa eller syskon. Hon har inga kompisar, hon är ensam. Fattar ni det? Hon är så ensam!

Tom Kingsley hade blivit rejält förbannad.

– Du nekar alltså till att ha ett förhållande med Fanny, har jag förstått dig rätt? undrade Knutas.

Han fick bara en huvudskakning till svar.

– Hur förklarar du då att folk har uppfattat det som att ni är tillsammans?

– Det får stå för dem och deras sjuka fantasier. Ska vi män inte ens kunna visa lite vänlighet och omtanke mot en tjej? Det är fanimej inte klokt! Är det Agneta som har sagt det här? Agneta Stenberg?

Knutas och Karin tittade förvånat på varandra.

– Varför tror du det? sa de med en mun.

– Därför att hon är svartsjuk, så klart. Hon har hängt efter mig i flera månader, men jag har sagt att jag inte är intresserad. Vi hade en fest för stallpersonalen för inte så länge sedan och då stötte hon rejält på mig, så jag var till slut tvungen att be henne dra åt skogen.

Knutas förvånades över Tom Kingsleys verbala förmåga. Han talade svenska perfekt. Hade det inte varit för hans svaga brytning skulle vem som helst ta honom för en infödd.

När förhöret var avslutat kände Knutas sig snopen. Han hade räknat med att de skulle sätta dit Kingsley och göra honom svarslös, men så hade det inte blivit.

Det blev ingen ny Gotlandsresa för Johans del. Kanske lika bra det, tänkte han bistert. Inte ett livstecken från Emma på hela helgen. De som hade haft det så mysigt sist. Han blev inte klok på henne. Bara hon inte började vackla nu igen.

Just nu kändes Gotland långt borta, även yrkesmässigt. Samtidigt som Grenfors äntligen tycktes ha fått upp ögonen för det gotländska mordfallet verkade polisen ha hamnat i ett dödläge. Dessutom inträffade ett vansinnesdåd på Medborgarplatsen på Södermalm i samma veva. Sent på måndagseftermiddagen fick redaktionen larm om att en galning gått bärsärkagång med ett järnrör och dödat minst en människa. Fem personer var skadade, däribland ett spädbarn. Regionalnytt fick, via en tipsare, nys om händelsen praktiskt taget samtidigt som den inträffade. Johan ryckte ut med en fotograf och i bilen på vägen dit satt han med mobilen i örat och pratade, ömsom med vakthavande polis och SOS Alarm och ömsom med redaktionen.

Fotografen var snabb och skicklig i trafiken, bytte ständigt fil för att vinna tid och körde bitvis olagligt, vilket var nödvändigt för den som snabbt ville ta sig fram. Vid Medborgarplatsen parkerade hon helt fräckt bilen på det öppna torget och fick fram kameran i ett huj.

Både ambulanser och polisbilar fanns på plats. Området hade börjat spärras av och klungor av människor såg med bestörtning på när skadade togs om hand.

Johan intervjuade både poliser och vittnen som berättade att mannen helt oprovocerat gett sig på folk som kommit i hans väg. Till sist hade han kastat järnröret ifrån sig och försvunnit nerför trapporna i tunnelbanenedgången vid Björns trädgård. All trafik hade stoppats och polisen letade igenom vagnar och perronger med hundar.

Redaktionen kokade av aktivitet när han kom tillbaka. Grenfors hade två lurar i händerna, sändningsproducenten sprang mellan redigeringsblocken för att få alla att bli klara i tid och skötte även kontakten med riksnyheterna som naturligtvis också jobbade intensivt med dramat på Södermalm.

Tanken var att man skulle samarbeta mellan nyhetsprogrammen; intervjuer delades upp mellan reportrarna, bilder byttes hit och dit. Regionalnytts sekvenser var förstås hett eftertraktade eftersom deras fotograf varit först på plats. Programledaren hade fullt upp med att hitta lämpliga personer att ha för liveintervju i studion; länspolismästaren ringdes in, liksom chefen för Stadsmissionen, eftersom många fått uppfattningen att mannen som löpt amok var en hemlös. Han var emellertid fortfarande på fri fot.

Nästan hela sändningen fylldes av nyheten. Kaos hade utbrutit i tunnelbanetrafiken eftersom dådet inträffade strax före rusningstid och hundratusentals stockholmare var på väg hem från arbetet.

Regionalnytt sände direkt från Medborgarplatsen dit människor redan börjat ta sig för att tända ljus och marschaller och lämna blommor. Dödsoffren hade nu stigit till två – spädbarnet hade avlidit av sina skador.

På tunnelbanan hem slogs Johan än en gång av de speciella arbetsvillkor journalister hade. Samtidigt som de mest fruktansvärda händelser inträffade satte man känslorna åt sidan och det viktiga blev själva rapporteringen. Yrkesrollen tog över, men det hade ingenting med hyenementalitet att göra, som vissa fnyste om när de spydde sin galla över media. Johan trodde att de flesta journalister i likhet med honom själv drevs av en lust att berätta, helt enkelt. Det handlade om att så snabbt och korrekt som möjligt informera om vad som hänt. Det var varje reporters ansvar att samla så mycket material man kunde för att ge bästa möjliga rapportering.

Tillbaka på redaktionen gicks materialet igenom och diskuterades med redaktören. Vad var relevant att sända och vad var inte? Alltför närgångna bilder på skadade togs bort, intervjuer med människor som uppenbart befann sig i chock kastades och sådant som ansågs integritetskränkande rensades ut.

Varje dag var en ny dag med nya etiska diskussioner och bakom varje inslag låg noggranna överväganden, särskilt i sådana här känsliga fall. Visst hände det att misstag begicks, att ett namn eller en bild publicerades som inte borde ha nått allmänheten. Redaktören hann inte alltid se inslagen innan de sändes eftersom marginalerna var så små. För det mesta fungerade det ändå som det skulle enligt de etiska regler som gällde för alla journalister. Enstaka rötägg som gick över gränsen fanns alltid. Vissa kanaler och tidningar hade tänjt ut gränserna väl långt, men det gällde fortfarande bara ett fåtal.

**När** gärningsmannen från Medborgarplatsen greps nästa dag medan han låg och sov i ett skrymsle i ett garage i Skärholmen gav det ny fart åt rapporteringen.

Så fungerade också vardagen på en nyhetsredaktion – det hetaste först, allt annat fick vänta. Något som kunde vara högaktuellt en dag var passé en annan. Prioriteringar gjordes ständigt på morgonmötena, under dagen, inför varje ny händelse. Arbetsdagarnas innehåll växlade oupphörligt, förnyades och omvälvdes inför nya ställningstaganden. En sak var säker – jobbet blev sällan enahanda.

Därför hade hela dagen gått utan att Johan tänkt på Emma. Väl hemma fyllde hon huvudet igen. Han ringde fast han inte borde. Hon lät trött.

– Hur är det?

– Jo, bättre. Jag hämtade ungarna från skolan i dag.

– Vad bra.

– Ja.

Det blev tyst. Oron växte i Johans mage.

– Har du pratat med Olle?

– Jag är hemma i huset nu. Han läser saga för barnen.

– Vad gör du där? Har du flyttat hem igen?

– Nej, men det är klart att vi måste kunna umgås. Det fattar du väl?

Hon talade irriterat och lågt som om hon var rädd att någon skulle höra.

– Är han inte förbannad längre?

– Såklart han är arg, men han har lugnat sig så mycket att han är talbar vilket betyder oerhört mycket för mig. Nu vill jag inte riskera något genom att fortsätta prata med dig. Hej!

Johan stirrade handfallen på telefonen, samtidigt som köldgraderna utomhus raskt förflyttades och parkerade i hans innanmäte. Så nu prioriterade hon plötsligt Olle igen; hon hade låtit som om han inte betydde ett skit. Hotet kramade musten ur honom. Han orkade inte förlora henne en gång till.

**Emma** stirrade på stickan i handen. Det var inte klokt. Det kunde bara inte vara sant. Betydde två blå streck i kors, som ett plustecken, verkligen att man var gravid? Det var så länge sedan hon gjorde det här. Med dunkande hjärta rafsade hon fram förpackningen. Instruktionerna kunde inte vara tydligare. Ett blått streck i fönstret = inte gravid. Två blå streck i kors = gravid. Hur var det möjligt? Hon och Johan hade varit tillsammans vid ett enda tillfälle för några veckor sedan och hon kom knappt ihåg senaste gången hon hade legat med sin man. Febrilt letade hon i minnet. Olle, när var senaste gången? Det måste ha varit i somras. Hon räknade. Augusti, september, oktober, november, december. Herregud, då skulle hon vara i femte månaden, hon borde ha blivit rundare om magen. Men mensen då, den hade varit försenad i tre veckor bara. Hon hade ju haft mens hela hösten. Det svartnade för ögonen när hon slogs av insikten. Det måste vara Johan. Den där fredagen i oktober. Han hade varit på jobb på Gotland och ringde. Hon hade varit svag och träffade honom på redaktionen innan han åkte hem. De hade legat med varandra i soffan. Helvete. Hur kunde hon ha en sådan maximal otur? En enda gång hade de brutit uppehållet och det resulterade i att hon blev med barn. Det kunde bara hända henne.

Hon kände tårarna komma. Det här var mer än hon orkade med.

Hon höll på att hoppa högt när det knackade på dörren. Olles röst på andra sidan:

– Emma, är du klar snart?

– Ja, vänta ett tag.

Hon slängde stickan och den tomma förpackningen i papperskorgen. Hon kunde inte säga något nu. Måste få tid att tänka. Snabbt blaskade hon av sig om händerna och öppnade dörren.

– Vad är det med dig, du är ju alldeles vit i ansiktet?

Olle såg bekymrat på henne.

– Är du sjuk?

– Det kanske man skulle kunna kalla det. Jag är med barn.

**Domkyrkan** i Visby var fylld till sista plats denna lucia-morgon. Knutas satt med Line och Nils på tredje bänk på höger sida om mittgången. Kyrkans höga kryssvalv och magnifika bågar kastade långa skuggor i skenet av ett hundratal brinnande stearinljus. De förväntansfulla besökarna sorlade tyst, bara en och annan hostning och klamp i bänkraderna bröt det mjuka mumlet.

Luciatåget i domkyrkan var en av årets höjdpunkter. Petra var tärna. Hon sjöng i kyrkans ungdomskör och det var de som höll i årets luciatåg, liksom alla andra år så långt tillbaka någon kunde minnas. Knutas gluttade i informationsfoldern om kyrkan medan de väntade på att föreställningen skulle börja. Sancta Maria domkyrka började byggas på elvahundratalet för medel som samlats in från de tyska skepp som anlöpte Visby. Från början var den avsedd bara för tyska köpmän, men blev senare tysk församlingskyrka och efter reformationen församlingskyrka för alla. Någon genomgripande förändring av kyrkan hade inte skett sedan medeltiden och det kändes, tyckte Knutas där han satt och beundrade takhöjden, de vackert målade fönstren och predikstolen, troligen importerad från den tyska staden Lübeck på sextonhundratalet.

Plötsligt ljöd en spröd ton genom kyrkorummet och allas huvuden vreds bakåt mot kyrkans entré. Tonerna av lucia-sången växte sig starkare och Lucia visade sin vita gestalt i kyrkportens öppning. Hon skred långsamt fram i vitt linne och ljuskrona i håret. Bakom gick tärnorna i par med glitter kring midjan och ljus i händerna och sist kom stjärngossarna med pappstrutar på huvudet.

I skenet av stearinljusen blev det en magisk föreställning med de unga människorna i vitt med klara, ljusa röster. En stjärngosse som inte kan ha varit äldre än tio, elva år sjöng så vackert och högt med sin ljusa stämma att Knutas ögon tårades. Mitt i solosången vibrerade hans mobiltelefon i innerfickan. Han fiskade upp telefonen försiktigt och förde den till örat. Det var svårt att uppfatta vad Karin sa i andra änden. Han lyckades krångla sig ut ur bänkraden och tog sig hukande ut till entréhallen.

– Det är säkrast för dig att det är viktigt, jag befinner mig mitt i min dotters luciatåg här i domkyrkan.

– Fanny Jansson har hittats död ute på Lojsta hed.

Nästan en timme tog det att komma till platsen. Karin och Knutas tog väg 142 ner till Hejde och vidare ut mot Lojsta hed. Vid avtagsvägen in i skogen låg en gammal kalkstensgård. En skock svarta får med lång vinterpäls stod tätt ihop vid staketet och glodde på dem när de körde förbi.

En väntande polisbil ledde dem rätt. De skumpade fram på den dåliga skogsvägen, som vanligtvis bara användes av traktorer. Här låg snötäcket orört mellan träden och det var vindstilla. Den låga blandskogen var snårig, med vissnade ormbunkar, ljung och lingonris. Här och där lyste enstaka, kvarvarande lingon som röda ljuspunkter bland de snötyngda tuvorna. Vid vägens ände öppnade sig en glänta där ytterligare en polisbil stod parkerad. En bit längre upp mot en slänt satt avspärrningsbanden. Luften var frisk och kall.

Fannys kropp låg i en sänka under några täta granar, täckt av tjock grön mossa.

Den var förhållandevis välbevarad. Flickan var fullt påklädd i mörka ridbyxor, kort, uppknäppt täckjacka och en brun ylletröja som var söndersliten i halsen. Ansiktet lyste mörkt mot snön. Det långa, vackra håret som flöt ut över marken tedde sig märkligt levande runt den döda flickan. Ögonen stirrade vidöppna mot himlen. När Knutas tittade närmare såg han att ögonvitorna hade röda prickar. Kring halsen fanns mörka blånader.

Kroppen hittades av en kvinna som var ute och red, men som fallit av hästen när den ryggade för en räv. Hästen hade lett henne till gläntan. Kvinnan hade ont i ryggen efter fallet och var dessutom så chockad att hon förts till lasarettet i Visby.

På vägen tillbaka till stan började mobiltelefonen ringa. Det tredje samtalet var från Johan.

– Vad är det som har hänt? hörde han den välbekanta rösten i telefonen.

– Fanny Jansson har hittats död, sa Knutas trött.

Karin körde bilen så han kunde ägna all koncentration åt att besvara frågor.

– Var?

– I ett skogsområde ute på Lojsta hed.

– När?

– Vid halvniotiden i morse.

– Hur hittades hon?

– Av en kvinna som var ute och red.

– Har hon mördats?

– Allt tyder på det, ja.

– Hur?

– Det kan jag inte gå in på.

– Har hon legat länge?

– Det får rättsläkaren avgöra, jag kan inte svara på fler frågor. Vi ska hålla en presskonferens här senare under dagen.

– När?

– Det lutar åt eftermiddagen. Du hinner hit.

**Johan** och Peter landade strax efter lunch på Visbys flygplats. Taxiresan in till stan var kort.

Polishuset i Visby hade förändrats radikalt sedan de var där sist. Den isblå fasaden hade bytts ut mot puts i mjukbeige ton. Lokalerna var ljusa och luftiga och inredningen vilsam i typisk nordisk stil med naturmaterial och diskreta färger i vitt och blått.

Det gamla, halvruffiga rum de tidigare hållit presskonferenser i var ett minne blott. Nu visades de in i en rymlig lokal i bottenvåningen med rader av stolar i rostfritt stål och ett podium längst fram. Tunna gardiner hängde för fönstren som vette mot en tråkig husvägg. På podiet hade pressen redan börjat montera upp sina mikrofoner. Johan räknade till fyra reportrar från konkurrerande kanaler.

Han var tacksam över att ha fått förtroendet att rapportera för hela SVT:s räkning. Det hade inte varit något snack om saken. Efter Johans lovordade bevakning av morden den gångna sommaren fanns ingen tvekan bland riksredaktörerna. Johan Berg höll måttet. Han gillade det faktum att hans inslag skulle köras i alla nyhetsprogram under kvällen. Det låg en stor tillfredsställelse i att nå ut till så många, att få en sådan genomslagskraft.

Han tog plats längst fram medan Peter ställde in kameran. Kollegerna från de lokala medierna morsade på honom. Han kände igen några av dem från sommarens presskonferenser.

Strax tog Anders Knutas, Karin Jacobsson, Martin Kihlgård och Lars Norrby plats vid podiet.

– Välkomna hit, började Knutas. Jag är kriminalkommissarie Anders Knutas för er som inte känner mig, och jag leder utredningen.

Han presenterade de övriga och fortsatte:

– Som ni redan vet har Fanny Janssons kropp påträffats i ett otillgängligt skogsområde på Lojsta hed. Kroppen hittades vid halvniotiden i morse av en person som var ute och red. Fanny Jansson har bragts om livet. Hennes skador kan hon inte ha åsamkat sig själv, det är alltså inte fråga om självmord som det har spekulerats om.

– Menar ni att hon blivit mördad? avbröt lokalradioreportern.

– Det verkar så.

– Vilka skador hade hon? framkastade Johan.

– Det kan jag inte gå in på, svarade Knutas kort.

Han suckade lätt. Trots att han bara hunnit börja säga det han tänkt var frågandet redan igång. En mängd händer viftade i luften. Denna ständiga otålighet bland journalister hade han svårt för.

– Vi ska strax svara på frågor, sa han, men först vill jag dra en del fakta.

Han tänkte minsann inte låta dem bestämma tågordningen. Händerna sänktes.

– Kroppen har legat på platsen ett tag. Exakt hur länge vet vi inte ännu. Fanny Jansson var fullt påklädd när hon hittades och det finns inget som tyder på sexualbrott. Platsen är avspärrad och området genomsöks av våra tekniker.

En rättsläkare kommer hit i morgon för att undersöka kroppen, platsen står under bevakning tills den är flyttad och den tekniska undersökningen avslutad. Det var väl allt jag hade att säga i nuläget. Ingen av er som vill tillägga något?

Han såg frågande på sina kolleger som skakade på huvudet.

– Då är det fritt för frågor.

– Hur länge har kroppen legat?

– Det kan handla om veckor, alltså hela den tid Fanny varit försvunnen. Men vi är långt ifrån säkra och måste avvakta rättsläkarens bedömning.

– Har något vapen använts?

– Det vill jag inte kommentera.

– Kan du säga någonting om tillvägagångssättet?

– Nej.

– Är kroppen skändad?

– Nej.

– Finns spår från gärningsmannen?

– Det kan jag inte avslöja med hänsyn till utredningen.

– Har Fanny Jansson någon koppling till fyndplatsen? frågade Johan.

– Inte såvitt vi vet just nu.

– Har hon mördats på platsen eller flyttats dit?

– Det mesta tyder på att hon har dödats på en annan plats och att kroppen sedan har flyttats till skogsområdet.

– Vad är det som gör att ni tror det?

– Precis som jag sade tidigare kan jag inte avslöja något om spår eller annat som kommit fram vid fyndplatsen, sa Knutas med tillkämpat lugn.

– Hur kommer det sig att kroppen hittades av en som var ute och red om det är ett så otillgängligt område?

– Hon ramlade av hästen och det var den som sökte sig

till gläntan där kroppen låg.

– Vem var det som hittade kroppen?

– En kvinna från trakten, jag vill inte säga vad hon heter.

– Finns vittnen?

– Det är möjligt, vi har just inlett förhör med folk som bor i området. Men vi vill vädja till allmänheten om att komma in med tips till polisen, om man sett eller hört något misstänkt, särskilt i anslutning till fyndplatsen de senaste veckorna. Inget tips är för litet, allt är av intresse för oss.

Knutas rabblade numret till polisens tipstelefon och presskonferensen avslutades.

På kvällen medverkade Johan direkt i alla sändningar och berättade senaste nytt för tittarna. Han och Peter åt en sen middag på hotellet och gick sedan till sängs.

Emma hade inte svarat den här gången heller när Johan försökt ringa. Nu var det över en vecka sedan de talats vid sist. Hennes väninna hade förklarat för honom att Emma var sjuk och ville bli lämnad ifred. Han fick vackert vänta tills hon hörde av sig.

**Rättsläkaren** väntades till Gotland först dagen därpå, men Sohlman kunde ge ett första utlåtande vid en bildvisning för spaningsledningen på kvällen.

– Det är svårt att säga hur länge hon har legat, men kroppen är välbevarad som ni ser. Det kan vi tacka det kalla vädret för. Gärningsmannen har dessutom täckt över liket med mossa, så inget djur har varit på henne heller. Fanny var fullt påklädd när hon hittades, men tröjan är söndersliten i halsen. Kläderna kommer att undersökas närmare när rättsläkaren har varit här. Hon får ligga kvar tills han kommer i morgon. En kvalificerad gissning är att hon dött av syrebrist. Ni ser de små röda prickarna på ögonvitorna och blånaderna på halsen? Utan att vara alltför drastisk kan man anta att hon blivit strypt.

Eftersom tröjan är söndersliten har hon uppenbarligen gjort motstånd. Jag hoppas på att gärningsmannen har lämnat spår på kläderna, hudrester och saliv till exempel. Kroppen har legat skyddad av skogen, mossan och dessutom i en sänka, så förhoppningsvis kan vi hitta spår från mördaren. Vi har skrapat under naglarna på henne. Där finns hudrester som troligen härrör från honom. Allt skickas till SKL i vanlig ordning.

När det gäller fyndplatsen kan vi slå fast att hon troligen först bragts om livet för att därefter dumpas i skogen. Det finns inga spår av blod eller något annat som tyder på att mordet begåtts på platsen. Nu har vi ju ännu inte kunnat undersöka kroppen, men en sak har vi upptäckt. Hon har skärsår på handlederna.

Sohlman klickade fram bilder på Fanny Janssons händer. Tydliga sår syntes på båda handlederna.

– Här har någon skurit henne, troligen hon själv.

– Hon har alltså försökt ta livet av sig, utbrast Norrby.

– Nja, invände Sohlman, jag är inte så säker på det. Jag tror snarare att hon var en sådan där tjej som skar sig. Det är ju inte helt ovanligt bland deprimerade tonårsflickor. Hon har nämligen skurit sig på flera ställen, bakom öronen till exempel. Såren är ytliga så det är inte fråga om några regelrätta självmordsförsök. Det är möjligt att hon har fler skärsår dolda under kläderna.

– Varför har hon gjort det då? undrade Wittberg.

– Tjejer som skadar sig själva gör det när de inte kan hantera sin ångest, förklarade Karin. När de skär sig samlas all oro på ett ställe och det kan till och med vara så att de upplever smärtan och blodet som befriande. Det blir hanterbart och konkret. Just när de skär sig så försvinner all annan oro de har i kroppen och fokuseras till den kroppsdel som utsätts för skadan.

– Men varför skar hon sig på så konstiga ställen?

– Antagligen för att det inte skulle synas.

Knutas tände lampan och såg allvarligt på sina medarbetare.

– Nu har vi två mord att arbeta med. Frågan är om det finns någon koppling mellan dem. Vad har en fjortonårig skolflicka gemensamt med en alkoholiserad man i sextioårsåldern?

– Det finns två uppenbara samband som jag ser det, sa Kihlgård. Ett är alkoholismen, Fannys mamma dricker och Dahlström var alkoholist. Ett annat är travet. Dahlström spelade på hästar och Fanny jobbade i ett av stallen på travbanan.

– Där är ju två kopplingar som är fullt rimliga, sa Knutas. Kan det finnas annat gemensamt som inte är lika självklart? Någon?

Han fick inget svar.

– Nåväl, sa han. Det här räcker gott och väl. Båda spåren ska undersökas förutsättningslöst.

Det var som om dagen aldrig riktigt ville gry denna kulna decembermorgon. Knutas åt grötfrukost med barn och hustru i köket. Tända stearinljus gjorde den gemensamma morgonstunden lite trevligare. Line och barnen hade bakat saffransbullar medan han var ute vid platsen där Fanny hittats. Det kunde han behöva. I dag skulle han hämta upp rättsläkaren vid flygplatsen och åka tillbaka till gläntan i skogen. Han drog på sig en ylletröja och letade fram sin varmaste vinterjacka. De senaste veckornas kyla höll i sig.

Barnen var ledsna och oroliga och pratade om mordet på Fanny. De påverkades starkt av händelsen. Fanny var inte mycket äldre än de. Han strök med handflatan över deras vinterbleka kinder när de stod i ytterdörren för att gå till skolan.

I bilen på väg ut till flygplatsen började han kallsvettas och greps av ett så häftigt illamående att han var tvungen att köra in till sidan av vägen och stanna en stund. Det flimrade för ögonen och han kände ett hårt tryck över bröstet. Det hände att han drabbades av lättare panikanfall, en sorts ångest, men det var länge sedan nu. Han öppnade bildörren och ansträngde sig för att lugna ner sin flämtande andhämtning. Bilden av den mördade Fanny i kombination med oron för barnen hade antagligen utlöst attacken. Med hans jobb var det omöjligt att de inte skulle påverkas av all skit han tvingades vara med om: fylla, droger och våld. I takt med att de växte upp tycktes samhället också bli allt råare. Värst var det kanske i storstäderna, men även på Gotland märktes förändringen.

Han försökte att inte prata alltför mycket om det negativa med jobbet. Samtidigt var det sällan han kom hem och hade haft en upplyftande dag. Visst kunde han känna sig lättad när ett fall var uppklarat, men det var knappast fråga om något glädjerus. När de lyckats med en utredning kände han sig bara trött efteråt. Det var inget förlösande över det som man kanske skulle kunna tro, utan mest erfor han en känsla av tomhet, som om han vore tappad på all luft. Då ville han bara hem och sova.

Efter några minuter kände han sig bättre. Han hissade ner rutan och körde långsamt vidare mot flygplatsen.

Rättsläkaren väntade på honom utanför terminalen; planet hade landat tidigare än beräknat. Läkaren var densamme som han arbetat med under den gångna sommaren, en magerlagd man med tunt hår och hästansikte. Hans långa erfarenhet gav honom tyngd och auktoritet. På vägen ut till fyndplatsen berättade Knutas allt polisen visste.

När de kom fram var klockan kvart över tio på förmiddagen och Fanny Janssons klara blick stirrade alltjämt upp mot den grå decemberhimlen. Knutas gjorde en grimas av obehag och tänkte återigen på vad det kunde vara som den vackra flickan på marken råkat ut för. Hennes kropp såg liten och tunn ut under kläderna. Kinderna bruna och släta, hakan mjukt barnslig. Till sin förargelse kände Knutas hur han blev fuktig i ögonen.

Han vände ryggen till och såg ut över skogen som var snårig och otillgänglig. Bortom traktorvägen kunde han ana att skogen glesade ut och efter att tidigare ha studerat kartan över området visste han att öppna fält och åkrar tog vid ett stycke längre fram. En kråka kraxade långt borta, annars var det tyst sånär som på ett stilla sus i trädens mörkgröna grenar. Rättsläkaren var fullt upptagen av sin undersökning och skulle så vara flera timmar framöver. Erik Sohlman och ett par andra kriminalare bistod honom i arbetet.

Knutas insåg att han var överflödig. När han just satt sig i bilen för att åka tillbaka till polishuset ringde Karin.

– Det finns en person som har beröringspunkter med både Dahlström och Fanny Jansson.

– Jaså, vem då?

– Han heter Stefan Eriksson, och är styvson till Fannys moster i Vibble. Hon har en egen dotter, men skilde sig tidigt från pappan och träffade en ny man som hade en son från ett tidigare äktenskap. Fanny och den här Stefan har träffats under alla år på släktkalas och sådant. Han är fyrtio år, gift med två barn och är dessutom hästägare i stallet.

– Jag vet, dem har vi ju gått igenom, sa Knutas otåligt. Vad är det med honom?

– Han var praktikant hos Dahlström när han gick på gymnasiet. Han praktiserade där i två veckor. Efter det jobbade han extra på Gotlands Tidningar och även för Dahlström när han hade sitt eget företag. Den här Eriksson äger ett café i stan, Café Cortado på Hästgatan, men han har fotografering som hobby.

– Jaha, utbrast Knutas förvånat. Det var något nytt.

– Det kan ju hända att han och Dahlström hållit kontakten i alla år, fast han förnekade det i förhöret som jag och Wittberg höll med honom. Rätt obehaglig typ, jag kan mycket väl tänka mig att han...

– Ja, ja, men rena antaganden ska vi inte ägna oss åt, avbröt Knutas. Vad mer?

– Jag frågade om han brukar uppehålla sig i stallet och det gör han lite då och då. Stallpersonalen intygar samma sak. Det hände till och med att han körde hem Fanny.

– Finns han i brottsregistret?

– Nej. Däremot har han dragit på sig en rad anmälningar om misstänkt vanvård. Familjen hade får förut och de for tydligen illa, enligt anmälaren. Fåraveln slutade han med.

– Jag vill prata med honom själv. Var är han?

– Jag tror att han är hemma. Han bor i... nej, jäklar!

Karin tystnade tvärt.

– Vad är det?

– Stefan Eriksson bor i Gerum, det ligger ju bara några kilometer från platsen där Fanny Jansson hittades mördad.

– Jag är tio minuter därifrån. Jag åker dit.

**Gerum** var inget egentligt samhälle. Bara en kyrka med enstaka gårdar runtomkring, alldeles intill den stora, otillgängliga Lojsta hed. Landskapet var platt, men Stefan Erikssons gård med omnejd utgjorde ett undantag. Den låg vackert på en höjd med vid utsikt över omgivningarna. Gården bestod av ett boningshus i sten med två flyglar och en stor ladugård. En jeep av senaste årsmodell stod parkerad utanför tillsammans med en BMW.

När Knutas klämtade på dörrklockan hördes hundskall inifrån huset. Ingen öppnade.

Han gick ett varv på gården, kikade in i fönstren på flygelbyggnaderna. Den ena användes uppenbarligen som konstateljé och tavlor stod lutade längs alla väggar. En målning av ett kvinnoansikte satt fast på ett staffli mitt i rummet. På ett bord fläckat av färg trängdes färgburkar, tuber och målarpenslar.

Knutas avbröts i sitt fönstergluttande av en harkling bakom sig. Han blev så överraskad att han ryckte till och tappade pipan i marken. Mannen stod alldeles bakom honom.

– Och vad kan jag hjälpa till med?

Stefan Eriksson var nästan två meter lång, gissade Knutas. Han var klädd i en blå dunjacka och hade en svart stickad mössa på huvudet.

Knutas presenterade sig.

– Kan vi gå in och prata? Det börjar bli kallt.

– Visst, kom med här.

Mannen gick före in i huset. Knutas höll nästan på att bli nedtrampad av två dobermann som blev alldeles ifrån sig av glädje.

– Du är inte hundrädd va? frågade Stefan Eriksson utan att göra någon ansats till att lugna hundarna.

De satte sig i det som måste vara finrummet. Att folk fortfarande hade sådana ute på landsbygden, tänkte Knutas. En kvarleva från en svunnen tid.

Stefan Eriksson var tydligen förtjust i antikviteter. En svulstig spegel i guldram hängde på väggen. Intill stod en byrå med svängda ben och lejontassar, längs ena väggen ett pampigt skåp på kulfötter. Det luktade dammigt och instängt. Knutas kände sig som om han satt i ett museum.

Han avböjde erbjudandet om kaffe. Magen knorrade och påminde honom om att lunchtiden passerats för länge sedan.

– Jaha, inte för att jag förstår vad du vill. Jag har ju precis pratat med polisen, sa den storvuxne mannen som slagit sig ner i en sammetsfåtölj. Hundarna parkerade sig vid hans fötter och tittade oavvänt upp på husse.

– Jag behöver ställa en del kompletterande frågor, men först vill jag börja med att beklaga sorgen.

Mannen mitt emot rörde inte en min.

– Fanny var visserligen min kusin, men vi kände knappt varandra. Vi är ju inte heller kusiner på riktigt, om man säger. Min pappa...

– Jag känner till släktskapet, avbröt Knutas. Hur ofta träffades ni?

– Ganska sällan, ibland när någon fyllde år. Det var problem med hennes mamma så det var inte alltid de kom heller. Majvor kan ju inte hålla sig borta från flaskan.

– Hur väl kände du Fanny?

– Det var en sådan stor ålderskillnad mellan oss så vi hade inget gemensamt. Hon var en liten flicka som följde med mamma ibland. Hon sa aldrig något. Maken till tystlåten tjej får man leta efter.

– Du äger en häst i stallet där Fanny arbetade. Träffades ni aldrig där?

– Den där gamla kusen, den är inte mycket att ha. Kostar bra mycket mer än den springer in. Visst händer det att jag tittar in i stallet. Någon gång var hon där samtidigt.

– Gav du henne skjuts ibland?

– Det var inte många gånger.

– I vilken bil?

Stefan Eriksson skruvade på sig. Han fick ett besvärat drag över munnen.

– Vad håller du på med? Är jag misstänkt?

– Nej då, slog Knutas ifrån sig. Förlåt om jag verkar framfusig, men vi måste prata med alla i Fannys omgivning.

– Jag förstår.

– Vilken bil var det?

– BMW:n som står här ute.

– Du kände Henry Dahlström också, eller hur?

– Ja, jag praktiserade hos honom för hundra år sedan när jag gick i skolan. Efter gymnasiet hoppade jag in för honom ibland på GT och så jobbade jag extra på Masters. Master Pictures alltså, hans företag.

– Hur kommer det sig att du lärde känna honom?

– Jag är intresserad av fotografering och han höll i en kurs som jag gick under gymnasietiden och så fick jag som sagt göra min praktik hos honom.

– Behöll ni kontakten även senare?

– Nej. När företaget lades ner så gick även han ner sig fullständigt.

– Har du fortsatt med fotograferandet?

– Så gott det går. Jag gifte mig, fick barn, flyttade hit ut och så tar caféet som jag äger i stan en massa tid. Ja, det är Café Cortado på Hästgatan, tillade han.

Knutas kunde skönja en stolthet i rösten. Café Cortado var ett av stans populärare caféer.

Plötsligt rusade hundarna mot dörren och satte igång att skälla. Knutas hoppade till. Stefan Eriksson sken upp.

– Det är frun och ungarna som kommer. Vänta lite.

Han reste sig och gick ut i hallen. Hundarna skällde vilt och hoppade omkring.

– Hej, älskling, hej barnen, hur har ni haft det?

Stefan Erikssons röst fick en helt annan prägel. Plötsligt var den fylld av värme och kärlek.

Barnen och frun hade tydligen varit på luciafirande. Maja Eriksson kom in för att hälsa. Hon var mörk och söt och lågmäld. Knutas lade märke till hur Stefan Eriksson såg ömt på sin hustru.

Nej, tänkte han. Det kan omöjligt vara han.

Han tackade för sig och gick.

Fyndet av Fannys kropp väckte stor uppståndelse i media. Kvällstidningarna ägnade nyheten allra mest uppmärksamhet, förutom de lokala medierna på Gotland och Regionalnytt. Spekulationernas vågor gick höga om vad som kunde ha hänt flickan. I tidningarna kunde läsarna via kartor följa exakt var Fanny befunnit sig den sista dagen i livet och var hon hittades. Gårdarna som låg närmast fyndplatsen fick besök av reportrar och fotografer. Gissningar och antaganden om vad som låg bakom mordet fyllde tidningsspalterna, och i TV och radio intervjuades stallpersonal, grannar och kamrater till flickan.

Max Grenfors hade, utan att prata med Johan, ringt upp Majvor Jansson och övertalat henne att ställa upp på en intervju. Grenfors var mycket nöjd med sin bedrift att få mamman att berätta exklusivt i Regionalnytt, men mötte en helt annan reaktion från Johan. Han vägrade intervjua henne, vilket ledde till att Grenfors skällde ut honom efter noter.

– Nu har jag fått henne att ställa upp på en intervju bara för oss och då är det klart att vi ska ha henne!

Johan stod ute på en åker intill fyndplatsen tillsammans

284

med Peter och en bonde som trodde sig ha sett billjus i området sent en kväll ett par veckor tidigare.

– Jag intervjuar inte personer som befinner sig i chock, sa Johan bestämt. Kvinnan vet inte vad hon gör. Hon kan inte se konsekvenserna just nu.

– Men hon vill ju, jag pratade med henne själv!

– Exakt *vad* vill du att jag ska fråga henne om dagen efter att hennes dotter hittats mördad? *Hur det känns?*

– Vad fan, Johan. Hon vill prata, det kanske är ett sätt för henne att bearbeta saken. Hon väljer ju själv. Hon är missnöjd med polisarbetet och vill säga något om det och så vill hon vädja till allmänheten om hjälp med att hitta mördaren.

– Fanny hittades i går. Det är mindre än tjugofyra timmar sedan. Jag kan tänka mig bättre sätt att bearbeta det här på än att prata i TV. Jag tycker inte att det är försvarbart.

– För i helvete Johan, jag har sagt att ni kommer till henne hos systern i Vibble klockan två.

– Max, du kan inte trampa på min journalistiska integritet, jag gör det inte. Jag tar inte det på mitt ansvar helt enkelt, människan är chockad och borde vara på sjukhus. Hon är extremt utsatt just nu och jag tycker att det är ruttet att vi försöker dra fördel av hennes svaghet. Hon inser inte TV:s genomslagskraft. Vi måste fatta vissa beslut åt folk, de är inte alltid kapabla att göra det själva.

Han såg på Peter som stod intill honom och himlade med ögonen och väste att Johan skulle hälsa att han vägrade att filma en intervju med mamman. Samtidigt hörde han hur Grenfors andades häftigare i luren.

– Gör intervjun så fattar vi de etiska besluten här på redaktionen, skrek Grenfors i andra änden. Nu ser du till att träffa henne, jag vill ha det i kvällens sändning. Jag har redan lovat bort intervjun till både Aktuellt, Rapport och 24:an.

– Och de vill ha den, allihop? frågade Johan med tvivel i rösten.

– Det kan du skriva upp. Sätt igång nu, annars kanske hon ångrar sig och ställer upp för någon annan!

– Bra, låt TV 3 intervjua henne, kvällstidningarna om de vill, jag gör det inte.

– Så du vägrar? fortsatte Grenfors.

– Vad menar du med "vägrar"?

– Ja, du vill inte uträtta det jobb som jag ber dig om. Det är för fan arbetsvägran!

– Kalla det vad du vill. Jag gör det inte.

Johan knäppte av telefonen, högröd i ansiktet. Andedräkten bolmade i häftiga puffar omkring honom. Han vände sig mot Peter och bonden.

– Vilket jävla svin.

– Skit i honom, tröstade Peter. Nu jobbar vi på, jag fryser ihjäl.

Den förvånade bonden som iakttagit telefongrälet medan han väntade på att bli filmad intervjuades istället. Han berättade om bilen som kört på traktorvägen en kväll två veckor tidigare då han varit ute i ladugården och kvällsmjölkat. När han varit på väg över gårdsplanen hade han sett ljusen bortifrån vägen. Ingen brukade köra där så sent på kvällen. Vilken typ av bil det var kunde han inte säga. Han hade stått kvar och väntat en stund, men när bilen inte syntes igen gav han upp och gick in till sig.

Johan och Peter begav sig tillbaka till stan. De planerade två reportage, ett som handlade om polisarbetet och ett som fokuserade på chocken dagen efter bland skolkamrater, stallpersonal, grannar och vanliga Visbybor.

Hoppet om att finna Fanny vid liv hade funnits kvar hos

många, även om det minskat för varje dag. Nu var förtvivlan stor.

Tillbaka på hotellet på kvällen försökte Johan få tag i Grenfors, som vägrade tala med honom. Han hade fått en praktikant att göra en telefonintervju med mamman, som efter diskussioner med programledaren och redaktionschefen ändå aldrig sändes. Ingen annan visade sig vara intresserad heller. Den gjordes bara av prestigeskäl, tänkte Johan när en kollega senare telefonledes redogjorde för alla turer på redaktionen. Herregud, ibland var jobbet rena lekstugan.

Man fick bara inte glömma sitt uppdrag och att alltid ställa sig frågan varför man gjorde saker och vilket allmänintresse det hade och väga det mot vilken skada man riskerade att åsamka människor. Han var säker på att han gjort rätt när han vägrade kontakta Majvor Jansson. Ingen skulle få honom att intervjua människor i chock.

Det var en läxa han lärt sig efter alla år på TV. Vid några tillfällen hade han gjort som ivriga redaktörer ville och intervjuat människor som just förlorat anhöriga eller varit med om en olycka. Bara för att vara till lags. Efteråt hade han insett att det var fel. Även om personerna vid intervjutillfället ville berätta för att dela sin sorg eller för att ge uppmärksamhet åt ett problem, var de förvirrade och kunde inte tänka klart. Att lämpa över ansvaret på dem var oförsvarligt. Dessutom insåg de inte vidden av att delta. TV:s genomslagskraft var enorm. Bilder och intervjuer kunde återanvändas i alla möjliga sammanhang, utan att de fick chansen att stoppa dem. Varje gång revs sorgen upp.

Det var som om hon befann sig i en ljudlös glasbubbla, avskärmad från omvärlden. Någon hade dragit ur sladden, stoppat bruset, stannat karusellen.

Hon låg på rygg på golvet i Vivekas lilla vardagsrum. Väninnan var bortrest över helgen och hon kunde få vara i fred och tänka.

Det var fridfullt i lägenheten. Hon ville inte ha ljud som störde, ingen radio, ingen TV, ingen musik. Önskade att hon kunde sjunka djupt ner i ett kravlöst mörker som bara omfamnade henne.

I hennes kropp växte en annan kropp. En liten människa som var hon och Johan. Halva han och halva hon. Hon blundade och strök med handen över den släta huden. Än så länge syntes inget utanpå, men kroppen gav henne signaler. Brösten ömmade, morgonillamåendet hade börjat och suget efter apelsiner var lika stort som under hennes tidigare graviditeter. Vad var det för en människa därinne frågade hon sig. Flicka eller pojke? Lillasyster eller lillebror?

Hon lät fingertopparna glida i cirklar under tröjan, ner mot skötet för att vända och fortsätta uppåt, kring naveln och vidare upp till hennes ömmande bröstvårtor. Den lilla berättade för henne att han eller hon fanns där. Sög redan i sig näring från navelsträngen, växte för var dag. Hon hade räknat ut att hon var i åttonde veckan. Hur långt hade utvecklingen nått? Saras och Filips olika fosterstadier hade de följt noga, hon och Olle. Han hade läst högt för henne ur en bok om vad som hände vecka för vecka. De hade glatt sig så.

Nu var allt annorlunda. Den här helgen tvingades hon ta ett beslut. Behålla eller inte. Löftet hade hon gett till Olle. Han hade reagerat överraskande lugnt på beskedet att hon var gravid. Det fanns ingen tvekan om att han inte var far till barnet. Med bestämd kyla hade han förklarat för henne att om hon behöll det var skilsmässan ett faktum. Han tänkte inte vara med och ta hand om Johans unge och behöva dras med hennes älskare resten av livet. Skulle de fortsätta som familj återstod bara en sak – att ta bort det, som han uttryckte saken. Ta bort det. Formuleringen lät absurd i hennes öron. Som om det handlade om att pilla bort en sårskorpa. Bara skrapa bort och slänga ner i toaletten.

Hon önskade att någon annan kunnat fatta beslutet åt henne. Vad hon än bestämde sig för skulle det bli fel.

På måndagsmorgonen fick Knutas ett telefonsamtal så fort han klev innanför dörren till polishuset.

– Hej du, det är Ove Andersson, fastighetsskötare på Jungmansgatan. Vi träffades i samband med mordet på Henry Dahlström.

– Hej, just det.

– Jo, det är så att vi håller på och rensar ut mörkrummet här som Dahlström hade, det ska bli cykelförråd igen. Ja, jag står här nere nu.

– Jaa...

– Vi har hittat något mysko förstår du, bakom en ventil. Det är en plastkasse med ett paket inuti. Det är ihoptejpat och jag ville inte öppna det för jag tänkte att man kanske förstör spår.

– Hur ser det ut?

– Det är ett brunt papperspaket med vanlig tejp runt, ganska lätt, ungefär samma format som en bunt vykort.

Under Knutas intensiva överinseende öppnade Sohlman det väl inslagna paketet som levererats till kriminaltekniska avdelningen. Det visade sig innehålla fotografier. Oskarpa visserligen, men det var ingen tvekan om vilken sorts bilder det rörde sig om. Nästan identiska tycktes de tagna från samma vinkel. De kunde urskilja ryggen på en man som hade samlag med en ung kvinna eller snarare flicka. Hon såg ut att vara knappt hälften så stor som han. Hennes ansikte doldes, dels av honom och dels av hennes långa svarta hår. Armarna var onaturligt uppsträckta som om hon vore fastbunden i något. Mannen stod böjd över henne och täckte nästan hela flickan med sin kroppshydda, men hennes ena ben syntes tydligt. Hon var mörkhyad.

Sohlman och Knutas såg på varandra.

– Det där måste vara Fanny Jansson, sa Knutas till slut. Men vem är mannen?

– Det vete fan.

Sohlman strök sig över pannan. Han plockade fram ett förstoringsglas och började ingående studera bilderna.

– Titta här. Det hänger en tavla bakom dem. Man kan se lite rött och en... ja, vad är det... en hund kanske?

Han räckte Knutas förstoringsglaset. Ena hörnet av målningen syntes.

– Det ser ut som en hund som ligger på något rött tyg. Det kan vara en kudde, eller en soffa.

Sohlman bläddrade ivrigt bland fotografierna. Inget avslöjade något mer.

Båda sjönk ner på varsin stol. Knutas grävde i fickan efter pipan.

– Då så, där har vi sambandet, mumlade Knutas. Dahlström tog bilder av någon som hade ett sexuellt förhållande med Fanny Jansson. Han måste ha fotograferat dem i smyg och sedan pressat mannen på pengar. Därav de tjugofem tusen. Det förklarar allt; mannen i hamnen, pengarna, Fanny...

– Det betyder att han vi ser här är gärningsmannen, sa

Sohlman och knackade med sitt handskbeklädda pekfinger på den vita ryggen.

– Antagligen. Varför han mördade Dahlström är lätt att räkna ut, men Fanny? Om det nu är hon, helt säkra kan vi ju inte vara.

Knutas plockade upp ett fotografi och höll det framför sig.

– Vem fan är han?

Knutas kallade ihop spaningsledningen till ett möte med anledning av det överraskande fyndet. Stämningen var nervöst uppspelt – ryktet om paketets innehåll hade snabbt spritt sig i korridorerna. Sohlman hade scannat in bilderna och visade dem på projektorduken längst fram i rummet. Wittberg var den som först höjde rösten.

– Är vi helt säkra på att flickan på bilden är Fanny Jansson?

– Hennes mamma var här alldeles nyss och identifierade henne. Ni ser klockarmbandet på flickans vänstra arm. Klockan fick Fanny i födelsedagspresent förra året.

– Hur reagerade hon? frågade Karin.

– Hon bröt ihop, suckade Knutas. Och vem skulle inte göra det, efter att ha sett sitt barn på det här sättet?

– Vad är det för ett jävla äckel? morrade Norrby.

– Allt vi har kunnat utläsa hittills är att det rör sig om en fullvuxen man, absolut ingen kille i hennes egen ålder.

– Hon ser ut att vara fastbunden, insköt Kihlgård. Armarna är uppåtsträckta ovanför huvudet, hon sitter fast i något.

– Titta här, får ni se, sa Sohlman och visade upp den mest detaljerade bilden. Här syns en tavla i bakgrunden. Allt vi kunnat utläsa av motivet är en hund som ligger i en röd soffa eller något liknande. En gulmönstrad tapet med svaga ränder syns i bakgrunden och även en bit av en stolsrygg. Det ser ut att vara en antik stol med hög rygg och utskurna dekorationer. Fotografen har tagit bilderna från ett och samma håll, att de är så oskarpa kan bero på att de tagits utifrån, in genom ett fönster. Frågan är var fotograferingen har skett. Det borde vara någonstans i stan eller i närheten, på ett lättillgängligt ställe. Hur skulle annars Dahlström ha kunnat upptäcka Fanny och den okände mannen?

– Det kanske är ett förråd, föreslog Norrby. Eller en samlingslokal. Det kan vara hemma hos en av Dahlströms bekanta.

– Rummet ser ljust ut, ser ni hur dagsljuset faller in från fönstret? Man får en känsla av att det är ett stort rum, tyckte Karin.

– Man undrar verkligen hur mannen har kommit i kontakt med Fanny, sa Wittberg. Kan det vara en bekant till hennes mamma?

– Fy sjutton om det är på det sättet. Det vore för hemskt. Karin gjorde en grimas.

– Jag tycker bilderna ser porriga ut, sa Kihlgård och höll upp en framför sig. Det kan lika gärna röra sig om en sexhärva. Det kanske var ett helt gäng karlar som utnyttjade Fanny, det här är bara en av dem. Hon kanske hade dragits in i prostitution och tvingats sälja sig till traktens män.

– Hittills har vi ju varit lyckligt förskonade från sådant på Gotland. Åtminstone som vi känner till, suckade Knutas.

– Eller pedofili, mumlade Karin. Fanny kan ha varit ett av många barn som utnyttjats. Vi kan ha en pedofilhärva runt hörnet som vi inte har den blekaste aning om.

– Nätet, vi måste kolla nätet. Jag har en kompis som jobbar med en stor pedofilutredning i Huddinge. Jag kan höra med henne om någon i den härvan har kopplingar till Gotland.

– Bra idé, sa Knutas uppskattande. Det här kan handla om vad tusan som helst.

Han avbröts av att mobilen ringde. De andra lyssnade under tystnad på hans hummanden. När han stängde av såg han uppmärksamt på sina kolleger.

– Det var Nilsson på SKL. Provsvaren från Fanny Janssons sovrum är klara. Ingen matchning finns i brottsregistret, men blodet och hårstråna som hittades i hennes säng har jämförts med spåren hos Dahlström. Det finns ingen som helst tvekan; de överensstämmer.

Sent på kvällen återvände Knutas till hemmet och fann hela familjen samlad framför TV:n. De besvarade hans hälsning med ett "Tyst, det är så spännande!"

Han suckade och gick ut i köket, öppnade kylskåpet och tog fram en tallrik med middagsrester som han värmde i mikron. Den enda som brydde sig om att göra honom sällskap var katten som strök sig mot benet och sedan hoppade upp i hans knä och lade sig tillrätta. Hon tycktes helt oberörd av de problem hon förorsakade; det var inte lätt att böja sig fram och äta med en katt hoprullad i knäet.

Känslan av att en mördare och barnsexförbrytare gick lös på Gotland gjorde att huden knottrade sig på honom. Först hade gärningsmannen gett efter för Dahlströms utpressning och betalat honom två gånger, sedan blev det tydligen för mycket. Att ta steget till att mörda sin utpressare var ändå att gå väldigt långt. Kanske trodde han att han skulle kunna komma undan ganska enkelt om han fick mordet att se ut som ett fyllebråk. Och så travvinsten. Troligen kände han till den och passade på; pengarna stal han säkert för att förvilla polisen. Att lägenheten var genomsökt måste bero på att han letat efter bilderna. Samma sak med mörkrummet. Men sökandet hade varit resultatlöst.

Paketet hade legat gömt innanför ventilen. Där hade ingen brytt sig om att titta, varken mördaren eller polisen.

Efter dådet försvinner gärningsmannen från platsen. Mordvapnet och kameran kastar han ifrån sig i en dunge ett stycke därifrån. Antagligen hade han bilen parkerad längre bort vid nästa bostadsområde.

Knutas petade i maten, köttbullar med uppvärmda makaroner. Han spruttade på mera ketchup och rörde planlöst om i maten. Tog en klunk mjölk. Det var knäpptyst från vardagsrummet, filmen måste vara bra spännande.

Sedan mordet på Fanny. Fast egentligen borde man börja tänka i den änden, det var ju där det hela började. Historien med den fjortonåriga flickan. Hur hade mannen fått kontakt med henne? Han måste finnas någonstans i hennes närhet.

Knutas lämnade den frågan tills vidare och fortsatte sin tankebana. Mannen utnyttjade henne sexuellt, om det rådde inget tvivel. Hur länge det pågått kunde man undra över. Ingen människa kände till att hon träffade någon. Att det skulle röra sig om en kärleksrelation i vanlig bemärkelse tvivlade han på. Mannen kunde ha hotat henne, eller så var hon beroende av honom på något sätt. Men vad var det som gjorde att han dödade henne? Han hade redan gjort sig av med Dahlström och var kvitt sin utpressare.

Han löpte en stor risk genom att begå ännu ett mord. Det kunde förstås ha skett oplanerat, möjligen i samband med en sexlek. Fanny såg ju ut att vara bunden på bilderna. Mördaren kanske bara hade råkat strypa henne av misstag och sedan dumpat kroppen i skogen.

Det var ett alternativ; ett annat var att Fanny börjat bli så besvärlig att han ansåg det nödvändigt att döda henne. Kanske hotade hon att avslöja honom, eller ville helt enkelt avbryta deras förbindelse.

Han funderade över var de kunde ha setts. Knappast hemma hos Fanny, det var för riskabelt. Det underliga var att ingen märkt något – inte en endaste människa.

Hans hjärta vreds om när han tänkte på den döda kroppen i skogen. Olika människors ansikten fläktade förbi för hans inre syn. Fannys mamma, vad hade hon för ansvar för det som hänt? Varför hade hon inte tagit bättre hand om sin dotter? Fanny hade varit ensam med sina problem. Hon hade mått så dåligt att hon till och med skadat sig själv. Hon var bara fjorton år och fortfarande ett barn. Ändå hade ingen vuxen brytt sig om henne, inte ens hennes egen mor.

I skolan var det likadant. Trots att lärarna märkt att Fanny mådde dåligt gjordes inget. Hon hade funnits där, mitt framför ögonen på alla, men ingen hade sett henne.

När Knutas satt på sitt rum och drack morgonkaffe knackade det på dörren. Karin stack in huvudet.

– God morgon! Det är väldigt intressant vad folk kan glömma bort grejer och sedan hux flux minnas den mest ovärderliga information.

Hon damp ner på stolen mitt emot honom och himlade med ögonen.

– Den där Jan Olsson från stallet ringde och berättade att Fanny har varit hemma hos Tom Kingsley.

– Jaså?

– En gång i höstas skulle Jan Olsson åka förbi Tom och lämna en sak.

– Vadå för något? undrade Knutas nyfiket.

– Det sa han inte, sa Karin otåligt. Hör här. Fannys cykel stod utanför Kingsleys hus och Jan Olsson lade märke till att hennes jacka hängde i hallen.

– Hälsade han inte på henne?

– Nej. Tom bjöd inte in honom.

– Okej, det räcker för att plocka in Kingsley. Jag ringer Birger så att vi får tillstånd för husrannsakan.

Knutas sträckte sig efter telefonen för att ringa åklagaren.

– Visst, det är bara ett problem, konstaterade Karin torrt.

– Vadå?

– Tom Kingsley är bortrest. Han är på semester i USA.

– Hur länge då?

– Han ska börja jobba på måndag igen, enligt stallägaren. Men han har flugit reguljärt med öppen returbiljett och inte bokat hemresan än, så vi vet inte när han flyger tillbaka.

– Då går vi in ändå.

**Tom** Kingsleys hus låg i en glänta i skogen, inte långt från travbanan. Det var i själva verket ett fritidshus som han hyrt sedan han kom till Gotland.

Vägen fram till huset var inte mycket större än en traktorstig. Polisbilarna skumpade fram. Knutas och Karin satt i den främre medan Kihlgård och Wittberg körde bakom. Åklagare Smittenberg hade utan omsvep gett klartecken för husrannsakan. I vanliga fall skulle Tom Kingsley ha underrättats, men ingen visste var han befann sig.

Det var mörkt i alla fönster. När de klev ur bilarna syntes att ingen varit i huset på ett tag. Snötäcket låg orört.

Nyckeln hade de fått av husets ägare som Karin jagat rätt på under morgonen.

Husets bottenvåning bestod av en liten hall och ett vardagsrum in till höger med ingång till ett trångt kök. Det var enkelt inrett, men prydligt: ett matbord vid fönstret, en öppen spis, mot bortre väggen en gammaldags träsoffa med sittdyna i randigt tyg. Mellan köket och vardagsrummet fanns en värmekamin. Köket med fönster mot skogen bakom var sparsamt möblerat: låga köksbänkar, ett skafferi, en gammal elspis och ett mindre kylskåp som stod direkt på golvet.

En trång trappa svängde sig upp mot övervåningen som utgjordes av två små sovrum och en hall. Det var prydligt och välstädat. Knutas lyfte på sängarnas överkast. Sängkläderna var borttagna och under låg slitna madrasser. De började systematiskt gå igenom lådor och skåp. Kihlgård och Karin tog övervåningen, Knutas och Wittberg den undre. Det dröjde inte länge förrän Wittberg ropade till:

– Kom får ni se!

Med en pincett höll han i ett litet papper som såg ut som en bruksanvisning.

– Kan ni gissa vad det här är?

De skakade på huvudet.

– Det är en bruksanvisning för dagen-efter-piller.

Fyndet av bruksanvisningen hemma hos Tom Kingsley tillsammans med det faktum att han själv bestämt nekat till att ha haft något närmare umgänge med Fanny gjorde att åklagaren beslutade att anhålla honom i sin frånvaro. Att Fannys fingeravtryck fanns på bruksanvisningen gjorde polisen ännu mer säker på att Kingsley var mannen de jagade. Vid en kontroll hos flygbolagen visade det sig att han en vecka tidigare flugit med SAS till Chicago. Polisen i Stockholm informerades och på SAS biljettkontor uppmanades man att hålla utkik och slå larm när Kingsley bokade returbiljetten.

Knutas kände sig lättad, även om de inte visste var Kingsley uppehöll sig. Nu var det bara att avvakta hans hemkomst.

Under tiden väntade en helgs välbehövlig avkoppling. Bort från allt vad polisarbete hette. Han och Leif skulle åka till familjen Almlövs sommarhus i Gnisvärd, ett par mil söder om Visby, som de alltid gjorde dagarna före jul. Han hade varit osäker på om han verkligen skulle kunna komma ifrån den här gången på grund av utredningen. Men eftersom Kingsley anhållits och de inte kunde göra något förrän han kom hem bedömde Knutas det som möjligt.

Han befann sig ju bara tjugo minuters bilresa ifrån Visby och fanns tillgänglig på mobiltelefonen ifall något skulle inträffa.

När det gällde julstök hade han gjort det som förväntades av honom – det traditionella julgransinköpet med barnen, storhandling och städning med Line. En sen kväll hade han gjort sin egen inlagda sherrysill som alltid till jul och midsommar och han hade hastat iväg på lunchen för att handla julklappar och faktiskt hunnit köpa allihop, slå in dem och författa julklappsrim.

Nu kom belöningen. Två dagar i ensamhet med god mat och fiske – intressen han delade med Leif.

Han skyndade hem efter jobbet på fredagseftermiddagen och packade en väska med kläder och fiskeutrustning. Snön hade fallit hela dagen. Plogbilarna arbetade oavbrutet med att göra gatorna farbara. Knutas kunde inte minnas när det var så mycket snö på Gotland sist. Måtte den bara ligga kvar till jul.

I bilen på väg söderut slappnade han av mer och mer för varje kilometer de lade bakom sig. De spelade Simon & Garfunkel så det dånade. Vinterlandskapet gled förbi utanför fönstret med öppna, vita fält och en och annan gård.

Snön låg vackert kring gården när de kom fram.

Egentligen var det fånigt att kalla detta för sommarstuga, tänkte Knutas. Snarare residens. Det typiskt gotländska kalkstenshuset från artonhundratalets mitt var imponerande, vitkalkat med brant tak och släta gavlar. Vid den tiden byggdes husen på Gotland allt större i takt med att välståndet på landsbygden ökade. Huset hade inte mindre än sju rum och kök fördelat på två våningar. På gården fanns också ett brygghus som användes som förråd och matkällare.

Bredvid låg en bastu bara några meter från bryggan, vid vilken Leifs fiskebåt guppade året om.

Stället låg ensligt. Närmaste granne bodde ett par hundra meter bort.

– Jag kan bara föreställa mig hur kallt det är i huset, varnade Leif när han öppnade den tunga, gnisslande ytterdörren.

– Det känns inte så farligt ändå, sa Knutas när de klev in. Han bar in matkassarna i köket och började plocka in varorna. Fast det blir väl värre när vi sitter still.

– Jag sätter på elementen och gör en brasa, men det tar ett tag att torka ur fukten.

När de någon timme senare satt med helstekt oxfilé, vitlöksdoftande potatisgratäng och en flaska fylligt Riojavin framför sig mådde Knutas bättre än på länge.

– Hur många gånger har vi gjort det här? Är det femte eller sjätte året? I år känns det ännu mer nödvändigt än vanligt.

– Ja, vi behövde nog komma bort båda två, höll Leif med. Det har varit en jädra massa att göra på restaurangen. Det värsta är när personalen krisar. En av mina bästa servitriser fick missfall och måste in på sjukhus, en annans mamma har gått bort så hon var tvungen att åka upp till Stockholm och till råga på allt har jag kommit på en bartender med att stjäla ur kassan. Allt inom loppet av ett par veckor. Och som vanligt kommer sådana här saker så förbannat obelägligt. Just nu har vi julbordsbeställningar upp över öronen. Det är tur att jag har min suveräne kökschef, annars hade jag aldrig kommit iväg på det här. Han fixar tammejfan allt. Jag erbjöd mig faktiskt att strunta i att åka just nu, men han övertalade mig. Ja, jag hade förstås tänkt att vi kunde skjuta på det, tillade han urskuldande.

– Jag är glad att vi inte gjorde det. Tacka honom från mig. Knutas tog en klunk av vinet. Du kan i alla fall glädja dig åt att restaurangen är lönsam. Det är ju alltid fullt av folk, och så har det sett ut i alla år. Jag fattar inte hur du bär dig åt.

– Själv då, hur går det med utredningen?

– Bra, äntligen verkar det som om vi hamnat på rätt spår.

– Ruggig historia det där.

– Det har varit förbannat jobbigt. När man vet att det går en mördare lös och man famlar i blindo, utan att fatta hur saker och ting hänger ihop... Det är frustrerande.

– Så ni gör inte det längre? Famlar i blindo menar jag?

– Nej, jag är övertygad om att vi är nära en lösning. Du vet mycket väl att jag inte kan prata med dig om utredningarna, men så mycket kan jag säga att jag tror att det är nära nu.

– Är det någon ni har misstänkt länge?

– Nej, det är faktiskt en helt oväntad person som har dykt upp.

– Varför är han inte gripen då?

– Sluta fråga, Leif, du vet att jag inte kan svara.

Leif höll avvärjande upp händerna.

– Självklart. Vill du ha mera vin?

Resten av kvällen tillbringade de med att spela schack framför brasan. De öppnade ytterligare en flaska Rioja.

Kvällen blev sen. De kom inte i säng förrän långt efter midnatt. Knutas tilldelades ett av sovrummen på övervåningen. Kammaren där han skulle sova var enkelt men vackert inredd. Kalkstensväggarna var nakna och skrovliga. Flistaket bars upp av grova stockar. En bred träsäng med vitt bomullsöverkast stod vid ena väggen och tre blåmålade allmogestolar var placerade bredvid. Ett litet fönster i en djup fönstersmyg vette åt havet till. Det rytmiska ljudet av vågorna som slog upp mot stranden vaggade honom till sömns.

När han vaknade hade han ingen uppfattning om hur länge han hade sovit. Det var becksvart i rummet. Han kunde inte begripa vad det var som hade väckt honom och han blev liggande stilla med öppna ögon, oseende i natten, lyssnade efter ljud som inte hördes.

Han sträckte ut armen och tände lampan på nattduksbordet bredvid sängen. Klockan var tio över tre.

Han var torr i munnen och behövde gå på toaletten.

När det var avklarat stannade han till vid fönstret. Han hörde havet, men det verkade ganska stilla. Det lyste från brygghuset. Märkligt. Var Leif där nu? Han kanske bara hade glömt att släcka.

Snön lyste vit i mörkret och skenet från ytterbelysningen kastade långa skuggor. Inget hände och han lade sig igen.

Det dröjde länge innan han somnade.

**Dagarna** hade gått utan att Johan fått kontakt med Emma. Han hade varit hemma i Stockholm nästan en vecka eftersom inget nytt hänt på Gotland som skulle kunna legitimera en resa dit. Åtminstone inte som han kände till. Polisen sa inte flaska – han hade försökt pressa Knutas åtskilliga gånger utan att få ur honom något vettigt. Erfarenheten sa honom att de var nära att gripa gärningsmannen. Polisen reagerade alltid på samma sätt när en utredning kom in i ett känsligt skede. De blev som musslor hela bunten.

Han längtade oerhört efter Emma, men hon vägrade prata med honom. Kanske var en upplösning nära på både den ena och andra fronten. Äsch, låt det hända, kunde han samtidigt känna. Låt skiten komma så det är över en gång för alla. Han var trött på grubblerier, allt planerande för en eventuell framtid tillsammans med Emma. På hur han skulle funka på Gotland, som plastpappa, som ansvarstagande man. Koka makaroner och läsa godnattsagor, snyta näsor och balansera mellan Emma, hennes före detta man, ungar, svärföräldrar, födelsedagsfiranden, julaftonsuppdelningar, slitas mellan Stockholm och Gotland. Och, i ärlighetens namn, hur kul var det att ta över en familj som redan fanns? Han var en romantiker som drömde om att gifta sig och bli pappa så småningom. För Emma skulle ingenting av allt det där vara för första gången.

Gifta sig i repris, skaffa barn i repris. Ville hon överhuvudtaget ha barn tillsammans med honom? Det hade de inte ens pratat om. Varför hade de inte gjort det?

Det var väl lika bra att det tog slut en gång för alla. Han kunde träffa någon tjej i Stockholm som inte hade ett trasigt äktenskap och ungar i bagaget. Det skulle bli samma magiska upplevelse för båda. Allt vore så mycket enklare – bara det att bo i Stockholm, nära sina familjer, arbete och vänner. Förutsättningarna för att lyckas och få ett bra liv tillsammans skulle vara så mycket större. Varför göra livet krångligare än nödvändigt? Det var tillräckligt svårt ändå att få ett förhållande att fungera, skulle man dessutom hålla på och trassla med andra människors barn och gamla före-dettingar? Nej, tack.

Det fanns bara en hake. Det var Emma han ville ha.

På lördagsmorgonen väcktes Knutas av att Leif knackade på dörren och brakade in i rummet.

– Vakna, din sjusovare! Klockan är åtta, frukosten är klar!

Yrvaket satte han sig upp i sängen. Leif såg oförskämt pigg ut.

– Jag har redan varit ute och huggit ved. Det är härligt väder, titta ut får du se, sa han och nickade mot fönstret.

Knutas vred på huvudet. Till sin stora förvåning såg han solen glimta fram över havet som bredde ut sig, blått och förhållandevis stilla.

Han hade nästan glömt bort hur vacker utsikten var. När de kom dagen före var det mörkt.

– Otroligt! Jag kommer.

Han tog en snabb, varm dusch. Vilken lyx i en sommarstuga, tänkte han när han beundrade det vackra kaklet på väggen.

Frukosten stod framdukad när han kom ner i köket: en rejäl gotlandslimpa, smör, ost, leverpastej, skinka, salami och grönsaker. En väldoft av starkt kaffe spred sig i köket. I öppna spisen knastrade en brasa.

Knutas uppskattade Leifs sinne för mat och högg in med god aptit.

– Vilken service, flinade han mot sin vän som satt på andra sidan bordet och studerade ett sjökort.

– I morgon är det du som får göra frukosten. Jag tänkte att vi skulle ta båten och ge oss ut nu när det är så fint väder. Svag vind och fem plusgrader.

– Det är fantastiskt, att få se solen i mitten av december. Det är man inte bortskämd med.

– Har du sovit bra?

Knutas tvekade en sekund.

– Som en klubbad oxe. Och du?

– Samma här. Man sover alltid så gott på landet.

Knutas städade undan frukosten och plockade ihop sina saker. Nu såg han fram emot att få njuta av fisketuren.

**Två** dagar kvar till jul. Förväntan lyste i barnens ögon samtidigt som hon själv befann sig så långt ifrån familjeidyll och julefrid man kunde komma. Hon vaknade i Vivekas gästrum och mådde illa. Det berodde nog inte bara på graviditeten. Gårdagskvällen hade blivit sen. Hon och Viveka hade druckit en massa vin och pratat sig igenom halva natten.

Vin kunde hon lika bra dricka. Hon behövde inte tänka på barnets välbefinnande längre. Hon hade bestämt sig, men någon tid för abort fanns inte förrän efter jul. Hon skulle bli tvungen att gå hela helgen med sina tydliga graviditetstecken. En ständig påminnelse om barnet som växte i henne.

Hon hade ännu inte vågat prata med Johan, ville inte att han skulle påverka hennes beslut. Visst var det egoistiskt, men hon såg ingen annan råd. Hon hade valt att stänga honom ute. Fjärmat sig från honom helt och hållet och vägrat att prata med honom i telefon. Det var av ren självbevarelsedrift, försvarade hon sig. Tur att han åkt tillbaka till Stockholm, det gjorde det hela lite lättare. Träffade hon honom skulle det innebära katastrof. Hon måste tänka på de barn hon faktiskt hade.

De hade beslutat att fira en alldeles vanlig jul hela familjen. Hälsa på släkt och vänner och allt det där de brukade göra. Hon fick stå ut med sitt illamående och bita ihop. Hon hade sig själv att skylla och Olle verkade inte tycka ett dugg synd om henne. Av den medömkan han visat då hon var gravid med hans egna barn märktes inte ett spår.

När hon såg på Sara och Filip fylldes hon av ömhet. De visste ingenting om det kaos som rådde i deras mammas inre.

Dörrklockan ringde. Med en suck reste hon sig ur sängen och famlade efter morgonrocken. Klockan var inte ens tio.

När hon öppnade dörren tittade hon in i sin mans och sina barns förväntansfulla ansikten.

– God morgon! ropade de i kör.

– Du måste klä på dig, uppmanade Sara ivrigt. Skynda dig!

– Vad är det?

Emma tittade frågande på Olle som såg finurlig ut.

– Det får du se, gör dig klar nu. Vi väntar.

Viveka hade vaknat och kom ut i hallen.

– Hej. Har det hänt något?

– Nej då. Vi ska bara hämta Emma, sa Olle glatt.

– Kom in och sätt er i köket så länge. Hon vände sig till barnen. Vill ni ha saft?

– Ja!

En kvart senare var Emma färdig och de gav sig iväg. Olle körde söderut, ut ur Visby. I Vibble tog han av på en väg in mot skogen.

– Vart ska vi? undrade hon.

– Det får du snart se.

De parkerade utanför en ensam villa och ringde på. Hundskall hördes därinne. Barnen hoppade av förtjusning.

– Det är Lovis, ropade Filip. Hon är jättegullig!

En tjej i tjugofemårsåldern öppnade med en bebis på armen och en Golden Retrievertik kring benen som var alldeles till sig av glädje över gästerna.

Emma fick vänta i hallen medan de andra skyndade efter in i köket. Hon hörde hur de tisslade och tasslade där inne. Sedan kom de ut till henne, först Olle med en bedårande, guldgul valp i famnen och barnen tätt efter.

– God jul! sa Olle och räckte fram valpen som viftade på svansen och sträckte fram nosen för att slicka på hennes händer. Du har ju alltid önskat dig en hund. Hon är din, om du vill ha henne.

Emma kände hur hon log med hela ansiktet när hon tog emot valpen i sina armar. Den var liten, mjuk och rund och slickade henne ivrigt i hela ansiktet. Hon såg sina barns glada ögon vända mot henne. Kring valpens hals satt ett band med ett kort: Till Emma med all min kärlek/Din Olle.

Hon sjönk ner på träsoffan i hallen med valpen över sig.

– Ser du vad hon tycker om dig? kvittrade Sara.

– Hon vill ju bara slicka och slicka, sa Filip förtjust och försökte klappa valpen under tiden.

– Vill du ha henne? frågade Olle. Du måste inte, vi kan lämna henne här.

Emma iakttog honom utan att säga något. Allt som hänt fläktade förbi. Hans känslokyla skrämde henne, men den bottnade säkert i att han var sårad. Med all rätt. Visst förstod hon. I barnens ansikten såg hon förhoppning. För deras skull måste hon försöka.

– Jo, jag vill, sa hon. Jag vill ha henne.

**Samtalet** kom till polishuset när Karin och Kihlgård satt på pizzerian om hörnet. Stockholmspolisen meddelade att Tom Kingsley hade bokat hemresan till dagen därpå. Han skulle landa på Arlanda klockan 14:45. De antog att han planerade att fortsätta till Visby samma dag. Nästa plan till Visby skulle avgå 17:10. Polisen på Arlanda skulle gripa honom på flygplatsen och sedan eskortera honom vidare till Visby. Wittberg ringde och vidarebefordrade informationen.

– Vad skönt, pustade Karin. Kan det då äntligen bli slut på hela den här historien så man får ledigt över jul.

– Det får vi sannerligen hoppas. Om det nu är han.

– Och varför skulle det inte vara det?

– Man kan aldrig så noga veta. Han borde inse att han kommer att bli misstänkt förr eller senare. Han har inget som binder honom här. Ifall det förhåller sig så att Kingsley är gärningsmannen kan man verkligen fråga sig varför han inte stannar i USA. Varför komma tillbaka hit och riskera att bli gripen?

– Han kanske är säker på att inte bli misstänkt.

– Förvisso. Det skulle ändå inte förvåna mig om det visar sig att karln är oskyldig och så får vi börja om från början.

Kihlgård stoppade den sista biten av den väldoftande calzonen i munnen och torkade sig om munnen med handens baksida. Karin såg misstroget på honom.

– Optimist, muttrade hon.

– Jag tycker det är konstigt hur Knutte kan verka så säker på att det är Kingsley som är gärningsmannen. Bara för att vi står och stampar med utredningen behöver han väl inte kasta sig över minsta halmstrå.

– Hur förklarar du i så fall dagen-efter-pillren? invände Karin.

Kihlgård lutade sig fram och sänkte rösten.

– Det kan faktiskt vara på det viset att Fanny har känt så pass stort förtroende för Kingsley att hon frågat honom till råds om de där jäkla pillren och sedan glömt kvar själva bruksanvisningen. Det vore väl inte helt otänkbart?

Karin tittade skeptiskt på honom.

– Tror du verkligen på det där själv?

– Varför inte? Vi borde inte låsa fast oss vid Kingsley, det är vansinne.

Kihlgård drog handen genom sin tjocka, gråsprängda kalufs.

– Vad ska vi göra då? frågade Karin.

– Vi kan väl käka efterrätt?

**Knutas** styrde den lilla fiskebåten ut mot havet. Det var alltid lika roligt att stå vid rodret. Leif förberedde näten på däck. Han kom från en fiskarfamilj och var van. När han var klar ställde han sig bredvid Knutas i styrhytten.

– Lax är det dåligt med på den här sidan ön så vi får fiska torsk istället.

– Vad synd. Det hade varit maffigt med färsk lax till middag.

– Vi kan i och för sig försöka, med trolling. Jag slänger ut linor efter båten så låter vi draget släpa efter. Nu när det är så kallt ligger fisken vid ytan. Har vi tur kan vi få upp en lax eller öring.

De passerade Tofta badstrand och Knutas fascinerades över ödsligheten. De böljande sanddynernas tomhet var väsensskilda från sommarens myller av badgäster. Tofta var i särklass den populäraste stranden på ön, allra mest bland ungdomar. Sommartid låg badlakanen så tätt att man knappt kunde se sanden emellan.

Leif tittade ut över havet.

– Ser du Karlsöarna där borta? Vad tydligt de syns!

De båda öarna stack upp ur havet, den stora bakom den lilla. Knutas hade varit där många gånger. Hela familjen brukade åka ut till Stora Karlsö varje år i maj och titta på sillgrisslorna. Då hade de ovanliga fåglarna precis fått ungar.

Solen glimtade då och då fram mellan molnen och trots att vinden tilltog bestämde de sig för att stanna till sjöss medan näten låg i. Leif packade upp smörgåsar och en termos med varm choklad som de avnjöt på däck. Det var svårt att tänka sig att julafton stod inför dörren.

Knutas kände sig trött och lade sig i ruffen en stund. Han slumrade in till vågornas kluckande mot skrovet. Efter någon timme vaknade han av att Leif puffade på honom.

– Du, vi måste dra upp näten. Det blåser upp.

Han blev förvånad över hur snabbt vädret förändrats. Vinden slog emot dem när de kom upp på däck och himlen hade mörknat. Båten guppade fram och tillbaka medan de drog upp näten. Fångsten blev hygglig – de räknade till nio torskar. Trollingen gav två laxar. Visserligen inga praktexemplar, men ändå.

– Nu gäller det bara att komma hem snabbt, sa Leif. Jag lyssnade på sjörapporten när du sov. Det är storm på väg.

De hade en timmes färd tillbaka till Gnisvärd. Mörkret föll och när de passerade Tofta kom den första kastbyn. Båten krängde till. Knutas som var på väg uppför trappan till styrhytten föll handlöst.

– Helvete, skrek han när han slog huvudet i bordet.

Nu var det inte långt till land, men båten kastades hit och dit. Fisken låg i hinkar på däck och när den första vågen slog in ropade Leif:

– Vi måste ta in fisken. Annars ramlar allt i sjön. Ta det försiktigt när du öppnar dörren.

Leif stirrade koncentrerat ut mot det svarta havet och parerade vågorna så gott det gick. Knutas tog tag i dörrhandtaget och pressade upp dörren. Ena hinken hade ramlat omkull och fiskarna låg utspridda på däck. Nästa våg slog över kanten och sköljde en del av fångsten överbord.

Knutas rafsade ihop de resterande fiskarna och slängde tillbaka dem i hinken. Fan, vad irrationellt, tänkte han. Här riskerar jag nästan livet bara för att rädda några sketna fiskar. Han uppfattade Leifs spända ansikte genom vindrutan.

Knutas ramlade in i kajutan. Kläderna var genomblöta in på bara skinnet.

– Fy fan i helvete. Hur går det? frågade han Leif.

– Jo då, vi är nära land, så det ska nog ordna sig. Men vilket jäkla busväder.

Plötsligt dök ljusen från Gnisvärds brygga upp i mörkret. Knutas drog en suck av lättnad. De var bara ett hundratal meter ifrån.

När de väl hade fast mark under fötterna insåg Knutas hur rädd han faktiskt varit. Benen ville knappt lyda. De gjorde fast båten och skyndade upp mot huset.

– Vilken pärs, flämtade Knutas. Nu vill jag bara få av mig kläderna och ta en varm dusch.

– Gör det du, sa Leif. Jag fixar elden så länge.

På rummet upptäckte han att mobiltelefonen var borta. Förbannat, den måste ha spolats över bord när han var ute på däck. Nu kunde Karin inte nå honom, men han skulle be Leif om att få låna hans mobil. Han ville ringa Line också och berätta om deras dramatiska äventyr. Någon telefon fanns inte i stugan, trots alla övriga moderniteter.

De värmde sig med varsin Irish Coffee medan de förberedde middagen.

Leif tillagade laxen med van hand. Han började med att skära upp buken med en vass kniv, ta ut inälvorna och frigöra filéerna från ryggbenet. Det vattnades i munnen på

Knutas när han iakttog hur Leif penslade filéerna med olja, kryddade och lade dem på en bädd av grovt salt.

De högg hungrigt in på laxen och sköljde ner den med starköl. Pratade om dagens dramatik. Vilket äventyr. Det hade lika gärna kunnat sluta med katastrof. Utanför fönstret hade vinden tilltagit och ännu ett snöoväder dragit in.

Efter ett antal whisky till kaffet blev de båda så småningom rejält berusade. De lyssnade på musik och pratade oväsentligheter, och när Knutas gick och lade sig hade klockan hunnit bli två på natten. Leif hade slocknat i soffan.

Han stupade i säng och borde ha somnat direkt. Istället blev han klarvaken. Tänkte på utredningen, på Kingsley. Dagen därpå skulle den misstänkte gärningsmannen komma hem. Fallet som upptagit hans tankar dag och natt den senaste månaden skulle troligen få sin lösning lagom till julafton. Han såg fram emot att få avnjuta julmiddagen med familj och släkt utan att behöva tänka på eländet. Kände plötsligt en häftig längtan efter Line och barnen. Han hade god lust att sätta sig i bilen och åka hem meddetsamma.

Han insåg att han inte skulle kunna somna, det var lönlöst att ens försöka, så han klädde sig och smög nerför trappan. Soffan i vardagsrummet var tom, Leif måste ha gått till sängs utan att han hört honom.

Knutas slog sig ner i en av skinnfåtöljerna och började stoppa pipan, tände den och drog ett djupt bloss. Det var skönt att röka ensam. Som om han njöt mer av det då.

En tavla fångade hans uppmärksamhet. Den föreställde en kvinna med en hund vilande i knäet. Kvinnan var ung och slank och bar en röd ärmlös klänning, ögonen var slutna och hon lutade huvudet mot ena axeln som om hon sov. Läpparna gick i samma röda färg som klänningen. Hunden kikade på betraktaren. Det var en vacker tavla.

Knutas lutade sig fram för att se vem konstnären var.

Han reste sig ur fåtöljen och strök med fingret längs den guldfärgade ramen. Flyttade blicken till tapeten, svagt gul med en nyans ljusare ränder. Bredvid stod en stol med hög, rikt dekorerad rygg och två svarvade stolpar med knopp. Detaljerna bildade ett pussel och långsamt gick det upp för honom var han sett detta förut. Utan tvekan var det samma speciella stolsrygg som syntes på Dahlströms bilder. Norrby, som var intresserad av antikviteter, hade förklarat att det var en engelsk barockstol.

Först greps han av total förvirring. Hur kom det sig att Dahlström tagit bilder av Fanny hemma hos Leif? Hade han och någon kumpan utnyttjat henne i sommarhuset utan Leifs vetskap? Hade det pågått medan Dahlström byggde bastun?

Tanken ledde vidare och i hans medvetande flöt alltsammans ihop och bildade ett ohyggligt mönster. Leif var hästägare i stallet och hade utnyttjat Dahlström. Utseendemässigt passade han in på signalementet. Det kunde lika gärna vara Leif själv på bilderna. Hans vän sedan tjugo år. En elektrisk stötvåg av iskall insikt sköt genom kroppen och letade sig in i vartenda skrymsle. Han tappade greppet om pipan, som föll till golvet och tobaksflagorna skvätte ut över mattan.

Han tittade återigen på tavlan för att förvissa sig om att han sett rätt. Nej, nej. Han kunde inte tro det, ville inte. Tanken att bara gå och lägga sig och låtsas som om han aldrig sett något ven genom huvudet. Sticka huvudet i sanden och fortsätta som vanligt. En del av honom önskade att han inte lagt märke till tavlan.

Nej, han kunde ändå inte tro det. Försökte intala sig att det måste ligga till på något annat sätt. Med ens slog det honom att Leif varit i brygghuset föregående natt. Vad hade han haft för sig?

Han måste gå ut och se efter. Snabbt fick han på sig skorna och jackan, öppnade ytterdörren så tyst han förmådde. Gick över den nattsvarta gårdsplanen medan tankarna for som de ville. Ett virrvarr av oförenliga bilder framträdde i huvudet: Leif i bastun, i skidbacken, som jultomte hemma hos dem, spelande fotboll på stranden, iskallt brutal med hammare i handen i Dahlströms mörkrum, över Fanny Janssons späda kropp på fotografierna. Han vek om hörnet vid boningshuset och det dröjde några sekunder innan han upptäckte gestalten framför sig. Plötsligt stod han öga mot öga med Leif. Han höll sina händer i en underlig vinkel bakom ryggen, som om han dolde något. Knutas hann aldrig uppfatta vad.

Line lät orolig när hon tidigt på morgonen ringde upp Karin.

– Jag har inte hört från Anders sedan i går morse. Har du?

– Nej, mobilen är avstängd. Jag har försökt ringa flera gånger.

– Leif svarar inte heller, jag pratade just med Ingrid. Jag börjar bli orolig. De skulle ut med båten i går och sedan blåste det ju upp ordentligt. Bara det inte har hänt något.

– Det är nog ingen fara, lugnade Karin. Anders sa att han skulle komma i dag på eftermiddagen. Batteriet är väl slut. De har ingen telefon i stugan då?

– Nej. Usch, jag funderar på att åka ut dit och se att allt står rätt till. Det känns obehagligt, det är inte likt Anders att inte höra av sig.

Karin kollade klockan. Kvart över tio. Kingsley skulle inte landa förrän på eftermiddagen.

– Du, jag åker. Jag kan sticka på en gång.

– Är du säker?

– Ja, jag är där om en halvtimme. Vi hör av oss så fort jag kommit fram.

– Tack ska du ha.

Karin hade själv försökt ringa ett otal gånger på Knutas mobiltelefon utan att få kontakt och började bli ordentligt oroad. På vägen till Gnisvärd ringde hon Sjöräddningen. Nej, det hade inte hänt något såvitt de kände till. Samma svar gav Kustbevakningen.

Det var halt på vägen; temperaturen hade sjunkit under natten. Slasket hade frusit och förvandlat vägbanan till en isgata. Karin höll ordentligt avstånd till bilen framför och var tacksam över att det var så lite trafik.

Vid skylten mot Gnisvärd tog hon av och fortsatte en mindre väg ner mot det gamla fiskeläget. Almlövs sommarhus låg någon kilometer bort, avsides nere vid vattnet. Hon hade varit där en gång förut, på kräftskiva. Huset hade ett underbart läge med egen brygga.

Bilen stod parkerad på gårdsplanen och båten låg förtöjd nere vid bryggan. De borde alltså vara i närheten.

Klockan närmade sig halv tolv. Huset verkade dött. Ingen rök kom från skorstenen och lamporna var släckta. Visserligen var det dagsljus, men molnen gjorde att det var ganska mörkt ute ändå.

Hon knackade på dörren. Inget svar. Bultade högre. Fortfarande ingen reaktion.

Inget omkring henne påminde om människoliv, förutom skospår i snön fram och tillbaka mellan huset och bryggan. De kanske bara var ute och promenerade.

Tänk att ha ett sådant här ställe, tänkte hon avundsjukt. En sådan frid. Hon såg bort mot havet och brygghuset i kalksten. Längre ner mot vattnet, alldeles intill bryggan, låg bastun. Det var alltså den som Dahlström hade byggt svart. Hon började gå över gårdsplanen. Hon märkte inte personen som dykt upp strax bakom henne.

Bara ett kort svepande hördes innan hon fälldes till marken.

**Dagen** före julafton kom samtalet han fruktat. Hennes ord var stridsvagnar som mejade ner honom. Kraftfullt och obevekligt.

– Det går inte längre. Jag kan inte hålla på så här. Jag måste bestämma mig en gång för alla. Jag känner verkligen jättemycket för dig Johan, men jag är inte beredd att splittra min familj.

– Jaså, sa han tonlöst.

– Du måste förstå, jag kan inte, sa hon mer enträget. Det är för barnens skull också, de är så små än. Och jag och Olle har det ganska bra egentligen. Det är ingen stormande kärlek, men det funkar.

– Så bra då.

– Nej, men Johan, sluta nu. Jag förstår att du blir ledsen, det är jättejobbigt för mig också. Gör det inte värre än det är.

– Nehej.

– Men var inte så där, utbrast hon irriterat. Lägg inte på mig mer skuld än jag redan har!

– Jaha, det är så det låter. Du ringer här och gör slut med mig, efter att du har sagt hundratals gånger att du älskar mig, att du aldrig har känt så för någon annan.

Han härmade henne elakt genom att förställa rösten till en pipig falsett.

– Sedan på mindre än en minut låter du mig veta att *jag* måste förstå, att *jag* inte ska göra det värre än det är och att *jag* inte ska belägga dig med mera skuld. Tack så jävla mycket, det var ju omtänksamt av dig. Men mig tycker du att du kan krossa som en kackerlacka under skosulan, helt utan problem. Först slänger du dig i mina armar och talar om för mig att jag är det bästa som har hänt dig, ja, förutom barnen då som du alltid pratar om, och så tycker du att det är helt okej att bara ringa och göra slut!

– Jaha, det var ju bra att du tog upp det där med barnen, sa hon med iskyla i rösten. Det bara bekräftar det som jag har haft på känn hela tiden! Du tycker att det är jobbigt att jag har barn! Tyvärr så ingår det i paketet, förstår du.

– Kom för fan inte och snacka om att Sara och Filip har stått i vägen. Jag har varit så beredd, ska du veta, på att ta hand om både dig och barnen. Jag har fantiserat om att jag flyttar till Gotland och kanske får jobb på radion eller någon av tidningarna. Att vi bor med barnen, och jag har tänkt igenom hur jag ska vara mot dem. Att jag inte ska pressa mig på, utan ta det lugnt och bara finnas där och vara schysst. Så har jag tänkt, och att det kanske blir så att de kommer till mig till slut och vill vara med mig, spela fotboll och bygga koja och sådant. Jag älskar dig, fattar du det? Du kanske inte inser vad det betyder. Det är jävligt lätt för dig att ta till det här med barnen. Du använder Sara och Filip som någon jävla försvarssköld för att slippa ta tag i ditt liv!

– Fantastiskt, sa hon sarkastiskt. Du använder deras namn. Det är nog första gången jag hör dig göra det! Så nu är det dags att börja visa intresse! Det är lite sent för det.

Johan suckade uppgivet.

– Du får tycka vad du vill, sa han. Jag är säker på att det ligger till precis så. Du vågar helt enkelt inte bryta upp, du är för feg. Erkänn det åtminstone för dig själv och sluta skylla på annat.

– Du tror att du vet allt, väste hon, gråt i rösten nu. Det kanske är en hel del som hänt här som du inte känner till. Allt är så lätt för dig, men livet kan vara bra komplicerat, jag hoppas du lär dig det någon gång. Du vet inte ett skit om vad jag tvingas gå igenom.

– Ja men, berätta då! Du har stängt mig ute i flera veckor, jag har ringt och ringt och det närmaste jag får komma dig är att prata med Viveka. Jag kan väl inte göra något om jag inte får veta vad som händer! Säg vad det är så ska jag hjälpa dig. Jag älskar dig Emma, kan du få in det i huvudet?

– Nej, jag kan inte. Jag kan inte säga vad det är, sa hon med kvävd röst.

– Vad menar du? Vad är det du inte kan berätta?

– Ingenting Johan, jag måste sluta nu. God jul, trevlig helg, gott nytt år och ha ett bra liv!

Hon lade på.

**Karin** vaknade av att hon låg bunden i en säng. En lina hade virats runt kroppen och hon satt fast som i ett skruvstäd. Hennes lemmar hade domnat och huvudet värkte. Hon försökte orientera sig i rummet så gott det gick från hennes fastlåsta position. Hon befann sig i ett av barnens sovrum, kände igen det från det tidigare besöket. Ett gammaldags fiaspel i trä med koner som spelpjäser i olika färger stod på ett bord. Stolar med hemsydda kuddar i småblommigt, en Strindberglampa. Såpat trägolv, vita bomullsgardiner i fönstret. Hur idylliskt och hemvävt som helst.

Huset var tyst. Vem hade slagit ner henne?

Vad hade hänt med Anders och Leif?

Hon lyssnade efter ljud men kunde inte urskilja något.

Hur länge hade hon legat här? Hon hade åkt från Visby strax före elva och borde alltså ha varit framme vid halv tolv. Genom fönstret såg hon att det var mulet och omöjligt att avgöra var på himlen solen befann sig.

Hon prövade att vrida på händerna som var fastsurrade i sidorna på sängen. Linan skar in i handlederna.

Lika illa var det med benen. Med en ansträngning lyckades hon lyfta på huvudet och se sig omkring. Där låg hennes jacka över en stol. Hon spände kroppen, pressade sig mot linan som hon sett utbrytarkungar göra. Spänn och slappna av, spänn och slappna av. Envist fortsatte hon, varierade med att vicka och vrida på handlederna för att försöka tänja på linan.

Samtidigt skavde oron för Anders och Leif.

Hon besvärades av att det var så tyst i huset. Hade någon bundit henne här borde väl denne person vara i närheten? Karin kände hur hon ilsknade till. Här tänkte hon minsann inte ligga som ett offerlamm och vänta på att någon tog henne till slakt. Hon spände kroppen och spjärnade upp mot taket allt vad hon förmådde.

Linan lossnade tillräckligt mycket för att ge henne ny kraft. Hon upprepade rörelsen. Plötsligt kände hon hur linan släppte efter. Rätt som det var kunde hon frigöra ena handen och hela vänsterarmen.

På några minuter var hon helt loss och reste sig från sängen. Hon sträckte på kroppen, vevade med armarna och skakade benen för att få igång blodcirkulationen. Smög fram till fönstret och kikade ut. Hon såg havet som låg stilla och grått, brygghuset och bastun nere vid vattnet. Inte en människa i sikte. Hon tog på sig jackan och grävde efter mobiltelefonen och nyckelknippan. Båda var borta.

Planet landade i tid på Arlanda flygplats. När Tom Kingsley gått igenom passkontrollen väntade polisen på honom.

Gripandet blev odramatiskt. Kingsley såg mest förvånad ut. Poliserna förklarade misstankarna mot honom, han belades med handbojor och eskorterades av två civilklädda poliser till inrikesterminalen i väntan på planet till Gotland senare på eftermiddagen.

Beskedet om att han var gripen togs emot med lättnad och glädje i polishuset i Visby. Kihlgård ringde Knutas utan att få svar och försökte sedan med Karins mobilnummer vilket gav samma nedslående resultat.

– Det var själva fan att man inte får tag i de två högst ansvariga nu när det äntligen händer något, dundrade han.

– Karin skulle åka ut till Gnisvärd i morse, sa Wittberg. Knutas har tydligen inte svarat på sin mobil på hela helgen. Hon var orolig för att det hade hänt något. Fan, det hade jag glömt.

– Vad skulle ha hänt, menar du? mullrade Kihlgård.

– Han och Leif skulle ut med båten och det har ju blåst närapå stormstyrka.

Kihlgård såg på klockan.

– Vi åker dit. Vi hinner.

Ett dovt dunkande hördes när Karin kom ut på gårdsplanen. Det lät som slag och kom från brygghuset.

Hon kikade in genom fönstret, men kunde inte upptäcka något särskilt. Det blev tyst. Hon stod stilla och väntade. Tryckte sig intill dörren för att höra bättre. Så återkom dunkandet med mera långsamma slag. Det lät nästan uppgivet.

Hon behövde något att slå sönder ett fönster med. Hennes bil stod där hon lämnat den bredvid Leifs. I bakluckan hittade hon ett fälgkors. Nu fick det bära eller brista. Med ett kras sprack glaset och föll som konfetti till marken. Karin väste igenom den sönderslagna rutan:

– Anders, är du där?

Gnyendet som mötte henne till svar tydde på att han hade munkavle. Hon böjde sig ner och kikade in. Där i mörkret kunde hon skönja sin chef på golvet, bunden till händer och fötter med en trasa i munnen.

Hon vände sig om och tittade upp mot boningshuset. Inte ett livstecken. Hon stack in handen och öppnade fönstret, skar sig på det trasiga glaset. Fan i helvete. Blodet rann, men det bekom henne inte. Hon klättrade in.

Hon mötte Knutas blick, hade aldrig sett honom så hjälplös. Raskt började hon lösgöra linan som höll munkavlen på plats. Han kved när den till sist lossnade.

– Tack, jag höll på att ge upp hoppet. Jag trodde jag skulle mögla i det här förbannade huset.

– Var är Leif? frågade Karin medan hon slet med knutarna kring Knutas handleder på ryggen.

– Jag vet inte. Hur kommer det sig att du är här?

– Vi blev oroliga eftersom vi inte hörde något från dig. Men när jag kom hit var det någon som slog mig i skallen och band mig vid en säng inne i huset. Jag lyckades ta mig loss och gick ut för att leta efter dig. Jag hörde när du dunkade.

– Det var Leif.

Karin stannade upp.

– Va?

– Jag tror att Leif har mördat både Dahlström och Fanny.

– Du är inte klok!

– Jo, det är så. Jag förklarar sedan.

Något i hans röst fick henne att inse att det var sant.

– Är bilen kvar?

– Ja, den står härute.

– Båten då?

– Den ligger nere vid bryggan.

– Vi måste härifrån. Måste skaffa hjälp.

Dörren var låst från utsidan så de klättrade ut genom fönstret och sprang över gårdsplanen bort mot stora vägen.

När de kommit ett hundratal meter från huset hördes ett öronbedövande dån. De vände sig om och möttes av ett eldhav. Bastun nere vid vattnet exploderade i ett inferno av eld, blixtar, byggnadsmaterial och rök. De bevittnade det makabra skådespelet under tystnad.

– Han har sprängt hela rasket, flämtade Knutas.

– Frågan är var han själv är, sa Karin tonlöst.

De närmade sig den brinnande byggnaden där lågorna reflekterades i vattnet.

Det enda Knutas kunde tänka på var om Leif befann sig därinne.

**Grannar** som hört explosionen kom körande. De hade larmat både polis och brandkår. Knutas och Karin togs om hand av sina kolleger. Knutas lyckades övertyga ambulanspersonalen om att han inte behövde uppsöka sjukhus. Han måste åtminstone få stanna på platsen och se hur det hela skulle avlöpa. Likadant var det med Karin. Det slutade med att de satt i en ambulans och iakttog aktiviteterna omkring sig. Uniformerade och beväpnade poliser gick in i huset medan andra sökte igenom området med hundar. Brandmännen bekämpade elden nere vid bryggan och några poliser smög in i brygghuset med dragna vapen. Hela scenen var som tagen ur en film, tänkte Knutas.

Så småningom samlades poliserna på gårdsplanen. Brandmännen hade fått elden under kontroll och nu återstod bara eftersläckning. Ingenstans hade man hittat Leif Almlöv.

**Villagatan** låg tyst och tom, men inne i husen tycktes annandagsmiddagarna pågå för fullt. Vid vissa infarter brann marschaller i vintermörkret och utanför grindarna stod bilarna parkerade.

Han stannade utanför staketet och betraktade huset. Det lyste i alla fönster. Adventsstjärnor i halm och trä spred ett milt sken. I vardagsrummet syntes en hög adventsstake i gjutjärn och två kraftiga amaryllis vars röda blommor vittnade om pyssel och omtanke. Han såg familjen röra sig därinne. Fram och tillbaka mellan vardagsrum och kök. Han visste att de hade en matsalsmöbel i vardagsrummet.

Han skymtade Filip som lekte med en hundvalp. Hade de skaffat hund? Inget bra tecken. Inte alls.

Han öppnade grinden. Gruset knastrade under fötterna. Snön hade försvunnit igen, den töade bort på självaste julafton. Nu låg ett grått dis över det idylliska villaområdet i Roma.

Han klev upp på förstukvisten och såg i ögonvrån hur Olle upptäckt honom. Nu fanns ingen återvändo. Han drog ett djupt andetag och tryckte in ringklockan.

# Epilog

Kapellet låg för sig självt ute vid Koviks fiskeläge på öns västsida, någon mil söder om Gnisvärd.

Det var byggt i gotländsk kalksten med ett enda fönster som en glugg mot koängarna, de vindpinade sjöbodarna och havet. Kapellet var tillägnat de sjömän som drunknat ute till havs.

Leif Almlöv kom från en fiskarfamilj som i generationer fiskat på den stormiga Östersjön utanför Gotlands kust. Begravningen skedde här i enlighet med hans sista vilja. Bara de närmast anhöriga var närvarande.

Knutas satt i den bakre raden av fällstolar som stod uppställda på den begränsade golvytan. Han vilade ögonen på den blomsterprydda kistan längst fram medan han funderade på vem Leif egentligen hade varit. Eller snarare blivit.

Allt tycktes ha börjat med historien med Fanny Jansson. Visst hade Leif varit i stallet många gånger. Det intygade hans svärfar som han ägde hästen tillsammans med. Där träffade han alltså flickan.

Så hade Leif anlitat Dahlström för att snickra bastun på landet, men den tillfällige hantverkaren upptäckte vad Leif gjorde med Fanny. Kanske hade han sovit över medan han arbetade med bastun och då råkat få se något han inte borde.

Det var början till slutet för alla inblandade.

Att Leif var gärningsmannen rådde inget tvivel om. Det var hans blod som spårats i Dahlströms mörkrum, lägenhet och på mordvapnet, hans hår och saliv på Dahlströms och Fannys kläder.

Flera veckor hade gått sedan den ödesdigra dagen ute vid Gnisvärd som hade slutat med att Leif omkom i lågorna. Orsaken till den kraftiga explosionen var de gasoltuber som förvarades i förrådet intill bastun. Det hade lika gärna kunnat sluta med att även brygghuset exploderade; bara några meter skilde de två byggnaderna åt. Ett kallt stråk av obehag spred sig genom kroppen när han tänkte på att hans vän sedan tjugo år kanske hade planerat att spränga honom i luften. Och Karin? Tanken var ofattbar, men lika osannolikt var det att Leif hade mördat två personer.

Leifs kvarlevor hittades i askan efter den nerbrunna bastun. Huruvida han begått självmord eller inte skulle de aldrig få veta. Knutas tankar gick än en gång till Ingrid och barnen. Vilket liv väntade dem efter allt detta? Var det överhuvudtaget möjligt att gå vidare?

Och Fanny – hon var ju bara ett barn. Knutas kände djup sorg när han tänkte på den fjortonåriga flickan. Hon hade inte ens fått påbörja sitt eget vuxenliv. Samtidigt tyngdes han av skuldkänslor. Han undrade hur mycket hans vänskap med Leif betytt och i vilken utsträckning den förblindat honom. Han var väl medveten om att han i egenskap av spaningsledare var ytterst ansvarig för utredningen.

Utanför kapellet fanns den lokala pressen på plats tillsammans med en samling nyfikna. Knutas avböjde att svara på frågor. Han drog sig undan och såg ut över horisonten.

Tre måsar flög på låg höjd, strax ovanför vattenytan. Havet var ovanligt stilla och det nya året hade börjat.

# Författarens tack

Denna historia är helt och hållet uppdiktad. Alla likheter mellan karaktärerna i boken och verkliga personer är tillfälligheter. Ibland har jag tagit mig friheten att förändra sakernas tillstånd till förmån för berättandet. Det gäller bland annat Sveriges Televisions högst vitala TV-redaktion på Gotland som i boken är nerlagd och Gotlandsbevakningen flyttad till Stockholm. Detta har jag gjort enbart för att kunna berätta historien på det sätt jag vill. All heder åt det existerande teamet i Visby och SVT:s regionala program Östnytt som är ansvarig redaktion för att bevaka Gotland i verkligheten.

Eventuella fel som smugit sig in är alltid mina egna.

Först och främst vill jag tacka min man, journalisten *Cenneth Niklasson*, som är min största idéspruta, mitt starkaste stöd och min mest ihärdiga kritiker.

Även stort tack till:

*Gösta Svensson*, f d kriminalkommissarie Visbypolisen för ovärderlig hjälp med allt polisarbete

*Johan Gardelius* och *Bo Ekedahl*, kriminaltekniker, Visbypolisen

*Martin Csatlos*, Rättsmedicinska avdelningen i Solna

*Neng Wanlayaphol*, travtränare, Visbytravet

*Mats Wihlborg*, kammaråklagare, Visby

*Jenny Ingårda* och *Eva Waltré*, BRIS – Barnens Rätt I Samhället

*Il-nam Kroon*, socionom

*Mikaela Säfvenberg*, arkeolog och auktoriserad guide, Gotland

Mamma *Kerstin* och syster *Ewa Jungstedt* för hjälp med researchresor på Gotland.

*Tove Wiklander* – för ständigt positivt stöd under våra snabba promenader.

Jag vill också ge ett varmt tack till min förläggare, *Jonas Axelsson* för hans tro på mig och min redaktör, *Ulrika Åkerlund* för all hjälp med boken.

Mina egna lektriser för deras värdefulla synpunkter:

*Anna-Maja Persson*, journalist SVT

*Lena Allerstam*, journalist SVT

*Lilian Andersson*, redaktör Bonnier Utbildning

*Bosse Jungstedt*, bror och *Kerstin Jungstedt*, svägerska

Sist, men inte minst, mina älskade barn *Rebecka* och *Sebastian Jungstedt*, för deras glada humör, kärleksfullhet, uppmuntrande tillrop och gedigna tålamod med sin mammas skrivande.

Älta i juli 2004
Mari Jungstedt